ケント州マリンフォード村に一大事件が勃発した。1年前，25年ぶりにアメリカから当地へもどり爵位と地所を継いだジョン・ファーンリー卿は偽者であり，自分こそが正当な相続人であると主張する男が現れたのだ。ふたりは渡米の際にタイタニック号の船上で入れ替わったのだと言う。あの沈没の夜に——。やがて，決定的な証拠によって事が決しようとした矢先に，不可解極まりない惨劇が発生した！　あの名探偵フェル博士が途方に暮れた，とびきりの謎の真相とは？　不可能犯罪の巨匠カーの逸品，新訳で登場。

# 登場人物

ジョン・ニューナム・ファーンリー……准男爵
モリー・ファーンリー……ジョンの妻
パトリック・ゴア……相続権主張者
ブライアン・ペイジ……作家、ジョンの友人
ナサニエル・バローズ……ジョンの事務弁護士
マデライン・エルスペス・デイン……ジョンの幼なじみ
ケネット・マリー……ジョンの子ども時代の家庭教師
ハロルド・ウェルキン……パトリック・ゴアの事務弁護士
アーネスト・
　ウィルバートソン・ノールズ……ファーンリー家の執事
セオフィラス・キング……ファーンリー家の主治医
ベティ・ハーボトル……メイド

アプス夫人……………………メイド頭《がしら》
ヴィクトリア・デーリー……………一年前に起きた殺人の被害者
アンドルー・マッカンドルー・
　エリオット警部……………スコットランド・ヤードの警部
ギディオン・フェル博士……………探偵

# 曲がった蝶番《ちようつがい》

ジョン・ディクスン・カー
三　角　和　代　訳

創元推理文庫

# THE CROOKED HINGE

by

John Dickson Carr

1938

# 目次

# 曲がった蝶番《ちょうつがい》

ドロシー・L・セイヤーズへ
友情と尊敬を込めて

# 第一部

## 七月二十九日（水曜日）

## ある男の死

大成しようという者がまず心に留めておくべきルールは、観客へ事前に、いまからなにをするかけっして伝えないことである。もし口に出してしまえばたちどころに、なにをもってしても避けるべき方向へ注意をむけさせてしまい、見破られる可能性が十倍あまりにもなるのである。その一例を示そう。

——ホフマン教授『現代の奇術』

# 1

ケント州の庭を見渡す窓辺で、ブライアン・ペイジはひらいた本が散乱する書き物机にむかい、仕事にひどい嫌悪を募らせていた。窓から入る七月も終わりの日射しが部屋の床を黄金色に変え、眠気を誘う暑さが古い木と書物の香りを引きだしている。庭の先のリンゴ園からスズメバチが迷いこんできたが、たいして慌てることもなく追い払った。

庭の塀のむこうでは、《雄牛と肉屋亭》の前を横切る街道が、リンゴ園のなかを四分の一マイルほど曲がりくねって延びている。それはファーンリー邸の門の前を通り――煙突が何本か連なるその屋敷の様子がリンゴ園の切れ目から見えた――詩的に《壁掛け地図》と呼ばれている登り傾斜の森を抜けていく。

どぎつくなることなどめったにない、ケント州の平坦な地形を彩る薄い緑と茶が、いまは燃えたぎっていた。ファーンリー邸の煉瓦の煙突にさえ、燃える色を見たように思った。そのとき、屋敷から続く道をナサニエル・バローズの車が、猛スピードでとは言わないまでも、いくらか距離があっても聞こえるほどのやかましさで走ってきた。

ブライアン・ペイジは気怠く考えた。マリンフォードの村には、ちと刺激が多すぎはしないか。この表現は村の様子とかけ離れていて信じられないかもしれないが、以下の事実からわかってもらえよう。ほんの一年前の夏のこと、ぽっちゃりとして健康そのものだったデーリー嬢が流れ者に絞め殺される事件が起こったのだ。そしてその犯人は、線路を横切って逃げようとしたところを列車に轢き殺されるという、劇的な最期を迎えた。それから、この七月の最終週に入って《雄牛と肉屋亭》に見慣れぬ泊まり客が何日も滞在していた。よそ者のうちひとりは画家で、もうひとりはどうやら――この噂の出所《でどころ》がどこか誰にもわからないのだが――探偵ということだった。

そして今日は、ペイジの友人であり、州都メイドストンの事務弁護士であるナサニエル・バローズがいわくありげに飛びまわっている。ファーンリー邸で、なにやら騒ぎか厄介事がもちあがったらしいが、真相を知る者はいなかった。ブライアン・ペイジは正午に仕事の手を休めて《雄牛と肉屋亭》へむかい、昼食前の一パイントのビールを楽しむのを習慣としているのだが、あのパブで午前中の噂のひとつ、耳にしなかったのは不吉な予兆であった。

あくびをしながら本を何冊か脇に押しやった。ファーンリー邸を揺るがすようなことと言ったらなにがあるだろうかと、ぼんやり考える。ジェイムズ一世の統治時代、初代の准男爵のためにイニゴー・ジョーンズ（十七世紀に王侯貴族の屋敷などを手がけた建築家）によって建てられてこのかた、あの家が揺らぐことはまずなかったのに。ファーンリー家は一本の血統で脈々と受け継がれてきたことで知られている。そしてその血脈はいまなお強固だ。現在のマリンフォードおよびスローンの准男爵サー・ジョン・ファーンリーは、相当の遺産だけでなく盤石な領地をも相続していたのである。

ペイジは、陰気でいささか神経過敏なところのあるジョン・ファーンリーも、はっきりとものを言うその妻のモリーも好いていた。ここの暮らしはファーンリーによく合っている。じつにうまく溶けこんでいた。故郷からあれほど長く遠ざかっていたが、彼は生まれながらの名士だったのだ。ファーンリーの過去は冒険譚そのもので、ペイジも興味をもっていたが、その筋ときたらファーンリー邸の堅実でごく平凡とも言える准男爵に重ねあわせるのはかなりむずかしく思われる。ジョン・ファーンリーが最初の船旅に出てから、一年と少し前にモリー・ビショップと結婚するまでの経緯たるや、これもまたマリンフォードの村にはいかに刺激的な事件が起きるか、世に知らしめるものだった。

にんまりしてふたたびあくびをすると、ペイジはペンを手にした。仕事を再開しなければ。

ああ、やれやれ。

かたわらの小冊子を見つめた。執筆中の『イングランドの主席裁判官列伝』は――研究書としても一般的な読み物としても受け入れられるよう努めている――予定したとおりに書き進んではいた。現在はサー・マシュー・ヘール（十七世紀の裁判官）を取りあげているところだが、この執筆にはあらゆる種類の余計な素材がいつも忍びこんできていた。そもそもそれは避けられないことであるうえに、当のブライアン・ペイジからしてそれらを締めだすつもりがないからであった。

正直に言えば、『イングランドの主席裁判官列伝』を書きあげられるとはどうしても思えなかった。そもそも基本となる法律の研究が終わっていないのである。王道の学問をやるにはあまりにもぐうたらだが、気ぜわしくもある性格と知性がそれを途中で放りだすのを許さない。『イングランドの主席裁判官列伝』を書きあげられるかどうか、そのこと自体はどうでもよかった。だが、働くべしと自分に手厳しく言い聞かせていれば、どこか安心できるし、本題からそれてあらゆる魅惑的な脇道をさまよえる口実ができる。

手元の小冊子にはこう書いてある。《一六六四年（表紙にはこう印刷してあるが、実際は一六六二年だったと言われている）三月十日、ナイト爵にして財務裁判所主席裁判官サー・マシュー・ヘール立ち会いのもと、ベリー・セント・エドモンズにおいてひらかれたサフォーク州巡回裁判所の魔女裁判記録。一七一八年、D・ブラウン、J・ワルソー、M・ウォットンの要請により印刷》

こうやって脇道へさまよっていってしまう。サー・マシュー・ヘールと魔女とのかかわりなど、もちろんいまさら取りあげるまでもないものだ。だが、ブライアン・ペイジは興味をもったことならばどんなテーマであっても、余計に半章を割かずにはいられなかった。喜びの吐息を漏らしながら、棚から擦りきれたグランヴィル（十七世紀の哲学者、聖職者）の著書を取りだした。これをじっくり調べはじめたところで、庭から足音が聞こえ、続いて窓の外から何者かが「おーい」と呼びかけてきた。

ナサニエル・バローズが、事務弁護士らしからぬ身振りでブリーフケースを大きく振っている。

「忙しいか?」バローズが訊ねた。

「そうでもないよ」ペイジはそう認めてあくびをし、グランヴィルの本を置いた。「入って一服やってくれ」

バローズが庭に面したガラス戸を開け、薄暗く心地よい部屋に入ってきた。動揺をこらえてはいるが、暑い昼だというのに寒そうで、かなり青ざめて見える。この男の父も、祖父も、曾祖父もファーンリー家の法律問題を扱ってきた。ナサニエル・バローズは熱中しやすく、時折、堰《せき》を切ったように演説をぶつことがあるから、一家の顧問弁護士としてふさわしい人物かどうか疑わしく思えることもある。それに彼はまだまだ若かった。だが、たいていは、そうしたうちに秘めた情熱をすべて抑えつけ、まな板にのせられたヒラメよりはどうにか冷静さを保っているとペイジは考えていた。

バローズは黒髪をすっぱりとふたつに分け、じつに丁寧になでつけていた。椅子に腰を下ろすと、長い鼻にのせているべっこう縁の眼鏡の縁越しに覗きこんでくる。目から下の部分の表情筋が人よりも多く見えた。ダークスーツをきっちり身につけてはいるが、着心地は悪そうだ。手袋をはめた両手でブリーフケースを握りしめている。

「ブライアン」バローズが言った。「夕食は自宅でとる予定かい?」

「そのつもりだが――」

「やめてくれたまえ」バローズが出し抜けにそう言った。

ペイジは目をぱちくりさせた。

「きみはファーンリー夫妻と夕食をとるんだ」バローズが先を続けた。「いや、きみがあそこで食事をするかなどは、どうでもいい。だが、ある出来事が起きるとき、きみに同席してもらいたいんだ」いつもの弁護士らしい態度がいくらか顔を見せ、薄い胸を張っていた。「これから話すことはきみになら伝えてもいいと許可をもらっている。ありがたいことだよ。さあ教えてくれ、サー・ジョン・ファーンリーが思われている人物ではないと思ったことはないかね?」

「思われている人物ではない?」

「サー・ジョン・ファーンリーが」バローズが慎重に説明する。「詐欺師の成りすましであって、サー・ジョン・ファーンリーではないということだ」

「熱射病にやられたのか?」ペイジは背筋を伸ばして言った。驚きといらだち、そして、やり場のない動揺を感じた。暑い日に、わけても気怠くなる時間帯に、ぶつけられていいたぐいの質問ではない。「一度として思ったことはないよ。何事だい? どうしてまた、そんなことを訊くんだ?」

ナサニエル・バローズは椅子から立ちあがり、そこにブリーフケースを置いた。

「それは」彼が答える。「本物のジョン・ファーンリーだと名乗る人物が現れたからだ。突然やってきたわけじゃない。何カ月も前から接触はあったんだが、それがついに今日、山場を迎える。その——」彼はためらってから、あたりを見まわした。「家には誰かいるか? なんとかいう家事をやってくれている女性がいたな——ほかに誰かいるか?」

「いまはいないよ」

バローズは口先だけを使うようにして小声でしゃべった。「本来ならば、こんなことをきみに話すべきじゃない。だが、きみは信頼できる。それにここだけの内密の話だが、わたしは微妙な立場にいてね。この件は面倒なことになるだろう。ティチボーン訴訟の比じゃないよ（十九世紀にアーサー・オートンが自分はティチボーン家の行方不明の跡取りだと名乗りでた訴訟）。もちろん、その、建前上は、わたしが顧問弁護士をしている男がサー・ジョン・ファーンリーではないと信じる理由などない。わたしはサー・ジョン・ファーンリーに仕えることになっている。そう、本物のほうにね。そこが問題になってくるんだ。ここにふたりの男がいる。ひとりは本物の准男爵で、もうひとりは成りすましの偽者だ。このふたりに共通点はない。外見からしてちがう。なのに、どちらが本物かわたしには決するのがむずかしいときている」彼はそこで間を置いてから、こうつけ足した。「だが幸運なことに、この件は今夜決着がつくはずだ」

ペイジは考えをまとめる必要があった。シガレット・ケースを客人に差しだし、自分のタバコに火をつけてバローズをとくとながめた。

「雷が次から次に鳴るような事態だな」ペイジは言った。「だいたい、始まりはなんだったんだ？　いまの当主が詐欺師じゃないかと考える理由が見つかったのはいつなんだ？　これまでにこんな疑いがもちあがったことはあったのか？」

「一度もなかった。経緯《いきさつ》をこれから説明するよ」バローズがハンカチを取りだし、丁寧に顔を拭いてから、落ち着いた様子で空いている椅子に腰を下ろした。「言いがかりであることを祈るだけさ。わたしは気に入っているからね、ジョンもモリーも――失礼、サー・ジョンとレディ・ファーンリーか――ふたりともたいそう好ましく思っている。名乗りをあげたのが詐欺師であれば、わたしは村の広場で喜びの舞いを踊ってみせるよ。まあ、そこまでしないかもしれないが、とにかく、この男が偽証罪でアーサー・オートンより長い刑を言いわたされるのをしっかりと見届けるのがわたしの仕事だね。ところで今夜の話に備えて、事の全体の背景と、どうしてこんなけしからぬことが起こったかを、きみにも教えておいたほうがいいな。サー・ジョンの過去は知っているね?」

「漠然とだが」

「漠然とでは、なにも知らないのと同じだよ」バローズが失望した様子で首を横に振りながら非難した。「きみはそんなふうな態度で歴史を記述するのか? そうじゃないことを祈るよ。いいか、基本的な事実を話すから、しっかりと頭に入れてくれ。

いまから遡《さかのぼ》ること二十五年、現在のサー・ジョン・ファーンリーが十五歳の頃だ。彼は一八九七年にサー・ダドリーとレディ・ファーンリーの次男として生まれた。当時は、彼が家督を継ぐことなど考えられもしなかった。嫡子のダドリーが両親の誇りであり喜びだったからな。

両親は息子たちに品格を求めた。父親のサー・ダドリーのことは、わたしは子どもの頃から知っていたが、いかにも後期ヴィクトリア朝の男という極めつけの堅物だった。近頃のその手の男を描いたロマンス小説ほどひどくはないがね。子どものわたしは彼が六ペンスをくれると決まって驚いたものだ。

ダドリー・ジュニアは優等生だったが、ジョンはちがった。不機嫌で、無口で、愛想がなくて、あまりにも気むずかしいから、ごく些細な無礼を働いたとしても大目に見る者はなかったんだよ。根っからの悪者ではなかった。ただ、周囲に溶けこめず、まだ子供なのに一人前として扱ってもらいたがっていただけだった。それが一九一二年、十五歳で、メイドストンのバーのウェイトレスといっぱしの大人の情事をやって――」

ペイジは口笛を吹いた。当のファーンリーの姿が見えるとでもいうように窓の外へ視線をむけた。

「十五歳で？」ペイジは言った。「そりゃまた、たいしたやんちゃ坊主だったにちがいない！」

「そのとおり」

ペイジはそこで先を続けるのをためらった。「だがね、ファーンリーを見るといつもこう思ったものだよ、彼はむかしから――」

「清教徒のようだったにちがいない、そうだろ？」バローズが続きを引きとった。「言いたいことはわかる。とはいえ、これは十五歳の少年の話だからね。それに以前から彼は魔術や悪魔崇拝といった神秘学を熱心に学んでいた。それだけでもじゅうぶんけしからんことだが、イートンを放校になったことは、もっとけしからんことだった。そこへきて、バーのウェイトレスとのスキャンダルが明るみに出て、子どもができたようだと女が言いだしたことで、とどめを刺されたんだね。サー・ダドリー・ファーンリーは次男がどうしようもない奴だと決めつけた。悪魔崇拝をしていたファーンリー一族の先祖返りだと。なにをやっても次男のことは矯正できない、だからもう二度と会わなくて構わないということになった。そういうときの普通の対処法は養子に出すことだ。レディ・ファーンリーにはアメリカで立派に暮らしている従兄弟《いとこ》がいてね。それでジョンは合衆国へ追いやられることになった。

ジョンに少しでも言うことを聞かせられそうなのはただひとり、ケネット・マリーという家庭教師だけだった。この家庭教師というのは、当時、二十二だか二十三だかの若い男で、ジョンが放校になってからファーンリー邸にやってきたんだ。これは言っておかないとならないことなんだが、ケネット・マリーの趣味というのが、犯罪科学でね。これがそもそも、ジョンがマリーに引きつけられたきっかけだった。当時それは上流階級の趣味じゃなかったんだが、父親のサー・ダドリーがマリーを気に入って、人柄を認めたものだから、うるさく言われることはなかった。

この頃、マリーにバミューダのハミルトンにある学校の副校長という魅力的な勤め口の話が舞いこんだ。故郷から遠く離れるのに目をつぶればの話ではあったんだがね。贅沢は言っていられない、ファーンリー邸ではもう仕事がなくなってしまうんだから、彼はこの話を受けた。というわけで、マリーがニューヨークまでジョンと一緒に旅をして、厄介事が起こらないように目を光らせておくよう手配された。つまりマリーはレディ・ファーンリーの従兄弟にジョンを引き渡してから、また船に乗ってバミューダへむかうことになったんだ」

ナサニエル・バローズはむかしに思いを馳《は》せ、ひと呼吸置いた。

「このわたしのことを言えば、あの頃のことは、あまり覚えていないんだよ」彼はこうつけ足した。「わたしたちのような年下の子どもは、不良のジョンには近づかないように言われていた。だが、幼いモリー・ビショップは、あの頃わずか七歳だっただろうか、ジョンにぞっこんだったよ。ジョンを非難する言葉には、耳を貸そうともしないでね。もっともなことだ、結局ジョンと結婚したのだから。ジョンがたいらな麦わら帽子をかぶり、四輪二頭馬車《フェートン》でケネット・マリーの隣に乗って鉄道の駅へむかった日のことは、うっすらと覚えている気がする。ふたりは翌日の船に乗ることになっていたが、いろいろな意味で記念すべき日だった。言うまでもないが、ふたりが乗った船はあのタイタニック号だった」

バローズもペイジもいまや往時に目をむけていた。ペイジは街角で叫び声が行き交い、街角で新聞が売られ、根拠のない噂が横行したあの混乱の時期を思いだしていた。

「不沈船タイタニック号は氷山に衝突し、一九一二年四月十五日の夜に沈んだ」バローズが話を続けた。「混乱のなかでマリーとジョンは離ればなれになった。マリーは木の格子に二、三人と一緒につかまって、凍えるような海を十八時間も漂流したが、やがて貨物船に助けられた。バミューダ行きのコロフォーン号だ。マリーは本来の目的地へ連れて行かれた。そして、電報でジョン・ファーンリーが無事であると知り、その後にこれを確認できる手紙を受けとったきり、もう心配することはなかった。

ジョン・ファーンリーあるいはジョンのふりをした少年は、ニューヨーク行きのイトラスカ号に拾われた。到着地にはレディ・ファーンリーの従兄弟が西部から迎えに来ていた。当初の予定どおりになったわけだ。サー・ダドリーもまた、息子が生きていることを確認しただけで、縁を切った。そして息子も父親に負けず劣らず冷淡だった。

　ジョンはアメリカで成人し、二十五年近くもむこうで暮らした。家族には一行とて手紙を書こうとしなかった。写真も誕生日を祝うカードも送らないでいるうちに、とうとう家族は亡くなった。幸運なことに、ジョンはレンウィックというこのアメリカの従兄弟にすぐになついて、彼が親代わりになった。ジョンは——なんと言うか——人が変わったようだった。広い敷地で農夫として穏やかに暮らした。ここでの暮らしぶりと同じようだったんだろうね。終戦近くになってアメリカ陸軍に入隊したが、イギリスに足を踏みいれることも、かつての知人に会うこともなかった。マリーに再会することさえなかった。マリーはバミューダで何とかやっていたんだが、羽振りはよくなかった。だからどちらも相手のところへ会いにいく余裕がなかったんだ。ジョン・ファーンリーはコロラドに住んでいたのだから、なおさらね。

　一方、故郷のこの地は平穏そのものだった。ジョンはなかば忘れられたようなものだったが、一九二六年に母親が亡くなると、いよいよ完全に思いだされなくなった。父親も四年後に母親のあとを追った。そこで息子《ヤング》のダドリーが——この頃にはたいして若くなかったが——称号とすべての領地を引き継いだ。当時、結婚はしていなかった。本人は結婚するための時間はたっぷりあると話していたものだよ。だが、あいにくそんな時間はなかった。あたらしいサー・ダドリーは、一九三五年の八月に食中毒で亡くなったんだ」

　ブライアン・ペイジはその頃に思いを巡らせた。

「それはぼくがここにやってくる直前のことだな」ペイジは言った。「だが、待ってくれよ！

ダドリーは弟とまったく連絡を取ろうとしなかったのか？」

「取ろうとしたさ。だが、手紙は開封されないまま、もどってきた。ダドリーは……そうだな、むかしから融通の利かないところがあった。遠く離れて大人になった頃、どうやらジョンは家族の絆など少しも感じなくなっていたらしい。だが、ダドリーが亡くなって、ジョンが称号と土地を相続するかどうかという話になると——」

「ジョンは承知した」

「そう。そこが問題でね」バローズは意気ごんで語った。「きみは彼を知っているから理解できるだろう。ジョンがここにもどってくるのは、ごく理に適ったことに思えるし、二十五年近くも留守にしていたにしては、本人も帰るのはおかしなことだと感じなかったようだった。周囲から見ても同じだったようだよ。ファーンリーの継承者としての思慮、行動、ある程度相続人らしく話す様子にも、まあ、おかしなところはなかった。帰ってきたのは一九三六年に入ってすぐのことだ。ロマンチックな要素をつけ足しておけば、彼は成長したモリー・ビショップに出会って同じ年の五月に結婚した。ここに落ち着いて一年と少しになる。それなのに、いまになってこんなことがもちあがった。こんな事態がね」

「つまりこういうことかな」ペイジはいささか自信なく言った。「タイタニック号の悲劇のときに、彼らは入れ替わった。ちがう少年が海で助けられ、なにかの理由でジョン・ファーンリーのふりをしたということかい？」

バローズは立ちあがると、ゆっくりと歩調を乱さず歩きまわり、家具の横を通るたびに指をさしていった。だが、滑稽には見えなかった。その姿には依頼人をなだめ、暗示をかけられる知性が感じられた。顔を横にむけ、相手を大きな眼鏡の横からじろりとにらむ癖が出ていた。

「まったくもって、そのとおりなんだよ。現在のジョン・ファーンリーが名を騙《かた》っているとしたら、いいかい、本物が名乗りをあげなかったあいだ、一九一二年から入れ替わりを続けていたことになる。ジョンとして大人になったわけだ。悲劇のあとに救命ボートから助けだされたとき、彼はジョンの服と指輪を身につけ、ジョンの日記をもっていた。だから、むかしのジョンを覚えていたとしてもうっすらとだっただろう、アメリカの従兄弟叔父《いとこおじ》のレンウィックにも、とくに怪しまれなかった。そしてイギリスに帰国して元の地歩に収まった。二十五年ぶりだからね！　筆跡も変わるし、顔も特徴もがらりと変わるものさ。記憶だって曖昧になる。事のむずかしさがわかるかい？　彼がたまにうっかりして、むかしとの食い違いや不たしかな部分を見せたって、それはごく自然なことなんだ。そうじゃないか？」

ペイジはやれやれと首を振った。

「それはそうだ。だが、きみ、名乗りでた者は自分の言い分を信じさせるのに、かなりの証拠をもちだす必要があるんじゃないのか。法廷というものがどんなところか、きみはよくわかっているだろう。この男はどんな証拠をもっているんだ？」

「この男は」バローズが腕組みをしながら答えた。「自分が本物のサー・ジョン・ファーンリーだという完璧な証拠をもっているんだ」

「その証拠はきみも見たのか？」

「今夜それを見ることになっているんだよ――ひょっとしたら見られないかもしれないが。この男は現在の相続人に会う機会がほしいと要求している。ブライアン、わたしはそんなことを二つ返事で引き受けるような単細胞じゃないが、この件ではまったく頭がどうにかなりそうだよ。相続権主張者の言い分には説得力があるだけではなく、ちょっとした証拠をいくつもあげてくる。わたしの事務所にやってきたうえ――これは残念なことだが、不作法な弁護士を同伴してね――ジョン・ファーンリーしか知るはずのないことを話したんだよ。ジョン・ファーンリー本人しか、いいかね。それでも、この男は自分と現在のファーンリーがテストのようなものを受けるのはどうかと提案してきた。それで決まるだろうと」

「どんなテストだい？」

「じきにわかるよ。そう、じきにわかる」ナサニエル・バローズがブリーフケースを手にした。「このいまいましい混乱にもひと筋だけ慰めの光が射しこんでいる。それは、これまでのところ、この一件が世間に知られていないということだ。相手は紳士ではあるんだな――まあ、ジョン・ファーンリーだと言うならふたりとも紳士で当然だがね、やれやれだ――それに男は騒ぎを望んではいないんだ。ただし、真実があきらかになったら、ひどい騒ぎになるだろう。父が生きてこんな修羅場に立ち会うことがなくてよかったよ。ファーンリー邸へは七時に来てくれ。ディナー用の身支度をすることはない。誰もそんなことはしやしないよ。ディナーっていうのはただの名目で、ひょっとしたら料理だって出ないかもしれない」

「それで、サー・ジョンはこの件をどう受けとめているんだい」

「どちらのサー・ジョンだね？」

「混乱を避けるために、便宜上」ペイジは切り返した。「すでにぼくたちがサー・ジョン・ファーンリーとして知っている男のこととしようか。だが、いまの発言は興味深い。きみは名乗りをあげた男が本物だと信じているということかな？」

「いいや。そういうわけではないよ。断じて違う！」バローズが冷静さを取りもどし、威厳をたたえて言った。「ジョンはぶつぶつと文句を言うばかりだ。それはいい兆候だと思うが」

「モリーは知ってるのかい？」

「ああ。ジョンが今日話をした。さて、経緯は話したぞ。事務弁護士として本当は話すべきではなく、普段はまず話さないことを。だが、きみを信頼できなければ、この世に信頼できる人などいない。それに父が死んでから自分の仕事ぶりが少し不安でもあってね。さあ、これで事情はわかっただろう。わたしがどれだけこまった状況にいるか想像してくれ。いいか、七時にファーンリー邸へ来てくれよ。きみに証人となってほしい。ふたりの候補者をじっくりと調べ、知性を働かせてくれ。そして法的な手続きを進める前に」バローズがブリーフケースを机の角にぶつけて言った。「お願いだから、どちらが本物かわたしに教えてくれ」

## 2

夜の影が《壁掛け地図の森》の裾野近くの坂に集まってきたが、左手の平らなあたりはまだ明るく暖かだった。道から奥まった、塀と木立に遮られたところで、その屋敷は古い絵画から抜けでたような暗い赤煉瓦の色をまとっていた。短く刈られた芝生のように、なめらかで整然とした建物だ。窓は細長く、長方形のガラスがはめこんであった。まっすぐな砂利の私道が玄関へ続いていた。一日の最後の日射しを背に、煙突がまばらに、あるところでは密集して立っている。

屋敷の前面には、蔦はまったく這っていなかった。だが、裏手には建物の目前にブナの木が並んでいる。こちらでは中央から増築されたあたらしい棟が、逆さのTの縦線のように延び、オランダ式の庭園をふたつに分断していた。屋敷本館の片側にある読書室の奥の窓から庭が見渡せる。本館反対側の部屋の窓際では、サー・ジョン・ファーンリーとモリー・ファーンリーが目下、待機しているところだった。

部屋の時計がチクタクと音をたてている。十八世紀には音楽室か女性用の応接室と呼ばれていただろうこの部屋は、世間にこの屋敷の格を表明しているようだ。ピアノが置いてあるのだが、その木材は歳月を経て、磨きあげたべっこうのように見える。年代物の気品ある銀器が置かれ、北の窓からは《壁掛け地図の森》が見える。モリー・ファーンリーはここを居間として使っていた。大変暖かくて静かな、時計の音が響くだけの部屋だった。

タコの脚のように枝の出たブナの巨木の陰になっている窓辺に、モリー・ファーンリーは腰を下ろしていた。彼女はいわゆる屋外派の女で、がっしりしているがスタイルがよく、角ばってはいるもののとても魅力のある顔立ちをしていた。ダークブラウンの髪をバッサリとボブスタイルにしている。日焼けしたまじめそうな顔に薄いハシバミ色の目。気持ちよいまっすぐな視線。口が大きすぎるかもしれないが、笑うときれいな歯が覗いた。美人の条件にはあてはまらないものの、健康と生命力が並の美人をもかすませる強烈な魅力を彼女に与えている。

だが、いまの彼女は笑っていなかった。視線を夫からけっして離そうともしない。その夫は歩幅も短くせかせかと歩きまわっている。

「不安なの？」モリーは訊ねた。

サー・ジョン・ファーンリーはぴたりと足をとめた。浅黒い手首を意味もなく振るなり、また歩きはじめた。

「不安だって？　まさか。そうじゃない。ただ——腹がたっているのさ！」

モリーにとって彼は理想の伴侶に思えた。しかし、地方の名士として申し分ないと言えば、誤った印象を与えるかもしれない。それは百年も前にいたようなでっぷりとした威張り屋を連想させかねないからだ。だが、彼はそうではなく、本物の名士らしいタイプだった。ファーンリーは中肉中背、筋肉質の活動的な痩せ型で、どこか鋤《すき》の輪郭を想像させるところがある。ぴかぴかする金属でできた無駄のない、畝《うね》を切りひらく尖った刃を思わせるのだ。

年齢は四十歳ぐらい。肌は浅黒く、短く刈りこんだ濃い口髭をたくわえている。黒い髪にうっすらと白髪がまじり、鋭く光る暗い瞳の目尻には皺《しわ》が増えつつあるところだ。男盛りで、精神的にも肉体的にも、もっとも充実したときを迎えていると言えるだろう。抑圧されたエネルギーを大量に秘めている男。狭い部屋を行ったり来たりしている彼は、怒って狼狽《ろうばい》しているというより、当惑して落ち着かないようだった。

モリーは腰を浮かし、大声をあげた。

「ねえ、あなた。わたしに話してくれてもよかったんじゃないの」

「この件できみを心配させても仕方ない」夫はそう言った。「これはわたしの問題だ。自分でなんとかする」

「いつから知っていたの？」

「ひと月くらい前からだ」

「そのあいだ、ずっとこの件をひとりで悩んでいたのね？」モリーはそれまでとは異なる不安の色を瞳に浮かべて訊ねた。

「それもある」彼がうめくように言い、さっと妻を見やった。

「それもある？　どういう意味なの？」

「こう言ったんだよ、きみ。それもある、と」

「ジョン……マデライン・デインに関係あるんじゃないでしょうね？」

ジョンが立ちどまった。「おいおい、まさか！　それは絶対にないよ。そんなことを訊かれる意味がわからないな。ということはつまり、きみはマデラインが好きじゃないんだな？」

「あの人の目つきは好きじゃないわ。あのおかしな目つきときたら」モリーはそう言って、プライドめいた感情や、はっきりさせるのもおぞましい感情を自分から振り払った。「ごめんなさい。こんなことを言うんじゃなかった。これだけ問題がもちあがっているときに。本当にいやなこと。でも、心配することなんかないんでしょう？　もちろん、むこうの男に証拠なんかないのよね？」

「彼に権利などない。だが証拠があるかどうかまでは、わからない」

ジョンにそっけなく言われて、モリーは夫を見つめた。

「でも、どうしてこれだけ事がややこしくなるまで、秘密にしたりしたの？　この男が偽者であれば、主張をはねつけて申し立てを引っこめさせたらいいじゃない」

「それは賢い方法じゃないとバローズが言うんだ。とにかく、いまの時点ではね。その、とにかくむこうの言い分を聞いてみるまでは。そうしたらこちらも行動に移せる——本気の行動に。それに……」

モリー・ファーンリーの顔から表情が消えていった。

「わたしにも手助けさせてほしかった」彼女は言った。「わたしにはなにもできなかったでしょうけれど、せめてどうなっているのかすべて知っておきたかった。この男は自分が本当のジョン・ファーンリーだと証明すると、あなたに挑んできている。もちろん、そんなことまったくのでたらめよ。何十年も前からわたしはあなたを知っていたんだもの。そして再会したときも、あなただとわかった。あなたも驚くでしょうけれど、すぐにあなただとわかったのよ。それなのに、あなたはその男をこの屋敷に迎えると言う。ナサニエル・バローズと相手の事務弁護士まで呼んでいるくせに、まだかなりの秘密を隠しているようね。あなた、どうするつもり?」

「むかし家庭教師をしてくれていたケネット・マリーを覚えているかい?」

「うっすらとね」モリーは額に皺を寄せて答えた。「大柄で気さくな人だった。海軍の人か、画家みたいに刈りこんだあごひげを少し生やしてて。あの頃はとても若かったはずだけれど、かなりお年寄りに見えたっけ。素敵なお話をいくつもしてくれて――」

「彼の野望はいつだって、偉大な探偵になることだった」夫はそっけなく答えた。「それで敵は彼をバミューダから連れてきた。マリーなら本物のジョン・ファーンリーを絶対に見分けられると言ってね。そのマリーがいま《雄牛と肉屋亭》に滞在している」

「ちょっと待って!」モリーは言った。「画家みたいな人があそこに泊まっているって、村じゅうその噂でもちきりよ。あれがマリーなの?」

「懐かしのマリーだよ。会いにいきたかったんだが、そんなこと……そんなこと公平じゃない」夫は内心、身悶えしているようにそう言った。「わたしがマリーに取り入ろうとしているとか、そういうふうに見えるだろう。マリーは敵とわたしのふたりに会いにやってきたんだ。わたしが本物かどうか見分けるために」

「どうやって?」

「わたしを本当によく知っていると言えるのは世界じゅうで彼だけだ。きみも知っているように、家族はみんな亡くなっている。むかしの使用人たちも両親と同じくもうこの世にいない。乳母は生きているが、いまはニュージーランドにいる。ノールズでさえ、ここに来てまだ十年だ。顔見知り程度の知り合いならたくさんいるが、わたしは人付き合いの悪いろくでなしで、友人も作らなかっただろう？　だが犯罪捜査好きの哀れな老マリーはまちがいなく友人だ。彼は中立を保ってどちらの肩をもつこともしていないが、一生に一度、偉大な探偵役を演じてみたいと思っていれば――」

モリーは深呼吸をした。日焼けした顔や全身から醸《かも》しだされる健康さが、口をついて出てきた言葉を快活に聞こえさせた。

「ジョン、わたしにはわからない。理解できないわ。あなたはこれが賭け事かゲームみたいに話している。〝公平じゃない〟だの〝どちらの肩をもつこともしていない〟だの。どこの馬の骨とも知れないこの男が、あなたの所有しているものは、すべて自分のものだと図々しく宣言したという事実に気づいてる？　ジョン・ファーンリーは自分だと言っていることはどう？ 自分こそ准男爵の爵位と年間三万ポンドの収入を受け継ぐ人物だと主張していることは？ つまり、あなたからすべてを奪おうとしているのよ」

「ああ、気づいているよ」

「でも、そんなことにはなんの意味もないっていうの？」モリーは大声をあげた。「なんの意味もないって言わんばかりに、あなたはそれはそれは気を遣ってこの男を扱っているじゃない」

「意味はあるとも。わたしのすべてが問題になっている」

「まあ！　だったら、誰かがあなたのところにやってきて、〝自分がジョン・ファーンリーだ〟

と告げたならば、〝バカなことを言うな〟とはねつけて、気を遣ったりしないで追いだすのが普通でしょう。そうでなければ警察を呼びにやるか。少なくとも、わたしならそうします」

「きみは理解していないんだな。バローズが言うんだ――」

彼は部屋をゆっくりと見まわした。時計の静かにチクタクという音に耳を傾けて、磨きあげた床や洗いたてのカーテンの匂いを楽しんでいるようにも、現在、彼が所有している豊かで穏やかな数エーカーの所有地全体に降りそそぐ日射しに手を伸ばしているようにも見える。おかしなことだがその瞬間、彼はいつにも増して清教徒のように見えると同時に、危険きわまりない人物にも見えた。

「かなりみじめなことだろうな」彼がのろのろと言った。「いまになって、すべてを失ったら」

彼はわれに返り、その物腰に潜んでいた静かな荒々しさをまた抑えつけた。ドアがひらいたのだ。ノールズ――禿頭《とくとう》の老執事が、ナサニエル・バローズとブライアン・ペイジを案内してきた。

ここまで歩いてくる途中にペイジが観察したところでは、バローズはいま最高に取り澄ましたヒラメのようなのっぺりした表情になっていた。この日の夜にバローズが人間らしさを見せることはないだろう。だが、この居心地の悪い雰囲気に立ちむかうには、こういう態度を取るのが必要なことなのだとペイジは想像した。これほどの居心地の悪さを感じたことは記憶になかった。屋敷の主人と女主人をちらりと見ただけで、ペイジは来なければよかったと思いはじめたくらいだ。

バローズが痛々しいほど堅苦しく、あるじ夫妻に挨拶をした。ファーンリーはこれから決闘をするかのように硬くなっている。

「どうやら」バローズがつけ足した。「すぐに話を進められそうですよ。ペイジ氏がこちらに必要な証人になってくれると、ご親切にも同意してくれて——」

「あの、いいかい」ペイジはいささか強引に割りこんだ。「ぼくたちは包囲された砦にいるわけじゃないぞ。きみはケント州でももっとも広い土地をもち、最高に尊敬されている大地主じゃないか。バローズから聞かされたばかりのことから判断するに」ファーンリーの表情を見ると、言おうとしていたことを口にできなくなった。「まるで、草地が赤くなって、川が丘を遡《さかのぼ》っていると聞かされたみたいに突拍子もないものだよ。そう思うのも当然だ。たいていの人ならそう考える。なにをそれほど受け身になっているんだい？」

ファーンリーがゆっくりと口をひらいた。

「そのとおりだね」彼はそう認めた。「わたしは愚かなことをしているらしい」

「本当にそうよ」モリーが彼に賛成した。「ありがとう、ブライアン」

「マリーには——」ファーンリーが遠くをながめながら言った。「彼には会ったのか、バローズ？」

「ほんの少しだけですよ、サー・ジョン。非公式に。相手側も同様です。マリーはあきらかに、テストをする存在に過ぎません。テストのあいだ、彼はなにも言わないとのことです」

「彼はずいぶん変わっていたか？」

ここでバローズが、ぐっと人間らしくなった。「それほどは変わっていなかった。歳を取ってむかしよりは頑固で辛辣《しんらつ》になり、あごひげは白くなっています。むかしは——」

「むかしは——」ファーンリーが言った。「ああ、そうだ！」彼は思い浮かべたことを頭のなかで反芻《はんすう》した。「わたしから訊ねたい質問がひとつあるんだよ。マリーが中立でない可能性はないか？　いや、待ってくれ！　こんなことを言うのは卑しむべきことだとはわかっている。マリーはいつも正直すぎるほどだった。そう、公平そのものだった。だが、二十五年も会っていない。二十五年は長いよ。わたしのほうは変わった。ときに、今回の件がねじ曲がった企《たくら》みである可能性はないか？」

「それはないと安心していただいて結構です」バローズが頑として言い放った。「その件については以前に話し合ったではないですか。もちろん、わたしの頭に真っ先に浮かんだのもそのことでした。だからこちらがどんな手順を踏むべきか熟考して、あなた自身がマリー氏は善意の人物であると納得されたではありませんか。そうではなかったですか？*原注」

「ああ、そうだった」

「では、なぜいまになって、この問題をもちだされたかお訊ねしてもよろしいでしょうか？」

「わたしに感謝してほしいね」ファーンリーが突然、バローズの態度をそっくり真似て冷たく切り返した。「わたしが他人の名を騙っている悪人だと、きみに思われていることに気づいていないかのようにふるまってやっているんだから。きみがすべて手配したことじゃないか！　否定するなよ！　事はきみが考えたとおり運ぶように進んでいる。穏便に、穏便にと。わたしはとにかく穏便に済まそうとしてきたが、それで結局のところ、わたしの立場はどうなった？　だが、いまになってマリーのことを訊ねた理由は教えてやろう。マリーが悪だくみしていないと思うのならば、なぜ私立探偵に彼を見張らせたんだ？」

大きな眼鏡の奥で、バローズの目は見間違えようのない驚きで見開かれた。

「なんとおっしゃいましたか、サー・ジョン。わたしは私立探偵などにマリー氏も誰も見張らせてなどおりませんよ」

ファーンリーがたたみかけた。「では《雄牛と肉屋亭》に滞在しているもうひとりの男は何者なんだ？　わかっているくせに――若く、きつい表情の男で、こそこそしていて、訊ねまわっている男のことだが？　村の誰もがあの男は私立探偵だと話している。本人は民間伝承に関心があって本を書いていると話しているが。民間伝承が聞いてあきれる。マリーにフジツボのようにくっついているじゃないか」

全員が顔を見合わせた。

「ええ」バローズが考えこみながら言った。「民間伝承研究家と彼が村人に抱いている関心のことは、話に聞いています。ウェルキンに送りこまれた男かも――」

「ウェルキン？」

「今回名乗りでた男の事務弁護士です。でも、その探偵はこの件とは関係ない人物ではないですかね。それがもっともありそうな話ですが」

「それはどうだか」そう言ったファーンリーの目は血走り、顔色は暗くなっていた。「関心がどうこうはどうでもいい。私立探偵云々が引っかかる。あらゆることを訊ねてまわっているらしい。わたしの聞いたところでは、哀れなヴィクトリア・デーリーのことも」

ブライアン・ペイジはここで、話の焦点がわずかに変化して、ここまでは常識的に考えていたのがおかしな方向へ話が進みはじめたように思った。ファーンリーは去年の夏の、年間三万ポンドの価値がある権利について話し合っているただなかで、卑劣ではあるがありふれた悲劇のほうにとらわれたように思えたのだ。どういうことだろう？　ヴィクトリア・デーリーは害のない三十五歳の未婚の婦人で、靴ひもとカラーボタンのセールスマンと称する流れ者に自宅のコテージで絞殺された。興味深いことに絞殺の凶器は、靴ひもだった。そして彼女の財布が、列車の事故で死亡した流れ者のポケットから発見されたんじゃなかったか？

沈黙のなかでペイジとモリー・ファーンリーが見つめあっていると、部屋のドアがひらいた。ノールズがこの場の人々と同じくらい自信のない様子でやってきた。

「ご主人様、紳士がおふたかた、いらしております」ノールズが言った。「おひとりはウェルキン様とおっしゃる事務弁護士のかたです。もうおひとりは――」

「ん？　もうひとりは？」

「もうおひとりは、自分はサー・ジョン・ファーンリーだと伝えるようにとおっしゃいました」

「そうなのか？　やれやれだな。では――」

モリーが静かに立ちあがったが、下顎の筋肉がこわばっていた。

「サー・ジョン・ファーンリーからだと、こう先方に伝えて」彼女はノールズに指示を出した。「サー・ジョン・ファーンリーはようこそおいでくださいましたと申しております。ただし、お客様がそれ以外の名前をおっしゃらなければ、サー・ジョンがお会いする時間ができるまで、使用人の間の廊下でお待たせすることになりますと」

「いや、か、勘弁してください！」バローズが弁護士としてそれは認められないとばかりに、口ごもりながら話した。「思うままに——機転も必要ですが——先方に冷たくあたろうとなさるのはわかりますが、どうか無茶は——」

ファーンリーの浅黒い顔をほほえみの影が横切った。

「よろしい、ノールズ。いまの言葉を伝えてくれ」

「なんて厚かましいの」モリーが息巻いた。

もどってきたノールズは使者というより、コートの隅に叩きつけられたやわなテニスボールのようになっていた。

「ご主人様、紳士はこうおっしゃっております。先走った伝言を言付けて心からお詫びをする。この件で不快な思いをされないでいただきたいと。それから、自分は長年世間でパトリック・ゴア氏として通していた者だとおっしゃっております」

「いいだろう」ファーンリーが言った。「ゴア氏とウェルキン氏を読書室にお通ししてくれ」

原注：ファーンリー事件の悲劇に続いた激しい議論において、この点が素人たちからしばしば指摘されたことを、新聞で読んで覚えている人もいるだろう。わたし自身、この謎を解こうと試み

て多くの無益な仮説を立てて時間を無駄にしたことから、ここで以下のことをはっきりさせておくほうがいいと考えている。ケネット・マリーの誠実さと善意は真実として受け入れられるべきである。本物の跡継ぎを見分けるという点に関して、彼のもっていた証拠は、正当なものであった。のちにそれが真実の裏付けに用いられたことも想起されていい――J・D・カー

# 3

自分こそサー・ジョン・ファーンリーだと名乗りでた男が、椅子から立ちあがった。読書室の一面の石壁には長方形のガラスをはめこんだ窓がいくつもあるが、日射しはもうだいぶ翳っていた。木立が濃い影を投げかけている。絨毯は石床の全面には敷かれていなかった。どっしりした本棚が地下聖堂の棚のように造りつけてあり、下半分は扉つきの物入れで、天井近くは丸みを帯びたデザインになっていた。木立越しの緑の光がいくつもの窓ガラスを通って影を床に投げかけ、テーブルの隣で立ちあがった男の足元まで伸びていた。

モリーはのちに、ドアが開けられたときに心臓が喉元までせりあがったこと、鏡から飛びでたような夫に生き写しの男がそこにいるのではないかと思ったことを打ち明けた。しかし実際は、ふたりのあいだに、たいして似たところはなかった。

読書室の男はファーンリーほど体重はなさそうで、筋肉質でもなかった。黒く細い髪に白髪

はまじっていなかったが、頭頂部が少し薄くなりかけていた。表情は暗かったものの、ひげはきれいにあたっているし、額や目元に皺《しわ》はあるが、それは強情さの表れというより、この状況を楽しんで浮かんだもののようだ。表情からは全体として、余裕、皮肉、この場を楽しんでいる風情が窺われ、非常に濃い灰色の瞳をもち、眉尻は若干しゅっとはねている。身なりはよく、古いツイードの上着を着ているファーンリーとは反対に都会的な服装だ。

「お詫びしますよ」名乗りでた男が言った。

声すらも、ファーンリーの甲高く耳障りなテノールとは対照的に、バリトンだった。引きずっているというほどではないが、歩きぶりは若干ぎこちなかった。

「申し訳ないです」彼はあくまでも丁寧にそう言ったが、どこかおもしろがっているようなひねくれた様子があった。「むかしの家に帰るのにこんなにしつこくしてしまって。ですが、おれの動機をわかってくだされば、と思いますね。法律関係の代理人ウェルキン氏を紹介させてください」

少し目の飛びでた太った男が、テーブルのむこうの椅子から立ちあがった。だが、一同はこの弁護士にほとんど注意を払わなかった。自分こそファーンリーだという男のほうは、この場の人々だけを興味深そうに観察するだけでなく、部屋の細部すべてを思いだすように見まわしていた。

「本題に入ろう」ファーンリーがいきなり言った。「バローズには会ったことがあるな。こちらはペイジ氏。そしてわたしの妻だ」

「お会いしたことがありますよ――」名乗りでた男はためらいがちに言ってから、じっとモリーを見やった。「――あんたの奥さんには。すみません、どう呼びかけるのがふさわしいのか、わかりませんね。レディ・ファーンリーとは呼べないし、モリーとも呼ぶわけにもいかない。この人が髪にリボンをつけていた頃と同じようにはね」

ファーンリー夫妻はなにも言わなかった。モリーは冷静だったが、頬を赤らめ、目のまわりをピンと緊張させた。

「それに」男が話を続けた。「このひどく気まずくて不愉快な話し合いを、これほど快く受け入れてくれたあんたには、礼を言わねば――」

「それには及ばない」ファーンリーがぴしゃりと言った。「わたしはこの話し合いを反吐《へど》が出るほど厭わしいと思っている。その点はそちらも理解できることだろう。おまえをこの家から放りださない理由はただひとつ、われわれは穏当にふるまうべきである、そうわたしの弁護士が思っているようだからだ。こちらの事情はそういうことだから、さあ、話してみなさい。どんな主張ができるというんだね?」

ウェルキン氏がテーブルを離れて咳払いをした。

「わたしの依頼人のサー・ジョン・ファーンリーは――」そう切りだす。

「ちょっといいですかな」バローズがウェルキンと同じくらい、慇懃《いんぎん》に口を挟んだ。ペイジには法律という名の斧が擦《こす》れはじめたかすかな軋《きし》みを聞いたように思えた。法服の袖がまくりあげられ、会話はこの弁護士たちの普段のペースに合わせられたようだった。「便宜上、そちらの依頼人を別の名でお呼びいただいてはいかがでしょうかな？　〝パトリック・ゴア〟と呼ばれておいでだったのですし」

「わたしはむしろ」ウェルキンが言った。「明解に〝わたしの依頼人〟で通したほうがいいと思います。それでご満足いただけませんか？」

「異論はない」

「それはどうも。さて、ここに持参しましたのは」ウェルキンが話を続け、ブリーフケースをひらいた。「わたしの依頼人が提出の準備を済ませた申立書です。わたしの依頼人は公正でありたいと願っていましてな。現在の相続人には家督と地所に対する権利はないと指摘する必要性があるにもかかわらず、わたしの依頼人は今度の詐称が始まった経緯に留意する必要があると考えております。また、現在の相続人に財産の管理能力があり、ひいてはそれが家名へ有利に働いたという事実も認識しております。

　それ故に、現在の相続人がただちに引きさがり、本件を法廷へもちこむ必要性を生じさせないならば、当然のこと、そちらを起訴するという事態にはなりませんでしょう。それどころか、わたしの依頼人は現在の相続人に、ある程度の金銭的補償をするつもりでおります。生涯をつうじて、年に千ポンドの年金ではいかがでしょう。わたしの依頼人は現在の相続人の妻――つまり旧姓ミス・モリー・ビショップ――個人がかなりの財産を相続したことを突きとめております。ですから、経済的におこまりになることはないはずです。当然ながら、現在の相続人の妻が、詐欺という見地から婚姻の有効性を疑問視されるならば――」

ふたたび、ファーンリーの目元が赤く染まった。

「まったく!」彼が言った。「図々しい。どこまで面《つら》の皮が厚いんだ——」

ナサニエル・バローズがシッという黙れの合図とは聞こえないくらいの丁寧な音をたてたが、それだけでファーンリーは自分を抑えた。

「ちょっと、ご提案してもよろしいでしょうかね、ウェルキンさん」バローズが切り返した。「目下、わたしたちが集まっているのは、あなたの依頼人に権利があるか否か決めるためではないでしょうか? それが決定されるまで、そのほかのことは考慮の対象から外してもよろしいかと思いますが」

「ではおっしゃるようにしましょうか。わたしの依頼人は」ウェルキンは相手を見下すように肩をすくめて言った。「不快なことはとにかく避けたいと願っております。ケネット・マリー氏がすぐに合流されるはずです。その後は、恐れながら、もはや疑いの余地のない仕儀になることでしょう。現在の相続人がいまの態度を続けるようであれば、残念ながら結局は——」

「わかったから」ファーンリーがふたたび口を挟んだ。「前置きはいいから、本題《ホース》に入ろう」

相続権主張者がほほえんだ。内心思いついたジョークに目をむけて笑ったように見えた。

「やっぱり、偽物のお上品がうまく身について、下町訛《なま》りのオースと言えなくなっているよ」

「偽物とおっしゃいますけど、うちの良人《おっと》は安っぽい侮辱をするような上品さとは縁がございませんので」モリーがそう言うと、今度は名乗りでた男のほうがかすかに顔を赤らめた。

「これは失礼。そんなこと言うべきじゃなかったですね。でも、忘れないでほしいんですが」

男はふたたび口調を少し変えて言った。「おれは荒くれ者にかこまれて、平穏とは縁のない暮らしをしていたのです。自分自身のことは自分なりの言葉で話せないものでしょうか？」

「いいだろう」ファーンリーが言った。「口を出さないでくれ」彼は弁護士ふたりにむけて、言い足した。「これは個人的な話だ」

示しあわせたかのように、一同は揃ってテーブルへ移動して腰を下ろした。名乗りでた男は大きな窓に背をむけて座った。しばらく考えこむ様子で、黒髪のてっぺんのかすかに薄くなってきたあたりを無意識になでていた。続いて顔をあげると、皺の寄った目元には自嘲《じちょう》の色が浮かんでいた。

「おれはジョン・ファーンリーですよ」ごく単純に、そしてあからさまに熱意を込めて彼は切りだした。「この件には法律上の屁理屈でじゃましないでくれるとありがたい。これから詳しく説明しますから。別に自分はタタール人の王だと名乗ってもいいところだが、たまたまおれはジョン・ファーンリーなんです。なにがあったのかお話しします。

子どもの頃のおれは礼儀とは無縁の若造だったかもしれません。だがいまでもやっぱり、あんな態度をとっていたのも無理のないことだった——そんな気がしているんですよね。父親のダドリー・ファーンリーはもう死んでいるが、生きていたとしても、いまでもおれの神経を逆なでするでしょう。自分がまちがっていたとは言えませんが、もう少し妥協することを学ぶべきだったとは思いますよ。青二才と指摘されるたび、目上の者たちに反撥した。家庭教師たちにも反撥した。興味のもてない教科をすべて軽蔑していたからです。

本論に入りますが、おれがこの家を出た理由はみなさん、おわかりですよね。おれはマリーとタイタニック号に乗った。乗ったそばから、できるだけ三等船室の乗客たちと過ごすようにしましたよ。わかってくださるでしょうが、別に三等船室の乗客たちが好ましかったからじゃなく、一等船室にいるおれの同類が嫌いだっただけだった。別に弁明してるんじゃないですよ。心理状態を説明しているだけです。みなさんも納得してくれるでしょう。

三等船室で、ルーマニア人とイギリス人の両親をもつ同《おな》い年ぐらいの少年に出会いました。ひとりでアメリカ合衆国へむかうところでしたね。むこうはおれに関心をもった。父親——その後、見つかることもなかったが——はイギリス流の紳士だったそうですよ。母親はルーマニア人で、イギリスの旅回りのサーカスで蛇遣いの踊り子をしていたらしいです、飲んでいないときは、ですが。作り物の蛇を本物と言っても通用しない時代がやってきて、この母親はサーカスの居住用テントで働く臨時雇いの料理人へと降格になったんですね。すると、息子がじゃまになった。というわけで母親をむかし慕っていた男がアメリカのサーカスでそこそこうまくやっていたから、母親は息子をその男のもとへ送ることにしたんだそうです。

少年はこれから自転車で綱渡りをやる演技を習うことになっていましてね、ほかにも習うことがあって——おれがどれほどうらやましく思ったか想像できますか。まったく、どれだけうらやましかったか！ いくつであっても健全な男ならば、おれを非難できはしないですよ」

相続権主張者は座ったまま少し身じろぎをした。斜に構えて過去を振り返っているようだが、どこかしら満足してもいるらしい。そして残りの一同は誰ひとりとして身動きひとつしなかった。如才《じょさい》ないウェルキンは口を挟んで論評や意見を述べたかったようだが、みなの顔をさっと見まわして無言のままでいた。

「おかしいのは」男は自分の爪を見つめて話を続けた。「その少年もおれをうらやんだってことです。発音のむずかしいなんとかいう名を〝パトリック・ゴア〟に変えていましたね。その響きが好きだったそうです。そしてサーカスの生活を軽蔑していた。移動や環境の変化や騒々しさや秩序のなさを嫌っていたんですよ。杭を打ちこんでは朝になると引き抜いたり、食事の配給へ行けば押し合いへし合いで、顔を肘でこづかれたりするのは好きになれないと。どこであんなふうに育ったことやら。堅苦しく、よそよそしく、けれど行儀はいいちょっとしたならず者。初対面でおれたちはつかみあって喧嘩し、三等船室の半分くらいの客になんとか引き離されました。それでもあまりに頭にきたから、正直言うと、折りたたみナイフで襲いかかりたかったくらいですね。だが、彼はさっと頭を下げて去っていきました。いまでもその姿が目に浮かびます――友よ、あんたのことですよ」

男はファーンリーを見あげた。

「よくもぬけぬけと、そんな嘘を」ファーンリーはいきなりそう言うと額に手をあてた。「信じられない話だ。悪い夢でしかない。おまえは本気でそんなことを言ってるのか?」

「そうとも」男は断固として言い放った。「入れ替わったらどれだけ楽しいか、語り合ったじゃないか。もちろん、想像を巡らすだけのその場かぎりの突飛な夢としてね。あんたは、そんなことがうまくいくはずがないと言ったな。もっとも、実現させるためならば、おれを殺してもいいような顔つきだったが。おれのほうは、そんなことを実際にやるつもりなどなかったんだ。笑ってしまうのは、そっちは本気だったってことだよ。あんたにはこちらの情報をいろいろと聞かせたものだ。〝叔母の誰それや従兄弟《いとこ》の誰それに会ったら、こんなふうに言わなくちゃだめだぞ〟と言ったよな、思いだしたくもないほど偉ぶって。あのときの態度を言い訳するつもりはない。あんたのことはコソ泥だと思っていたし、いまでもそう思っている。あんたには日記も見せたな。おれはずっと日記をつけていた。話し相手が誰もいないという、ただそれだけの理由で。いまでもつけているよ」ここで相続権主張者は気まぐれのように、ふと顔をあげた。「おれを覚えているか、パトリック？　タイタニック号が沈んだ夜を覚えているか？」

沈黙が降りた。

ファーンリーの顔には怒りなどいっさい浮かんでいなかった。ただ、とまどいの色があるだけだった。

「もう一度言う」ファーンリーが言った。「おまえは狂っているよ」

「氷山に衝突したとき」男は慎重にそう言った。「自分がなにをしていたか、はっきりと話してやりましょうか。あのお目付役のマリーが喫煙室でブリッジをやっているあいだに、彼と使っていた船室へ降りた。マリーはコートにブランデーの携帯用酒瓶を隠していたんで、おれは味見をしていたんです。バーじゃ酒を出してくれませんからね。

氷山に衝突したとき、衝撃はほとんど感じませんでした。感じた人間はいないと思いますね。ごくかすかにズシンときただけで、テーブルのなみなみとつがれたカクテル・グラスの酒さえこぼれないくらいでした。それからエンジンの音がとまった。通路に出たのはどうしたのかと思っただけのことです。なにがあったのか最初にわかったのは、大勢の人が話していた声がどんどん大きくなって近づいてきたからです。そのとき、肩に青いキルトを巻きつけた女がひとり、急に悲鳴をあげながら走りすぎていきました」

ここで初めて、相続権主張者はためらいを見せた。

「それからのことを話して、むかしの悲劇について蒸し返すことはしませんよ」彼はそう言い、両手をひらいたり閉じたりした。「これだけは言っておきましょうか。いくら子どもだったとはいえ神様には許してもらえるでしょうかね、おれは、むしろ沈没していくのを楽しんでいたんですよ。ちっとも怖くなかった。愉快でね。ありふれた日常から外れ、日々の単調さを取り払ってくれるものでした。おれはそんなものをずっと求めていたんです。興奮して冷静に考えられなくなっていたので、パトリック・ゴアと入れ替わろうと決めたんです。あっという間に決心できたように思いますね。彼のほうは、ずっとそうしたいと願っていたんじゃないかと思いますが。

おれはゴアに会った――そう、あんたに」男はこの家のあるじをじっと見つめて大声で言った。「B甲板だった。身の回りの品一切を麦わらの小さなスーツケースにまとめていたな。この船は沈む、それもすぐにと、そりゃあ冷静にあんたは言った。本気で身元を替えたいのならば、この混乱のなかでならうまくやれると。もっとも、おれたちのどちらかでも生き延びたらの話だがと。おれはこう答えた。マリーはどうする？　あんたは嘘をついた。マリーは海に落ちてすでに死んだと。おれはサーカスの偉大な人気者になりたかったから、あんたと入れ替わった。服、身分証明書、指輪、すべてひっくるめて。日記までもあんたは手に入れた」

　ファーンリーは無言だった。

「それからのあんたは」名乗りでた男は声の調子を変えることなく、言葉を継いだ。「すばらしく手際がよかったよな。おれたちは救命ボートへ駆けていこうとした。あんたは、おれが背をむけるまで待っていたんだ。そこで盗んでおいた水夫の木槌を取りだして、後頭部を殴りつけてきた。三回も殴って仕事を仕あげようとしたな」

　ファーンリーはやはり無言だった。モリーは椅子から立ちあがったが、夫に座るように身振りされ、それに従った。

「言っておきたいんですが」男はテーブルから埃《ほこり》を払うような仕草をして言い張った。「ここへ来たのは、そのことを責めるためじゃない。二十五年と言ったら長い時間だ。それに、あの頃のあんたはまだ子どもだった。もっとも、そのあんたがどんな男に成長したことやらとは思うがね。このおれも不良だと思われていた。あんたはおれを軽蔑し、ああするだけの正当な理由があると信じていたのかもしれない。それにしてもあそこまで徹底することはなかった。どちらにしても、おれはあんたの名を騙《かた》ったはずだからさ。それでも――いくらおれが一家のもてあまし者の厄介者《ブラック・シープ》だったとしても、あんたにあそこまでされるほど、真っ黒《ブラック》ではなかったよ。

　それからあとのことは、はっきり想像がつくだろう。本当に幸運だったことに、怪我はしていたがまだ息のあるところを発見されて、おれは最後の救命ボートに押しこまれた。犠牲者のリストは初めはたしかなものじゃなかったし、アメリカは広い国だ。おれはしばらく影の世界にいた。ジョン・ファーンリーもパトリック・ゴアの名も、行方不明者のリストにあった。あんたは死んだと思っていた、そっちがおれは死んだと思っていたように。荷物と身分証明書からおれはパトリック・ゴアだと、ボリス・エルドリッチ氏――きみに会ったことのなかったサーカスの経営者だ――が認めてくれて、おれは完全に満足した。

サーカスの生活が気に入らなければ、いつだって正体を明かせばいいと思っていた。死んだ息子が奇跡的に生きてもどれば、家族から前よりいい扱いを受けるんじゃないかと考えていたよ。それを考えるとうれしくなったね。劇的などんでん返しじゃないか。誓って本当のことだが、そう思ったら安らかに眠れた晩がいくらもあったくらいさ」

「それで」モリーがわざと気乗りのしない調子で言った。「あなたはサーカスで綱渡りをする自転車乗りになったわけかしら？」

相続権主張者は顔をそっと横にむけた。内心かなりおもしろがっているらしく、きらめく濃い灰色の瞳は、いたずらっ子を思わせた。またもや手をあげると、薄くなりつつある頭頂部をなでる。

「いや、最初はサーカスで大々的な成功を収めましたが、ほかのものになりましたよ。いまのところは、それがなにか言わないことにしましょう。それはとびきりの秘密ですし、その後の人生の細部を話して退屈させたくもないですしね。

大げさじゃなく、いつかはこの家にもどって、墓から甦《よみがえ》った黒い羊《ブラック・シープ》よろしくメエエエと鳴いて家族を仰天させるつもりでしたよ。なぜって、なんとおれは成功したからです。あれだけ将来を悲観されていたこのおれが！　そのことで、兄のダドリーは身悶えして苦しむとも思いましたね。けれど、そんなお楽しみは最後にとっておいたんです。イギリスを訪れたときでさえ、あまりそんな気にはならなかったぐらいでした。いいですか、なぜなら〝ジョン・ファーンリー〟が生きているなんて思ってもみなかったからです。奴はコロラドで大成したなど夢にも思わず、死んだと信じていたから。

だからおれがどれだけ驚いたことか、想像できるでしょう。半年ほど前のことでした。まったくの偶然で安新聞を手にしたら、〝サー・ジョンとレディ・ファーンリー〟の写真が掲載されていて、記事で兄のダドリーが食中毒のために死んだと知った。さらにその弟が相続人になったのだとも。最初は、遠縁の者あたりを新聞が勘違いして書いたにちがいないと思いましたよ。だが、たいして調べないうちに本当のことがわかりました。結局、このおれが相続人なのだと。まだまだ若く――まだ元気で――復讐心などなかったこのおれが。

むかしのことはひどく朧《おぼろ》気《げ》な記憶になっていました。かなりの歳月が流れていましたが、それでも、おれと、水夫の木槌で跡継ぎになりかわろうとした小僧との記憶はいくらでも残っています。それにあの小僧はあれ以来、立派な市民になったという。ここの森はむかしと同じに見えます。だが、おれの目のほうが変わってしまいました。自分の家にいるのに妙な気分がしてなじめない。地元のクリケット・クラブやボーイ・スカウトのよき支援者になれるかどうかも自信がない。みなさんおわかりでしょうが、おれはスピーチがかなり下手なんですが、それでも言いたいことは伝えられたとさせてもらいましょう。さあ、パトリック・ゴア、おれの主張はわかったはずだな。寛大だろう。裁判にもちこむと言うのであれば、化けの皮を剝がしてやると警告しておく。それから、みなさん、かつておれを知っていた人からの質問は、なんでも受けつけます。自分でもいくつか質問を考えてあるから、ゴアにも答えてもらうつもりですよ——答えられるものならね」

相続権主張者がしゃべり終えてからしばらく、ますます暗くなりゆく部屋は静まり返っていた。男の声はまるで催眠術師のそれのようだった。一同がファーンリーを見つめていると、彼はテーブルを拳でぐっと押して立ちあがった。客を見つめるファーンリーの暗い表情には、静けさと安堵感に加え、ある種の好奇心があった。整えた口髭の下を片手でなでた。まるで笑っているようだった。

モリーがその様子を見て、深々と息を吸った。

「なにか言いたいことがあるのね、ジョン?」彼女は促した。

「ああ。この男がやってきてこんな作り話をする理由も、それでなにを手に入れようと思っているのかも、わたしにはわからない。だが、この男の話は最初から最後まで、まったくのでたらめだということはわかる」

「争うつもりか?」名乗りでた男はおもしろそうに訊ねた。

「もちろん、争うつもりだとも、このろくでなしが。いや、むしろ、おまえに争わせようか」

ウェルキン氏が大きく咳払いをして、いまにも口を挟むかに見えたが、名乗りでた男が制した。

「いやいや」彼は気楽にそう言った。「口を出さないでくれ、ウェルキン。きみたち法律の信奉者は〝それ故に〟だとか〝警告を発する〟だとか言いだすのが得意だが、こんなふうな個人間のささやかないざこざに、そんなのはおよびじゃないよ。正直言うとおれは、このやりとりを楽しんでいるくらいさ。さあ、ちょっとしたテストをやろう。ここにきみの執事を呼んでもらえるかな?」

ファーンリーは顔をしかめた。「だが、いいか。ノールズはあの頃――」

「頼まれたとおりにしてさしあげたら、ジョン?」モリーが調子よくそう言った。

ファーンリーはモリーの表情に目を留めた。ユーモアのないユーモアとでも言うべき矛盾したものが存在するとしたら、彼の鋭い顔立ちが浮かべていたのはまさにそれだった。ベルを鳴らしてノールズを呼ぶと、執事は先ほどと同じようにためらいがちな態度でやってきた。相続権主張者は物思いにふけるように執事を見つめた。

「ここを訪ねてきたとき、きみには見覚えがあると思った」男はそう言った。「父の代にここにいただろう?」

「なんと言われましたでしょうか?」

「父の代にここにいただろう? 先代のサー・ダドリー・ファーンリーの時代だよ。そうだろう?」

嫌悪の表情がファーンリーの顔に浮かんだ。

「これは墓穴《ぼけつ》を掘ったようだな」ナサニエル・バローズが鋭く口を挟んだ。「サー・ダドリー・ファーンリーの時代の執事はステンソンだった。もう亡くなって――」

「ああ。それは知っていますよ」名乗りでた男はそう言って、バローズに横目をくれた。それから執事をじっと見つめ、深く座り直すと、いささか苦労しながら脚を組んだ。「きみの名前はノールズだ。父の時代に、フレットンデンのマーデール大佐の家の執事だった。ウサギを二匹飼っていたが、それを大佐には秘密にしていたね。飼っていたのは、リンゴ園に一番近い馬車置き場の角だ。一匹の名前はビリーだった」彼は顔をあげた。「そこの紳士にもう一匹の名前を訊くといい」

ノールズはかすかに顔を赤くしていた。

「訊いてみてくれないか？」

「くだらない！」ファーンリーが嚙みつくように言ったが、ふたたび威厳を取りもどした。

「ほう」名乗りでた男は言った。「答えられないという意味かな？」

「答えないことを選ぶという意味だ」それでも六組の目がファーンリーに集まると、プレッシャーを感じたらしい。身じろぎして、つっかえながら言った。「二十五年も経ってウサギの名前なんか覚えているものか？――わかった、わかったよ、少し待ってくれ！　他愛ない冗談になっていなかったか、間抜《まぬけ》、思いだしたぞ。ちょっと待ってくれ。ビリーとウォ……ちがう、そうじゃない。ビリーとシリー。そうだろう？　そうだっただろう？　自信はないんだが」

「正解でございます、ご主人様」ノールズが安心したように言った。

名乗りでた男が落ち着きを失うことはなかった。

「じゃあ、もうひとつテストをやろう。さあ、ノールズ、ある夏の夕方――おれが家を出る前の年だ――きみはある近隣の家へ言付けを伝えるために、先ほど話に出たリンゴ園を通り抜けていた。そこでおれが十二か十三歳だったかのレディとよろしくやっているのを見つけて、きみは驚いてかなり衝撃を受けたな。きみのご主人にその若いレディの名前を訊いてみろ」

ファーンリーは暗く険しい表情になった。

「そんな出来事は覚えていない」

「あんたはおれたちにこう印象づけようとしているのか？」男は言った。「生来の騎士道精神ゆえ口に出せないと？　だめだな、友よ、そんな言い訳は通用しない。ずっとむかしの話だし、この場では妥協などというものは認められないと、断言しておく。ノールズ、あのリンゴ園でなにがあったか、きみのほうは覚えているな？」

「そう言われましても」悩める執事はそう言った。「わたくしは――」

「覚えているんだな。だが、この男は思いだせないようだ。なぜって便利な例の日記にその事実は書かないでおいたからな。さあ、その若いレディの名前はなんだった？」

ファーンリーがうなずいた。「いいだろう」つとめてさりげない調子でうなずいた。「ミス・デインだ。マデライン・デイン」

「マデライン・デイン――」モリーが言いかけた。

ここで初めて、相続権主張者は少し怯《ひる》んだようだった。すばやく一同の表情を窺っていたが、直感力もすばやく取りもどしたようだ。

「彼女がアメリカのあんたあてに手紙を書いたにちがいない」男はそう切り返した。「もっと突っこんだ話をするしかないようだな。だが、訊いてもいいものですかね。不都合がなければいいんだが。つまり、だいぶ成熟したあの若いレディがまだこのあたりに暮らしていて、おれが不都合な話題にふれているのでなければいいのだが」

「失礼な」ファーンリーが突然言った。「もうこんなことはたくさんだ。もう我慢できない。出ていってくれないかね？」

「いやですね」相手はそう言った。「あんたのハッタリを崩してやるんだから。ハッタリだということくらい、自分でもわかっているくせに。ケネット・マリーを待つことに同意したじゃないか」

「マリーを待ったとしてどうなる？」ファーンリーは自分は切れ者だと見せようと努めているようだ。「それでなんになる？　なにが証明されるというんだ？　取るに足りない質問をしたところで、わたしたちふたりとも答えを知っているらしいのだから、これ以上どうにもならないだろう。それにおまえは答えなど知らない。おまえのほうがハッタリを言ってるからだ。わたしだってその気になればおまえのように無意味な質問を用意できるぞ。だが、それではどうにもならない。このようなことを証明できるなどと、どうして思ったんだ？　ここへ来て、どうやって証明できると思えるんだ？」

名乗りでた男は自分の立場をゆったりと楽しみつつ、座り直した。

「指紋という、疑う余地のない証拠でさ」

4

このことを大事にとっておいて、適切な瞬間に披露して、勝利を味わうことをずっと待ちかまえていたようだった。しかし切り札をこれほど早く切らねばならず、またその状況が望んでいたほどには劇的ではなかったことで、いささか失望しているらしい。だが、ほかの者たちはこれを劇的かどうかという視点からは見ていなかった。

ブライアン・ペイジは、バローズが震えるような声をあげたのを耳にした。そのバローズが立ちあがる。

「そんなこと、聞かされていなかったぞ」バローズは荒々しく吼えた。

「だが、想像はされていたのでは？」太ったウェルキンがほほえんだ。

「想像するなど、わたしの仕事の領分ではない」バローズが切り返した。「繰り返すが、そんな話は聞かされていませんでしたよ。指紋のことなど、なにも知らなかった」

「こちらとしても、正式には知らされていないところでね。マリー氏は詳細を語ろうとしないのですよ。だが」ウェルキンはいかにも慇懃に訊ねた。「現相続人は詳しく聞く必要はないでしょう。本物のサー・ジョン・ファーンリーであれば、マリー氏がずっとむかし、一九一〇年か一一年に指紋を採ったことは、もちろん覚えておいででしょうから」

「繰り返すが――」

「こちらこそ、繰り返させてもらいましょうかね、バローズさん。あらかじめ知らされる必要がありましたかな？　現相続人の言い分はいかがでしょう」

ファーンリーの表情はうちに引っこみ、感情を閉じこめてしまったように見えた。そうして精神的に追いつめられたときにいつもやる、ふたつの癖が出てきた。歩幅の狭い急ぎ足で、部屋じゅうを歩きまわると同時に、ポケットから鍵束を取りだし、人差し指に引っかけてくるくるまわしはじめたのだ。

「サー・ジョン！」

「なんだ？」

「覚えてらっしゃいますか」バローズが訊ねた。「ウェルキン氏が言われたようなことを？マリー氏はあなたの指紋を採ったことがあるのですか？」

「ああ、そのことか」ファーンリーはそれがちっとも重要ではないかのように言った。「ああ、思いだしたよ。忘れていたんだが、先ほどきみや妻としゃべっていて、ふと思いだした。指紋があったら、話はずっと簡単になるなと思っていたんだよ。そうだ、マリーはわたしの指紋を採ったとも」

相続権主張者が振り返った。それなりに驚いたところで、突然疑いを抱いたような表情だった。

「おかしいな」男が言った。「指紋のテストに立ちむかうことになれば、もう涼しい顔はしていられないでしょうに」

「立ちむかう？　立ちむかうだと？」ファーンリーが意地の悪い笑みを浮かべて繰り返した。「やれやれそれが一番じゃないか。おまえが偽者なんだからな。むかしやったマリーの指紋テスト——ああ、そうだ、ようやく思いだしたぞ。その話なら、細かなところまで思いだせる！これで問題は解決できるだろう。そうなれば、おまえを放りだせる」

ふたりの敵がにらみあった。

ここまでしばらくのあいだ、ブライアン・ペイジはじっとしない秤《はかり》に錘《おもり》をのせようとしていた。友情も偏見も抜きにして、ペテンをおこなっているのはどちらか見極めようとしていたのだ。問題は単純だった。パトリック・ゴアが（これまで呼ばれてきた名前を使おう）偽者だとすると、彼は他人の家にあがりこんでおきながら、かくも冷静に落ち着いていられるペテン師だということになる。現在のジョン・ファーンリーが偽者だとすると、裏表のない正直者の仮面をかぶった狡猾《こうかつ》な犯罪者であるだけではなく、もう少しで人殺しになっていた男ということになる。

間が空いた。

「いいかい、友よ」名乗りでた男が興味を新たにしたかのように語った。「あんたの面《つら》の皮の厚さは見あげたものだよ。いやいや、ちょっと黙って聞いてくれませんかね。皮肉って罠にかけるつもりも、言い争いを始めるつもりもない。ありのままの事実として、その三重の鉄仮面の面《つら》の皮の厚さには、カサノヴァでも及ばないですよ。さて、あんたが指紋のことを〝忘れて〟いても別に驚きゃしません。おれが日記をつけるようになる前の出来事だったから。だが、それを忘れていたと言うとはね。いいか、あんたは忘れていたと言ったんだぞ――」

「ふん、それのどこがおかしい？」

「ジョン・ファーンリーならば、あの一件は細部に至るまで忘れるはずも、忘れられるはずもないんだよ。ジョン・ファーンリーであるおれは、絶対に忘れなかった。なぜならその点こそが、ケネット・マリーが世界じゅうでただひとり、おれに影響を与えられる人物だった所以《ゆえん》だからです。足跡について語るマリー。変装について語るマリー。死体の処分について語るマリー。すごかった！　とりわけ指紋について語るマリーときたら。当時はそれが科学の最新の流行だった。おれの知るところでは」――彼は脱線し、声を張りあげて一同を見まわした――「指紋の個人識別における有用性は一八五〇年代、ヨーロッパ人ではサー・ウィリアム・ハーシェルによって初めて見出され、一八七〇年代後半にフォールズ博士により再発見されました。けれども、指紋がイギリスの法廷で証拠として認められるようになったのは一九〇五年になってからで、そのときでさえも、判事は信頼性を疑っていたのですよ。指紋が証拠として定着するまでには長年にわたる議論が必要でした。まあそれはさておき、マリーの有望な実験だった指紋を、よりによって忘れていたなどと言うとはね」

「やけに雄弁じゃないか」そう言ったファーンリーは、ふたたび気分を高ぶらせていて、危険な人物に見えた。

「当たり前だろう。あんたは指紋のことなど考えてもなかったらしいが、急にすべて思いだしたようだね。答えてくれないか。どんな方法で指紋を採取したのか」

「方法？」

「どんなやりかたで採取したんだ？」

ファーンリーが考えこんだ。「ガラス板でだ」

「バカバカしい。指紋帳でだよ。当時ゲームやおもちゃとしてそりゃあ人気だった、小さな灰色の手帳。マリーはほかにも大勢の指紋を採取したもんです。おれの父母にはじまり、採取させてくれる人なら誰でも」

「ちょっと黙れ。待てよ。そういえば、そんな手帳があったな。あの窓辺に座って——」

「じゃあ、ようやく思いだしたと認めるわけだな」

「いいか」ファーンリーは静かに言った。「わたしのことを誰だと思っている？　サーカスのお仲間だとでも思っているのか。おまえが質問を放てばマグナ・カルタの第何条だの、一八八二年のダービーでどの馬が二等だったかだの、間髪を容れず答えられる男だと思っているんじゃないだろうな？　どうやらそうらしいが、忘れたほうがいい、くだらないこともたくさんあるんだ。人は変わる。変わるんだぞ」

「だが、基本となる性格は変わらない。あんたが変わると思うようにはならないのさ。そこをはっきりさせないとな。魂を裏返すことなどできやしない」

この議論のあいだ、ウェルキンは厳粛そのものの面持ちで深々と腰を下ろし、満足を感じているような光で、突きでた青い目を輝かせていた。その彼がここで手をあげた。

「この議論は――その、こう言ってもよろしいですかな？　喜ばしいことにこの一件はほんの数分のうちに解決すると――」

「それでもわたしは主張しますよ」ナサニエル・バローズがきっぱりと言った。「この指紋の件は報告されておりませんでしたので、サー・ジョン・ファーンリーの利益という観点から――」

「バローズ君」相続権主張者が穏やかに言った。「きみは指紋の件を察していたはずですね。いくらこちらからお伝えしなかったとしても、最初から予想していたんじゃないんですか。だから、この申し立てに寛大なんでしょう。雇い主が偽者だとわかったとしても、そうでないとわかったとしても、どちらにしても自分の体面を保てるようにしている。すぐにこちらの味方になるのが賢いというものですよ」

ファーンリーが歩きまわるのをやめた。鍵束を宙に放り、手のひらを広げてガチャリといわせて受けとめ、長い指で包んだ。

「本当か？」彼はバローズに訊ねた。

「本当でしたら、サー・ジョン、わたしはなんとしてでも別の道を選んだに決まっています。同時に、ファーンリー家の顧問弁護士として、調査をする責任も――」

「それならいい」ファーンリーが言った。「わたしはただ、友人たちの立場を知りたいだけだ。

多くを語ることはしない。わたしの記憶には心地よいものも、不快なものもある。ある記憶はわたしを眠らせようとしない。まあ肝心なことは自分の胸にしまっておきたい。大事なのはマリーの居場所だ。どうしてまだ来ないんだ?」

相続権主張者は顔に浮かべていたメフィストフェレスのような冷笑を、邪悪な苦笑いにしてみせた。

「もし、型どおりに事が進むならば」彼は心から楽しそうに言った。「マリーはすでに殺されていて、死体は庭の池に沈められているんですよ。まだあの池はあるかね? ああ、まだあると思っていたよ。まあまじめに言えば、マリーはこちらへむかっている途中です。それに、おれは思いつきを誰かの頭に吹きこむつもりもない」

「思いつき?」ファーンリーが言った。

「そうさ。あんたが前にやったみたいな、手早くゴツンと殴って楽な生活を手に入れるというやつさ」

男の話しぶりはこの場の空気に寒気《さむけ》をもたらしたようだった。ファーンリーの声は甲高くなってしゃがれてきた。片手をあげ、古いツイードの上着の脇をなでおろす。それは自制しようとする神経質な仕草めいて見えた。敵は卓越した能力で、ファーンリーを傷つけることまちがいなしの言葉を選びだしているように思える。ファーンリーの首の長さが、ここに至ってかなり目立つようになっていた。

「こんなことを信じる者がいるのか?」ファーンリーはどなった。「モリー、ペイジ、バローズ……こんなことを信じるのか？」

「誰も信じてません」モリーが落ち着いた目線をむけて答えた。「この人に動揺させられるなんて、あなたはどうかしてる。相手の思うつぼよ」

名乗りでた男は彼女を興味深そうに見つめた。

「あなたもですか、マダム？」

「わたしもなに？」モリーはそう訊ねるや、自分自身に猛烈に腹をたてた。「言葉足らずに聞こえたらごめんなさい、でも、言いたいことは伝わりましたでしょう」

「あなたはご主人がジョン・ファーンリーだと信じてますか？」

「そうだと知っています」

「どうして？」

「残念ながら、女の直感、とお答えしなければなりません」モリーが冷静に言った。「ですが、わたしはこの直感をあてにしているんですよ。かぎられた範囲のなかですが、直感は直感なりに、いつもあたるので。この人と再会した瞬間にそうだとわかりました。もちろん、証明とやらはぜひお伺いしたいです。けれど、ちゃんとしたものでなければなりませんよ」

「お訊ねさせてください。あなたは彼を愛してらっしゃいますか？」

今度は日焼けした肌の下でモリーはさっと頬を赤らめたが、いつもの調子でこの質問をかわした。「そうですね、夫のことはかなり好いていると申しておきましょう。それでよろしくて？」

「もちろんですとも。あなたは彼を〝好いている〟。いつでも〝好いている〟のでしょうね。あなたたちはこの先も、ずっとずっとうまくやっていくのでしょう。ですが、彼を愛してはいないし、恋したこともなかった。あなたはおれに恋していた。つまりこういうことですよ。あなたは子どもの頃のおれの影に恋をしたんだ。〝このおれ〟が帰郷したとき、この偽者を取り巻いていたおれの影に――」

「みなさん、落ち着いて!」ウェルキンが叫んだ。まるで厳粛であるべき式典が騒々しい酒の席になってしまった会の主催者のようだった。かなりショックを受けた表情だ。

ブライアン・ペイジは会話に口を挟んだ。かなり興味を引かれたためでもあるし、この家のあるじ夫婦の気を静めさせるためでもあった。

「なんだか精神分析のようになりましたね」ペイジは言った。「さあ、バローズ、事態をどう収める?」

「この三十分ほどは、とにかく泥沼になっているな」バローズがそっけなく口をひらいた。「それに、本題からそれてもいる」

「そんなことはないですよ」相続権主張者が請け合った。この男は本気でバローズを喜ばせようとしているようだ。「まただなたかを怒らせることを言ってないといいんですが。みなさんもサーカス暮らしをしてみたほうがいい。面《つら》の皮がもっと厚くなりますから。それはそうと、あなたに申し上げますが」男がペイジを見やった。「おれはこのご婦人にたいしてはもっともな質問をしただけではないですかね? こう言って反対されるかもしれない。子どもの頃のこの人が、そこまで深くおれに惚れるには、もう少し歳がいっていないとむずかしい――ミス・マデライン・デイングらいの歳でないと無理だったのではないかと。あなたはその点に反対なさいますか？」

モリーが声をあげて笑った。

「いいえ」ペイジは答えた。「反対するとも支持するとも、考えていませんでした。あなたの謎めいた職業がなにか考えていたのです」

「おれの職業？」

「あなたがはっきり明かさなかったことです。最初にサーカスで成功を収められたと言うが、それが①占い師か、②読心術家か、③驚異の記憶芸人か、④奇術師か、ひょっとしたらそれらを組み合わせたものかは決められません。いずれのご専門の癖もあなたはおもちだし、それにまだなにかありそうだ。ケント州ではあなたは、あまりにも挑発的なメフィストフェレスです。あなたはこの地にいるべきではない。あれこれ引っかきまわしているのには、なんと言うか、ぞっとさせられる」

名乗りでた男はうれしがっている様子だ。

「おれがですか？　あなたたちはみんな、少しばかり引っかきまわしてもらう必要がありますよ」彼はそう言い切った。「職業ですが、いまおっしゃったのをすべて少しずつといったところかもしれませんよ。だが、絶対確実なのがひとつある――ジョン・ファーンリーであるということです」

部屋のむこうのドアがひらき、ノールズが入ってきた。

「ケネット・マリー氏がおいでです、ご主人様」彼は言った。

間が空いた。翳っていく光のいたずらで、一日の最後の燃えるような日射しが森と、高い位置にある窓ガラスを抜けていった。重苦しい部屋を赤く染めていた光は、続いて落ち着いて温かになり、そして表情と姿がなんとか見分けられる程度の明るさに弱まっていた。

ケネット・マリー自身はこの真夏の夕暮れに多くの記憶を甦《よみがえ》らせていることだろう。背が高く痩せ型、いくらか足を引きずっていて、第一級の知性の持ち主であるにもかかわらず、とくに成功というものを手にできたためしがない男だった。まだ五十歳にもならないというのに、口髭もあごひげも白く、ごく短く整えているために白い無精髭のように見える。バローズが言ったとおり、老けていた。以前にも増して痩せ、親しみやすく気のよかった性格が、むかしに比べると棘《とげ》を感じさせるようになっている。だが、気のいい性格はまだかなり残っていることが、ゆっくりと読書室に入ってくる表情から窺えた。バミューダの暑い日射しの下で暮らしてきた人らしく、かすかに目を細めている。

そこでぴたりと立ちどまり、本を読むときのようにしかめ面《つら》をして、居住まいを正した。ここで、相続権を巡って争っているうちのひとりには、むかしの思い出と、もう亡くなった者たちに対する痛烈な苦々しさとをともなって、過去の日々の記憶が甦った。だが、彼の目には、マリーその人は一日たりとも歳を取ったように見えなかった。

マリーは目の前のふたりをしげしげと見つめた。眉をひそめ、訝《いぶか》るような表情になり――いつまでも家庭教師のままだ――それから険しい顔になった。現在の相続人と名乗りでた男のちょうど中間あたりに視線を定めた。
「さて、ジョニー君？」彼は言った。

5

一、二秒ほど、ライバルはどちらも、動きもしゃべりもしなかった。まず、お互いに相手の出方を待っているようだった。そうして結局、それぞれが別の反応を見せた。ファーンリーは、ここで話し合うつもりはないと言いたげに、肩をわずかにすくめたが、しぶしぶ会釈は返して、手を振り、ぎこちない笑みまで浮かべた。マリーの声には威厳が備わっていた。けれども、相続権主張者のほうはかすかにためらいはしたものの怯《ひる》んだ様子をいっさい見せなかった。穏やかに愛想よく、彼は話した。
「こんばんは、先生」それを聞いたブライアン・ペイジは、恩師に学生がどんな態度を取るか知っているから、突然、ペテンの天秤皿《てんびんざら》はファーンリーのほうへ傾いた。

マリーがあたりを見まわした。

「どなたか――その――わたしに紹介してくれたほうがいいようですね」彼は愉快そうな声でそう言った。

紹介は、虚《うつ》ろな状態から針で突かれたようにわれに返ったファーンリーがおこなった。暗黙の了解でマリーは一同のなかの最年長と見なされたが、じつはウェルキンよりずっと若かった。それでも、マリーには年寄りめいたところがあった。威勢がよくどっしりしているが、それでいてどこか落ち着きがない。背中に日射しを受けてテーブルの端に腰を下ろすと、フクロウのようなべっこう縁の存在感たっぷりの読書用眼鏡をかけ、一同をとっくりとながめた。

「もとのビショップ嬢とバローズ君は、言われないとわからなかったでしょうな」彼は先を続けた。「ウェルキン氏は、少し知っておりますよ。この人のご親切のおかげで、久しぶりに休暇らしい休暇を取ることができたんですから」

ウェルキンは見るからに満足した様子だった。ここで場を取り仕切って本題に入る頃合いがやってきたと考えたようだ。

「まったくです。さて、マリーさん、わたしの依頼人は——」

「ああ、待った待った！」マリーが少しいらだって言った。「ちょっとひと息ついてから話をさせてもらえませんかね、サー・ダドリーがよく口にしておられたように」いまの言葉は、焦らずにぐらいのことを言いたいのかとも思われたが、実際のところ彼は言葉そのままに、息をつきたがっているようだ。何度も深呼吸をして、部屋を見まわしてから、ふたりのライバルを見つめた。「それにしても、きみたちは途方もない混乱の渦中にいるようですな。この一件は世間には知られていないんですね？」

「ええ」バローズが言った。「もちろん、あなたも他言はされていないでしょうな？」

マリーが顔をしかめた。

「罪を告白しなければ。ひとりにだけ打ち明けましたよ。だが、その人物の名前を聞けば、異は唱えられないと思いますがね。古い友人のギディオン・フェル博士です。わたしと同じくむかしは教師で、探偵仕事にかかわっていることはあなたたちも耳にしたことがあるはずです。ロンドンでばったり出会いまして。わたしは——その——知らせておかねばなりませんが」善意の人であったが、その灰色の流し目は輝きを増して、また険しくなり、好奇の色も強まった。「フェル博士その人が、じきにこの場の一員となりそうなんですよ。それから、わたしのほかに、《雄牛と肉屋亭》に滞在している者がいることはご存じでしょう、穿鑿好きな男が」

「私立探偵だな?」ファーンリーが語気鋭く訊ね、名乗りでた男のほうは驚いたふりをしてみせた。

「ということは、きみも一杯食わされましたね」マリーが言った。「あの男はスコットランド・ヤードの刑事《デテクティヴ》ですよ。フェル博士のアイデアだった。本物の刑事《デテクティヴ》としての身元を隠す最良の方法は私立探偵《デテクティヴ》としてふるまうことだと、フェル博士は主張してね」マリーはこの場を大いに楽しんでいるようだったが、目つきは警戒したままだった。「スコットランド・ヤードは、ケント州警察本部長からの報告を受けて、ここで去年の夏に亡くなったミス・ヴィクトリア・デーリーの死に関心をもっているようで」

一同に大きな反応があった。

ナサニエル・バローズは落ち着かなげに、わけがわからないという仕草をした。

「ミス・デーリーは流れ者に殺されたのですよ」バローズは言った。「そしてその流れ者は農夫と警官から逃げているときに事故死した」

「それならいいんですが。だが、わたしのいささかややこしい入れ替わりの問題についてフェル博士と話をした際、そんなふうに聞きましたがね。博士はその事件に興味を示してましたよ」ふたたびマリーの声は鋭くなり、そして同時にこの表現が両立するであろうか、ぼやけたふうにもなっていた。「さて、ジョニー君――」

室内の空気でさえも、決着のときを待ちかまえているようだった。名乗りでた男はうなずいた。屋敷のあるじもうなずいたが、ペイジはその額にかすかな汗が光っているように思った。

「こんなふうにする必要がありますか?」ファーンリーが厳しい口調で言った。「じらさないでください――ひどいですね、マリーさん。お行儀がよくないですよ、あなたらしくもない。指紋をおもちなら、さっさと出して、見てみようじゃありませんか」

マリーは目を見開いてから細めた。むっとした声をあげる。

「指紋があることを知っていたんですか。ええ、たしかに保管しておきました。訊きたいのですが」声に教師のような響きが生まれ、皮肉めいてもきていた。「最終テストが指紋になると考えついたのは、きみたちのどちらだね?」

「その栄誉はおれのものになりそうです」相続権主張者がそう答え、みなの気持ちを穿鑿するようにあたりを見まわした。「ここにいるパトリック・ゴアはあとから思いだしたと主張していますけれど、この男はガラス板で指紋を採ったと思っていたようでしたよ」

「実際にそうしたよ」マリーが言った。

「そんなの嘘に決まってる」相続権主張者が言った。

彼の口調には予期せぬ変化があった。ブライアン・ペイジはふいに気づいた。穏やかでありながらメフィストフェレスなみに人を誘惑する雰囲気の裏に、この男は荒々しい気性を隠しているのだと。

「きみね」マリーはそう言い、男を頭のてっぺんから足の先までしげしげと見た。「わたしに嘘をつくような習慣はな――」

そこでむかしの日々が甦《よみがえ》ったのか、名乗りでた男は不承不承ながらこの場は譲って、マリーに謝ろうとするように見えた。だが、その衝動を抑え、平静を取りもどし、いつものからかうような表情をまた浮かべた。

「では、こう申しましょうか。別の提案があります。あなたは指紋を指紋帳に採りました。そうした指紋帳を何冊ももってらっしゃいましたよね。ターンブリッジ・ウェルズで購入されたものです。おれと兄のダドリーの指紋を採ったのは同じ日だった」

「それは」マリーが同意した。「まったくそのとおりですね。わたしがここに持参したのはそのときの指紋を記録した指紋帳です」彼はジャケットの内ポケットにふれた。

「ひと波瀾ありそうだ」名乗りでた男が言った。

たしかに、いままでとは異なる雰囲気がテーブルをかこむ一同を包んでいた。

「同時に」マリーはいまの言葉が聞こえなかったかのように話を続けた。「わたしが最初に指紋の実験で使ったのは、小さなガラス板でありました」マリーの言葉は一段と謎めいて鋭さを増していく。「さあ、きみ。この件の相続権主張者あるいは原告であるきみに、いくつか質問させてもらいましょう。きみがサー・ジョン・ファーンリーであれば、ほかには誰も知らないがわたしだけが知っている事実がある。むかしのきみは手当たり次第に本を読んでいた。サー・ダドリーは拓けたお人だったときみも認めるだろうが、きみが読んでもよい本のリストを作られた。きみはそうした本についての意見をほかの者には話さなかったね。悪気はなかったとしても、かつてサー・ダドリーに、本の感想についてあざ笑われて辛い思いをしたきみは、以来、本に関しては口をひらこうとしなくなったからです。だが、わたしにはずばりと意見を述べたものだった。覚えていますか？」

「はっきりと記憶しています」名乗りでた男が答えた。

「では、あのリストのなかで、きみがもっとも好んだ本を教えてもらえないだろうか。それから、もっとも感銘を受けた本も」

「喜んで」名乗りでた男はそう答えて、視線をあげた。「シャーロック・ホームズの本すべて。ポオの本は残らず。『修道院と炉辺』、『モンテ・クリスト伯』、『誘拐されて』、『二都物語』。あらゆる怪談。海賊、人殺し、廃墟になった城の物語であれば例外なく。それに——」

「そのぐらいでいいでしょう」マリーは正しいともまちがいとも言わずに答えた。「では、とくに嫌いだった本は？」

「ジェイン・オースティンとジョージ・エリオットのたぐいのもの全部。お涙頂戴の〝母校の名誉のために〟とかいう学校の物語はなんでも。あらゆる〝有益な〟本――機械をどう作るか、どんなふうに動かすか教えてくれるようなもの。すべての動物の物語。ついでに、概していまでも同じ意見だとつけ足しておきましょう」

ブライアン・ペイジはこの男が好きになってきていた。

「このあたりに住んでいた子どもたちの話をしましょうかね」マリーが続けた。「たとえば、現在のレディ・ファーンリー。このかたは、かつて幼いモリー・ビショップだった。きみがジョン・ファーンリーならば、この人へ密かに使っていた愛称がわかるはずですが？」

「ジプシーだ」名乗りでた男はすぐさま答えた。

「理由は？」

「この人はつねに日焼けしていて、《壁掛け地図の森》のむこうでキャンプをしていたジプシーの子どもたちといつも遊んでいたから」

彼はものすごい形相のモリーをちらりと見て、少しほほえんだ。

「それから、ここにいるバローズ君だが、きみがこの人につけた愛称は？」

「アンカス（アメリカ先住民族の族長）」

「その理由は？」

「隠れんぼなどをやったとき、音もたてずに低木の茂みのなかを滑り降りていけたから」

「ありがとう。さあ、今度はきみの番ですよ」マリーがファーンリーにむきなおり、いまにも、ネクタイを整えなさいと言いそうな目でにらんだ。「わたしがじらしているという印象をもたれたくはありません。ですから、きみにはひとつだけ質問をしてから、指紋を採取することにしましょう。実際に指紋の証拠を見る前に、この質問の答えを個人的な判断の参考にしたいのです。質問はこうです。『アピンの赤い書』とは？」

読書室はほぼ暗闇に包まれていた。暑さはまだ厳しかったが、夕暮れとともにそよ風がひとつふたつのひらいた窓から部屋に入ってくるようになっていた。木々も風で揺れていた。近づきがたい――かなり不快な――笑みがファーンリーの顔を横切った。彼はひとつうなずき、ポケットから手帳と小さなゴールドの鉛筆を取りだして、一枚を破るとなにか書きつけた。折りたたんでマリーに押しやる。

「わたしはいいと思ったことはない」ファーンリーが言った。そしてこうつけ足した。「それが正しい答えかな？」

「そうですね」マリーが同意し、相続権主張者を見やった。「きみの番です。同じ質問に答えることができますか？」

ここで初めて、男は自信をなくしたように見えた。ファーンリーとマリーを交互に見やったが、その表情に込められた意図はペイジには読みとれなかった。なにも言わず、マリーに手帳と鉛筆を寄こせと不愛想に身振りをしてみせると、ファーンリーが手渡した。男は二、三の単語を書きつけただけで紙を破りとって、マリーに手渡した。

「さあ、みなさん」マリーが立ちあがった。「指紋を採ることにいたしましょう。ここに指紋帳の原本があります。ご覧のようにかなり古ぼけていますが。ここにインクパッドと二枚の白いカードがありますか。どれ、明かりをつけてもらえませんでしょうかね？」

モリーが部屋を横切ってドアの隣の電灯のスイッチを押した。読書室にはかつてキャンドル立てだった練鉄を使ったシャンデリアがあった。むかしキャンドルが置かれていたところはいまでは小さな電球になっていて、明るさはそれほどではなかったが、夏の夜を押しもどすくらいのことはできた。いくつもの電球が窓ガラスに反射して、背の高い書棚の本がいっそう古ぼけて見えた。テーブルにマリーが道具一式を並べた。まず一同の目についたのは《指紋帳》の文字だった。いまにも分解してしまいそうな小さな手帳で、灰色の表紙は使いこまれて薄くなっている。赤い文字のタイトルの下に、大きな親指の赤い指紋があった。

「古くからの連れですよ」マリーがそう言って、手帳をなでた。「さあ、みなさん。ローラーでインクをつけたほうが、平らなインクよりいいんですが、ローラーは持参しませんでした。もとの状況を再現したかったからです。きみたちの左の親指の指紋だけがほしい。比較するのは指紋ひとつだけです。端をベンジンに浸しておいたハンカチがここにある。これで汗を拭きとることができますから、使ってください。それから――」

指示どおりに済んだ。

こうするあいだもペイジの心臓は口から飛びだしそうだったが、なぜかはわからなかった。だがこの場にいる者はみな、尋常ではないほどに興奮していた。どうした理由からか、ファーンリーは指紋を採る前、輸血でもするように袖をまくりあげると言い張った。弁護士たちの口がどちらも大きくひらいているのをペイジはおもしろく思った。名乗りでた男ですらさっとハンカチを使ってから、ふたたびテーブルに身を乗りだした。だが、なによりペイジの心に残ったのは、ライバルがどちらも自信たっぷりでいることだった。とんでもない考えが頭に浮かんできた。どちらの親指の指紋もまったく同じだとわかったらどうする?

そうしたことの起こる確率は、ペイジの記憶にあるかぎりでは六百四十億分の一しかない。それなのに、どちらも指紋のテストをためらいも断りもしていない。どちらも――

マリーの万年筆は質がよくなかった。二枚の白い光沢なしのカードに名前や日付を書くと軋《きし》んで音をたてた。彼が注意しながら吸い取り紙を使うあいだに、相続権を争うふたりは指のインクを拭きとった。

「それで、結果は?」ファーンリーが問いつめた。

「まあまあ! これから十五分ほどひとりにしてもらえますかな。作業をさせてください。つき合いが悪くて申し訳ない。だが、きみたちと同じように、この件の重要性を意識しているんですよ」

バローズが激しく瞬《まばた》きをした。「でも、この場で――わたしたちに教えてくれるのでは?」

「どうやらあなたは」やはり緊張を感じているらしいマリーが言った。「指紋をちらりと見ただけで比べられると思っていませんか? それに今回はとくに、インクも色褪せた二十五年前の少年の指紋ですよ? 確認するには比較すべき点が数多くあるのです。作業そのものは可能ですが、かなり少なく見積もっても十五分は必要ですよ。ああ、倍にしてくださったほうがいい。そのほうが真実に近づける。さて、作業にかかってよろしいでしょうか?」

相続権主張者が低い忍び笑いを漏らした。

「そんなことだろうと思いましたよ」彼は言った。「警告しておきますが、賢いやりかたじゃないですね。ひと波瀾ありますよ。あなたは殺されるかもしれない。いやいや、そんな怖い顔をしないでください。二十五年前のあなたならば、こんな立場を楽しんで、自分が重要人物であることに酔いしれたでしょうに」

「この件におもしろおかしい部分などありませんが」

「ええ、はっきり言ってそんな部分は皆無ですよ。明かりのついたこの部屋であなたは腰を下ろす。窓からは暗くなった庭と木立の影が見え、すべての葉の陰で悪魔が囁《ささや》いている。じゃあせいぜいお気をつけて」

「そうですね」マリーが切り返した。口髭のあたりからあごひげまでかすかな笑みを浮かべた。「そういうことであれば、できるだけの注意をしましょう。気になるならば、窓越しに外からこちらを見ているといい。さあ、そろそろひとりにしてくれませんかね」

一同が廊下へ出ると、マリーがドアを閉めた。みな突っ立って顔を見合わせた。落ち着いた雰囲気の長い廊下には、すでに照明がともされていた。ノールズが、逆さのTの字の縦線のように屋敷中央奥に増築されたあたらしい棟の食事室のドアの前に立っている。モリー・ファーンリーは顔を紅潮させて緊張していたが、冷静にしゃべろうと努めた。

「なにか食べたほうがよくなくて?」彼女はそう言った。「冷製の軽くつまめる食事を準備させておきました。だって、普段どおりにしてはいけない理由なんてないでしょう?」

「ありがとう」ウェルキンがほっとしたように言った。「サンドイッチをいただきたいな」

「ありがとう」バローズは言った。「ですが、空腹ではありませんで」

「ありがとう」相続権主張者がコーラスに輪をかけるように言った。「おれはお受けしても断っても、どっちも気まずくなりそうですね。どこかで、長くて強い黒葉巻をふかしますよ。それから、ここにひとりでいるマリーに危害が及ばないよう見張りますかね」

ファーンリーは無言だった。廊下の彼の真うしろにドアがあり、読書室の窓から見えていた庭の一部が望めた。ファーンリーは客たちを注意深くしげしげとながめると、ガラス戸を開けて庭へ出ていった。

気づくとペイジはひとりきりになっていた。視界に入るのはウェルキンだけで、薄暗い照明の食事室で魚のパテのサンドイッチをがつがつと食べているところだ。ペイジの時計は九時二十分を指していた。ためらっていたが、ファーンリーに続いて涼しい庭の暗闇へ出ていった。

庭のこちら側は世界から切り離されたかのようで、長さ八十フィート、幅四十フィートの長方形だ。片側はあたらしく増築された棟に接し、もう片側は背の高いイチイの垣根に面している。長方形の庭の幅の狭いほうでは、ブナの木立越しに読書室の窓からの照明の光がかすかに漏れ、庭へ広がっている。増築された棟には食事室のガラス戸の上にこの庭と面するバルコニーがあり、その二階の寝室から庭を見おろせるようになっていた。

ウィリアム三世のハンプトン・コート宮殿の迷路にヒントを得て、十七世紀のファーンリー家の当主が、曲線と直線で構成されたイチイの垣根、そしてそのあいだに砂を撒いた幅広い散歩道をあしらうとっつきにくい庭を造った。垣根は腰までの高さで、実際のところ迷路そっくりだった。庭を抜ける道を見つけることは別にむずかしくない。だがわざと垣根より下に潜めば、隠れんぼにこれほどふさわしい場所はないだろうとペイジはつねづね思っていた。中央には大きな円形の広場があり、バラの茂みがそれをかこんでいた。この広場には直径十フィートほどの装飾池もあり、ごく低い笠石で縁取ってある。屋敷の内部の明かりと外の明かりの中間、家のかすかな照明が西のかすかな夕焼けと出会うここは、花の匂いたつ秘密の場所だった。だが、どうした理由からか、ペイジはこの庭の雰囲気が好きだと思ったことは一度もなかった。

　このような考えに続いて、さらに不愉快な感情が浮かんできた。庭というだけならば別にどうということもないのだ。垣根に、茂み、花、土。これらが胸騒ぎを覚えさせるはずもない。胸が騒ぐのは、ここにいる人々ひとりひとりの意識や考えが、あの明るい読書室へ集まっているからだ。ガラスへむかう蛾のように。もちろん、マリーになにかが起こると想像するなどバカげたことだ。そんなことが起こるはずがない。物事はそうそう劇的には展開しないものだ。あのほのめかしがどんどん気になってくるのは、相続権主張者に、人を催眠術にかけるような資質があったからというだけだ。

「それでも」ペイジはもう少しで周囲に聞こえそうな声で囁いた。「窓の外をぶらりと歩いて様子を見てもいいだろう」

　ペイジはそのとおりにしてみたが、罰当たりなことをつぶやきながらさっさと引き返すことになった。ほかにも同じように読書室を覗いている者がいたのだ。それが誰かはっきりとは見えなかった。その人間は窓近くのブナの木立から離れていったからだ。だが、ペイジにも読書室のなかのケネット・マリーは見えた。窓を背にテーブルにむかって腰かけ、灰色がかったあの手帳をちょうど広げたばかりのようだった。

ぼくはなにをやっているんだ。

ペイジはその場を離れ、急ぎ足で涼しい庭を斜めに横切っていった。丸い池の周囲を歩き、ひとつだけくっきりと見える星を見あげた。そういえば、マデライン・デインはこの星に詩的な名前をつけていた。星は増築した棟のいくつもの煙突のすぐ上に見えている。低い垣根の迷路を歩き、迷路のように複雑に考えこみながらむこう側へたどり着いた。

ファーンリーは偽者だったのか、それとも、もうひとりのほうが偽者なのか？　ペイジにはわからなかったし、この二時間で何度も意見が変わってもいたので、もう推測したくもなかった。それに、なにかにつけてマデライン・デインの名前が執拗に、予期してもいないのに飛びだした。

庭のこちら側の端には月桂樹の垣根があり、増築した棟と石のベンチを隔てていた。そのベンチに腰を下ろしてタバコに火をつけた。できるだけ誠実に自分の頭に浮かんだことを振り返ると、世界に対して自分が抱いている不満は、マデライン・デインの名が何度も出たからだと認めざるを得なかった。姓の由来が示しているとおりに（デインはデンマーク人という意味）ブロンドですらりとして美しく、ペイジが頭のなかで『イングランドの主席裁判官列伝』とほかのことを混ぜてしまう原因となる女だった。どうやら自分にとって良からぬ影響が出るほど彼女のことを考えているようだ。それというのも自分は意固地な独り者になりかけているからか――

そこまで思ったところでブライアン・ペイジは石のベンチから飛びあがった。マデラインのことを考えていたからでも、結婚のことを考えていたからでもない。背にしている庭から音がしたのだ。大きな音ではなかったが、薄暗い低い垣根のなかから、ぎょっとさせられるほどはっきりと聞こえた。聞いていて最悪の気分になる息の詰まる音がした。そして衣擦れの音、ガサガサいう足音。続いて、バシャンという音にひっぱたくような音。

一瞬、振り返りたくなかった。

なにかが起こったなどとは、どうしても信じたくなかった。そんなことは考えたくもなかった。だが、芝生にタバコを落として踵《かかと》で踏み消してから、本館へほとんど走るようにしてもどった。本館へは少し距離があり、迷路の道で二度まちがった方向へ曲がってしまった。最初はこのぼんやりした迷路には誰もいないかに思えた。だが次の瞬間、バローズの背の高い姿が自分のほうへ急いでむかってくるのが見えたかと思うと、垣根越しに懐中電灯の光で顔をちらちらと照らされた。光の奥にバローズの顔がはっきり見えるほど近づいたとき、庭の涼しさと香《かぐわ》しさは消え失せていた。

「なあ、ついに起こったな」バローズが言った。

ペイジはその瞬間、かすかな吐き気を覚えた。

「どういうことか、わからないよ」彼は嘘をついた。「さっき話していたようなことが起こるはずないだろう」

「わたしは本当のことを言っただけだよ」顔面蒼白のバローズが忍耐強く切り返した。「急いで一緒に来て、彼を引っ張りあげるのを手伝ってくれ。断言できないが、あの池にうつ伏せに倒れているから、まずまちがいなく死んでいるだろう」

ペイジは言われた方向を見つめた。池は垣根に隠れて見えなかった。だが、ここから家の裏手ならはっきりと見えた。読書室の上の明かりのついた部屋の窓に、執事のノールズが身を乗りだしている。モリー・ファーンリーも彼女の寝室の窓の外のバルコニーにいた。

「まさか」ペイジはそれでも強く言った。「誰もマリーに手を出せたはずはない！　不可能だ。そんなことをして、どうなる――とにかく、マリーは池でなにをやっていたんだ？」

「マリー？」バローズがペイジを見つめて言った。「マリーがなんだって？　誰がマリーだと言った？　ファーンリーだよ。ジョン・ファーンリーだ。わたしが異変に気づいたときもうすべて終わっていた。いまとなっては手遅れだろうね」

# 6

「だが、いったい誰が」ペイジは訊ねた。「ファーンリーを殺そうなどと思ったんだ？」

考えを整理しなければならなかった。いまになってみれば、最初に殺人だと捉えたのは虫の知らせに過ぎなかったわけだ。だが、殺されたのがマリーではなくファーンリーだと知っても、まず最初に頭に浮かんだ考え、もしも殺人だとしたらこれは巧みに実行されたものだ、という思いが頭から離れない。よくできた奇術のように、すべての目と耳はケネット・マリーに集中していた。この屋敷にはマリーのことを考えている者しかいなかった。居場所と言えば、マリーのそれしか知っている者はいなかった。この屋敷で行動した人間はマリー以外であれば誰でも、目撃されずに襲うことができただろう。

「ファーンリーを殺す？」バローズが奇妙な声でおうむ返しに言った。「おいおい、そんなはずがないだろう。目を覚ましてくれ。しゃんとして、正気にもどれ。さあさあ」

車にバックの指示を出す男のようにしゃべりながら、バローズはひょろ長い足でさっさとペイジの前をすり抜けていった。懐中電灯の光は揺るぎなかった。だが、池の前でバローズは明かりを消した。空からの明かりでじゅうぶんだったからではなく、目の前のものをはっきりと見たくないからだった。

池の周囲には幅五フィートほどの砂を固めた縁取りがされていた。ものの形だけでなく、顔でさえもまだぼんやりと見える時間帯だった。ファーンリーは池にうつ伏せになり、やや右、あたらしい棟の方向をむいていた。池はファーンリーの身体が浸る程度の深さしかなく、固めた砂に沿って円く並ぶ低い笠石に、飛び散った水が乾かずに残っていた。水中に濃い色の液体があり、それは水面へと曲がりくねってファーンリーの周囲に広がっている。だが、何の色が濃いのかわかったのは、身体の近くの睡蓮にその液体がぶつかったところでだった。

ペイジがファーンリーを引き揚げようとすると、またもや水面が揺れはじめた。ファーンリーの踵《かかと》が低い笠石の端にようやくふれる。けっして記憶に残したくないと思った瞬間を経て、ペイジは身体を起こした。

「彼にしてやれることはない」ペイジは言った。「喉を切り裂かれているよ」

ショックによる疲労はまだそれほどでもなく、ふたりとも穏やかにしゃべった。

「そうか。もしやと思っていたが、これは――」

「殺人だよ。あるいは」ペイジはいきなり言った。「自殺か」

ふたりは夕闇のなかで見つめあった。

「それでも」バローズはこういう場合における手順を踏みながらも、同時に人間らしくもあろうとして反論した。「彼を引き揚げてやらないと。なにもさわらず警察が来るまで待つというルールは大変結構だが、そのまま寝かせておくことはできないよ。死者への礼儀に反してしまう。それにだね、このままの恰好だと見ていて辛いよ。ふたりで引き――」

「いいだろう」

黒っぽく膨らんだツイードのスーツは一トンもの水を吸っているようだった。苦労しながら笠石にファーンリーの身体を引っ張りあげると、小さな波しぶきが起こって自分たちにもかかった。平和な夕刻の庭に漂う香り、とくにバラのそれは、こんな現実のただなかではいつになく印象深くロマンチックに感じられた。ペイジは考えつづけていた。これが本物のジョン・ファーンリーで、その彼が死んでしまったのだろうか。奇妙だ。そんなことはあり得なかった。

ただし、刻一刻と明確になっていくある考え以外には。

「自殺だと言ったね」バローズが手を拭きながら言った。「殺人だと思いこんでいたが、自殺というのも気に入らないね。どういうことかわかるか？　結局、彼は偽者だったということさ。もちこたえられるだけハッタリを語り、マリーが指紋をもっていないことに賭けていたのだな。しかし指紋のテストが終わると、結果に直面することが耐えられなくなった。それでここへやってきて、池の縁に立つと」バローズが自分の喉に片手をあてた。

すべて辻褄が合う。

「残念だが、ぼくも同感だよ」ペイジは打ち明けた。残念？　残念だと？　いまとなってはしゃべれないこの男に一切合切を押しつけるなんて、亡くなった友人を相手にして最悪の非難じゃないか？　鈍い痛みから怒りが湧きあがってきた。ジョン・ファーンリーは友人だったのだ。

「だが、そうとしか考えられないじゃないか。いったい、ここでなにがあったんだ？　きみは彼が自殺するのを見ていたのか？　彼はなにを使ってこんなことをしたのだろう？」

「いや。わたしも彼を見たわけじゃないんだよ。わたしは、むこうのエントランスのドアからちょうど出てきたところだった。この懐中電灯をエントランスのテーブルの抽斗《ひきだし》から見つけだして」――バローズはスイッチを入れたり消したり繰り返して、上を照らした――「わたしが暗闇でどれだけ目が弱いか、きみも承知しているだろう。ドアを開けたそのときに、ファーンリーがここに立っているのは見えたのだよ。かなりぼんやりとだが、この池の縁にね。わたしに背中をむけていた。彼はなにかやっているように、あるいは少し動いていたように見えた。

この視力では見分けることはとても無理だった。きみもあの物音は聞いたはずだ。水音、それにバシッと叩きつけるような音。あとの音のほうがひどかった。これほどわかりやすくひどい話もあるまい」

「誰も一緒にいなかった？」

「ああ」バローズはそう言うと手を広げて額に指先を押しつけた。「まあ、そこには少なくとも――いや絶対とは言い切れない。垣根は腰までの高さだから――」

一分《いちぶ》の隙もなく用心深いナサニエル・バローズが口にした〝絶対とは言い切れない〟という言葉の意味を、ペイジが探る時間はなかった。家の方角から声と足音がしたので、ペイジは急いで言葉を継いだ。

「この場の権限をもつのはきみだよ。みんなここへやってくる。モリーにこんなものを見せてはならない。追い払えないか？」

バローズは二、三度咳払いをして、緊張した演説家がいまにも話しはじめようとしているみたいに、背筋を伸ばした。懐中電灯をつけ、そのライトが照らす方向にある家並みに歩いていくと、モリーが光に入った。ケネット・マリーがそれに続いている。ふたりの顔に明るいところはなかった。

「申し訳ないが」バローズが甲高く、不自然に鋭い声で言った。「サー・ジョンに事故があったようです。こちらには来られないほうが――」

「バカなことを言わないで」モリーが険しい声で言った。無理に虚勢を張って、バローズを押しのけて歩いていき、池の横手の暗がりへやってきた。幸運なことに、彼女のところからはなにが起きたか全貌を見通すことまではできなかった。彼女は冷静を取りつくろおうとしたが、モリーの靴の踵が散歩道でぐらつく音がペイジの耳に届いた。ペイジは肩に腕をまわして彼女を抱きとめた。モリーが腕に寄りかかると、乱れた息遣いが聞こえた。わっと泣きだしたモリーの言ったことは、とにかく謎めいて聞こえた。

「彼が言ったとおりだった！」

その口調のなかにあるなにかによって、モリーは夫のことを言っているのではないとペイジにはわかった。だが、あまりにも驚いたために、その真意は不明だった。続いてモリーは暗闇のなかにいるのに顔を隠し、急ぎ足で家へむかった。

「行かせなさい」マリーが言った。「そっとしてやったほうがいい」

だが、このような状況に直面したマリーは期待されたほどには役に立たないようだった。躊躇していたが、ようやくバローズから懐中電灯をもぎとると、池の横の遺体を照らした。それから口笛を吹いて、整えた口髭とあごひげのあいだから歯を見せた。

「あなたは証明できたんですか？」ペイジは訊ねた。「サー・ジョン・ファーンリーはサー・ジョン・ファーンリーではなかったと？」

「はあ？　なんと言ったのかね？」

ペイジは質問を繰り返した。

「まだなにも」マリーが重々しいことこのうえない口調で言った。「証明していない。指紋の比較は済んでいないんですよ。始めようかどうかというところだった」

「どうやら」――バローズがいささか弱々しく口をひらいた――「終わらせる必要などないようですね」

そうなのだ。すべての事実と道理を考えあわせると、ファーンリーが自殺であることを疑う理由はまずない。ペイジの視界にマリーがよくやるらしい、どこか曖昧な仕草でうなずいているのが入ってきた。まったくこの件について考えていないかのように、ただうなずいているのだ。むかしの記憶を甦《よみがえ》らせようとする男みたいに、あごひげをなでている。実際にそうしているわけではないのに、顔をしかめている印象があった。

「ですが、あなたはほぼ確信されていたでしょう?」ペイジは訊かずにはいられなかった。

「どちらが偽者だと思っていましたか?」

「その件はすでにお知らせしたはず――」マリーがぴしゃりと言った。

「ええ、わかっています。でもいいですか。ぼくはこう訊ねただけですよ、どちらが偽者だと思っていましたか?と。ふたりと話をしてから、いくらかは思うところがあったはずです。結局ですね、成りすましの件でも、この悲劇の件でも、その点だけが重要なんですよ。あなたに迷いなどなかったはずでしょう? ファーンリーが偽者であれば、自殺する理由があったことになり、こちらも納得できます。けれど、まさかとは思いますが彼が偽者ではなかったならば――」

「あなたはそうだったとお考えで――?」

「いえいえ、ただお訊きしているだけですよ。彼こそ本物のサー・ジョン・ファーンリーだったならば、自分の喉を切り裂く理由はなかったことになります。つまり、彼は偽者だったにちがいない。そうじゃないですか？」

「データをじっくり吟味しないで結論に飛びつく傾向は」マリーがつっけんどんでありながらも、どこか愛想のよさを感じさせる口調で語りだした。「学問的でない思考の持ち主のもので――」

「おっしゃるとおりですね。この質問は取りさげます」ペイジは言った。

「いや、あなたは誤解していますな」ここでマリーは催眠術師のように手を振った。話の腰を折られ、ばつが悪くなって慌てているようだ。「あなたはその――わたしたちの前にいる不幸な紳士が本物のジョン・ファーンリーだとしたら、自殺したはずがないという見地にもとづいて、これは殺人ではないかとほのめかしています。だが、彼が本物のジョンであろうがなかろうが、誰が彼を殺さねばならないのですか？　偽者だとしてもなぜ彼を殺すのです？　法律で裁けばいいだけの話ですよ。本物だとしても、なぜ彼を殺さなければならない？　誰にも害を与えていないというのに。よろしいですか、いまわたしは事を両面から見ているのですよ」

バローズが陰気に口をひらいた。「それに、降って湧いたスコットランド・ヤードやら、哀れなヴィクトリア・デーリーやらの話もある。わたしはつねに自分が冷静な男だと思っていたが、いまはあれやこれやと考えが入り乱れている。それに、このいまいましい庭園の雰囲気が好きになれたためしがなくてね」

「きみもそう思っていたのか?」ペイジは問いただした。

マリーが強い興味を引かれた表情でふたりを見つめた。「庭園の件だが、どうして気に入らないんだね、バローズ君?　庭にまつわるいやな思い出でもあるのかね?」

「ちょっと待ってくれないかね」マリーが言った。「庭園の件だが、どうして気に入らないんだね、バローズ君?　庭にまつわるいやな思い出でもあるのかね?」

「思い出があるというわけではないのですよ」バローズが気まずそうに答えた。「ただ、この庭で幽霊話をやったら怖さが倍増するような気がするんです。こんな逸話を覚えて——いや、それはどうでもいい。とにかく、この庭で悪魔を呼びだすのは簡単だろうと考えたことがあるのです。だからといって、騒ぎを起こすつもりはないのですがね。いや、やはり脇道にずれているな。わたしたちにはやるべきことがあります。ここに突っ立ってしゃべっているわけには——」

マリーが俄然、元気になった。興奮していると言ってもいいほどだ。「おお、そうだ。警察だ。やるべきことがたくさんありますね。この——そう、この現実世界の問題として。わたしに取り仕切らせてもらえないでしょうか?　一緒に来てもらえるかね、バローズ君?　それからペイジさん、わたしたちがもどってくるまで、その——遺体のそばに残ってもらえませんかね」

「なぜです?」現実的なペイジは訊ねた。

「そうするのが習慣だからです。どうしてもそうする必要があるんですよ。ペイジさんに懐中電灯を渡してくれないかね。さあ、こちらへどうぞ。ここに暮らしていた頃この屋敷に電話はなかったが、いまはあるんじゃないかね？　そうか、それならよい。それから医者も呼ばないと」

マリーはバローズを急《せ》きたてて慌ただしく去っていき、ペイジは池の縁にジョン・ファーンリーだったものと取りのこされた。

ショックは徐々に薄れていった。ペイジは暗闇に立って、増していくばかりのやるせなさとこの悲劇の複雑さをじっくりと考えたが、やはり偽者が自殺したのははっきりしているように思えた。ペイジを悩ませているのは、マリーの態度がちっとも変わらなかったと気づいたことだった。マリーが〝そうだ、これはまちがいなく偽者だ。最初からわかっていた〟と言えば事は簡単に済んだはずなのに。それに実際のところ、雰囲気からマリーはそう思っていると伝わってきた。にもかかわらず、なにも言わなかった。それはただ、本人の謎好みからだろうか？

「ファーンリー！」ペイジは声に出して言った。「ファーンリー！」

「おれを呼びましたか？」すぐそばで訊く声がした。

暗闇に響くその声に、ペイジはぱっとあとずさり、危うく遺体につまずくところだった。夜になっていて形や輪郭がまったく見えなかった。砂を撒いた散歩道をかき乱す足音に続いて、マッチを擦る音がした。マッチ箱の上にぱっと広がる炎、それを覆う二本の手。イチイの垣根の切れ目に、名乗りでた男の――パトリック・ゴア、つまりジョン・ファーンリー――池の縁の空間を見つめる顔が覗いていた。かすかにふらつく足取りで近づいてくる。

相続権主張者は細く黒い葉巻を手にしていた。吸いかけで火は消えていた。これをくわえて、注意しながら火をつけると、視線を上にむけた。

「おれを呼びましたか？」彼が繰り返した。

「いいや」ペイジは陰気に答えた。「だが、きみが答えてくれてよかった。なにがあったか知っているかい？」

「ええ」

「きみはどこにいた？」

「ぶらついてました」

マッチの火が消えた。だが、ペイジには相手のかすかな息遣いは聞こえた。男が震えていることはまずまちがいない。男は近づいてきた。腰に手をあてている。口の端にくわえた葉巻が赤くなった。

「哀れな奴だ」名乗りでた男は死体を見おろして言った。「だが、尊敬できる点もありました。名乗りでたりしたのを気の毒に思うほどですよ。ファーンリー家代々の清教徒の信念にもとづいて、財産をしっかりと運用してきた。それと同時に、気の遠くなるほど長い歳月、後悔しながら過ごしてきたにちがいありません。結局のところ、成りすましを続けて、おれよりも優れた名士でいられることもできたでしょう。だが、偽のファーンリーだとばれそうになったから、こいつはこんなことを」

「自殺だね」

「まちがいないですね」名乗りでた男は葉巻を口から離すと煙を吐いた。煙は暗闇にうねりながら立ちのぼり、まるで幽霊のような奇妙な形になった。「マリーは指紋の比較を終えたでしょう。あなたはマリーのあのちょっとした尋問に同席されていた。教えてくださいよ。おれたちの――故人となった友がうっかり答えて、彼がジョン・ファーンリーではない事実が暴露された瞬間のあったことに気づきましたか？」

「いいや」

そこでペイジは突然気がついた。名乗りでた男が震えているのは、ほかのどんな感情にも増して、安堵したからだと。

「罠にかける質問をしてこなければ」男は独特の淡々とした声で言った。「マリーなんかじゃありません。あれがいつもの彼なんですよ。おれはそれを予想していて、極端に恐れてもいました。本当は罠がしかけられた質問じゃないにしても、おれが忘れていることを訊かれるかもしれない。でも、ついにそのときが訪れてみると、質問は紛れもない罠だった。覚えていますか、〝『アピンの赤い書』とは？〟」

「ああ。きみたちはふたりともなにか書き留めたが――」

「もちろん、そんな本などありません。故人となったライバルが、説明しようとしてどんなたわごとを書いたのか見てみたいものですね。フクロウのようにまじめな顔をしたマリーが、彼の書いたものが正しい答えだと保証したのは、ますます興味深い。ですが、あなたならば、その保証がライバルの命運をほぼ終わらせていたことにお気づきでしょう。ああ、いまいましい」彼が口をつぐみ、明るい葉巻の先を振りまわしてみせると、おもしろいことに火はクエスチョンマークを描いた。「さて、哀れな悪魔が自分にどんなことをしたのか見てみましょうかね。懐中電灯をお借りしてもいいですか？」

ペイジが懐中電灯を手渡し、その場から離れると、彼はそれを手にしゃがみこんだ。長い沈黙の合間にところどころ、つぶやく声。ややあって彼は立ちあがった。動きはゆっくりだったが、懐中電灯の明かりをすばやくつけたり消したりしていた。

「なんてことだ」彼はいままでと調子の変わった声で言った。「こんなことはあり得ない」

「なにがあり得ないと？」

「これですよ。こんなことを言うのは気が進みませんが、この男が自殺したはずはないと誓えます。黄昏時《たそがれどき》の庭で見えないところもありますから、直感や想像も混じっていますが、それはご勘弁ください」

「どうしてそう誓えるのです？」ペイジは訊ねた。

「この男を近くでじっくり見ましたか？　見ていないと。では、こちらへ来て、いま見てください。自分の喉をこんなふうに三カ所も切り裂くことができますかね？　すべてが頸静脈を切断するほどのもので、どれもが致命傷になるみたいですよ。こんな芸当ができますか？　はっきりとはわかりませんが、無理じゃないかと思いますね。いいですか、おれはサーカスで仕事を始めました。ミシシッピ以西で最高の動物遣いだったバーニー・プールが豹に殺されたとき以来、こんなのは見たことがない」

夜風が迷路を吹き抜けてバラの花をざわめかせた。

「それに、凶器はどこにあるんでしょうかね」男は話を続けた。霧でけぶる池を懐中電灯の明かりで照らした。「きっとこの池でしょうが、捜すのはあとにしたほうがよさそうです。こういった事件では思っていた以上に警察の手が必要らしい。これで事件の風向きは変わる。おれはそれが不安です」相続権主張者は告白するようにそう言った。「どうして偽者を殺したんでしょう?」

「あるいは、本物かもしれない」ペイジは言った。

そこで、相手が自分を眼光鋭く見ていることを感じた。「まだあなたは信じていないのですか?」

そこに、家の方角から慌ただしい足音が近づいてきて、会話は途切れた。名乗りでた男が懐中電灯でそちらを照らした。弁護士のウェルキンで、ペイジが最後に見たときは、食事室で魚のパテのサンドイッチを食べていた。ウェルキンは見るからにかなり怯えていて、チョッキの内側の白いスリップ(重ね着して襟部分を見せるチョッキ)を握りしめていた。その姿はいまにもスピーチを始めるかに見えたが、さすがにそれはやめたようだった。

「きみたち、家へもどったほうがいい」彼は言った。「マリー氏が会いたいそうだ」ウェルキンはこの言葉を、不吉さを感じさせるほど強調して、名乗りでた男をにらみつけた。「できればこの件が起こってから、きみたちがふたりとも家へ入っていないことを願う」

〝パトリック・ゴア〟がさっと振り返った。「なにか起こったなどと言うんじゃないだろうね?」

「起こったんですよ」ウェルキンが嚙みつくように言った。「何者かが、この混乱に乗じたらしい。マリー氏が席を外したあいだに何者かが読書室へ入りこみ、わたしたちのただひとつの証拠だった指紋帳を盗んだんだ」

# 第二部

## 七月三十日（木曜日）

# 自動人形の人生

そこで静まり返った。ほどなくしてモクスンがふたたび姿を現すと、ずいぶんと悲しげな笑みを浮かべてこう言った。

「急に席を立って失礼しました。あちらに、逆上して乱暴になった機械があったものですから」

彼の左の頰をじっと見つめると、平行にひっかき傷が四本走っていて、そこから血が滲《にじ》んでいた。わたしは言った。

「そいつの爪を切ってはいかがでしょう?」


——アンブローズ・ビアス「モクスンの傑作」

## 7

翌日の午後早い時間、灰色の温かな雨が田園を暗くしているなか、ペイジはふたたび自宅の書斎で机にむかっていた。だがいまは、昨日とはまったくちがうことで頭がいっぱいだった。部屋を行ったり来たり、雨音に劣らぬほど単調な音をたてているのは、エリオット警部だ。そして、一番大きな椅子に鎮座しているのはギディオン・フェル博士だった。

今日の博士は、雷鳴のような忍び笑いは抑え気味にしていた。この日の朝、マリンフォードに到着したのだが、自分の置かれた状況が気に入らないようだった。大きな椅子にもたれ、かすかに息を切らしている。幅広の黒いリボンが結ばれた眼鏡の奥の瞳は、妙に机の端を見つめていた。山賊のような口髭はいまにも議論を始めそうにピンとはね、もじゃもじゃのモップのような白髪まじりの髪は耳に垂れさがっている。椅子の隣にはシャベル帽（聖職者のかぶるつば広のフェルト帽）と象牙の握りのついた杖。かたわらにはビール一パイントのジョッキがあるが、これにさえも興味を示していないようだ。赤ら顔は七月の暑さで普段より目立っているのに、いつもの快活さはほとんど表に出ていない。ペイジは話に聞いていたよりも、博士の身長も腹回りも大きいことに気づいた。この家にやってきたときにはボックス襞《ひだ》のマントを肩にかけていて、部屋を満杯にして家具さえも押しだしそうに見えた。

　マリンフォードとスローンの地区に、いまの状況が気に入っている者などいない。この地区の人々は閉じこもったようになっていた。雄弁な沈黙というものでさえなかった。いまではみんな、《雄牛と肉屋亭》の〝民間伝承の権威〟として通っていたよそ者が、スコットランド・ヤード犯罪捜査部《CID》の警部だと知っていたが、そうしたことはひとことも口にされなかった。《雄牛と肉屋亭》の酒場では、朝の一杯を求めてやってきた人たちが小声で二言三言、会話をかわすなり、さっさと出ていった。それだけだった。フェル博士はこのパブ――宿屋でもある――に宿を取ることができなかった。ふたつある客室はどちらもふさがっていたからだ。そこでペイジは喜んで自分の田舎家でもてなすことを申しでたのだった。

　ペイジはエリオット警部のこともまた気に入っていた。アンドルー・マッカンドルー・エリオットは民間伝承の権威からもスコットランド・ヤードの刑事からも縁遠く見えた。まだ若いと言える年頃で、痩せこけており、砂色の髪をしたまじめな人物だ。議論を好み、ヤードの上司にあたるハドリー警視に渋い表情をさせるであろう推論を好んだ。受けた教育は徹底的にスコットランド人らしいもので、細かな主題の細かな部分までとことんこだわるたちだ。こうした男が、灰色の雨が降るさなかにペイジの書斎を歩きまわり、自分の立場を明確にしようとしていた。

「ううむ、そうか」フェル博士がうめいた。「だがこれまでのところ、具体的にどんな対処をしてきたんだね？」

エリオットが考えながら言った。「地区本部長でもあるマーチバンクス署長が今朝ヤードに電話をして、捜査を引き継ぐよう依頼してきましたよ」彼は答えた。「もちろん、通常であれば、首席警部を送ってくるところです。けれども、たまたまわたしが現場にいて、この件と関連があるかもしれない事件を捜査していたので――」

ヴィクトリア・デーリーの殺人事件だろうかとペイジは考えた。だが、どんなつながりがあるというんだ？

「きみはチャンスを手にしたんだな」フェル博士が言った。「すばらしい」

「そうなのです、チャンスを得たのですよ」エリオットが博士に同意して、そばかすの散った手をそっとテーブルに置いて体重をかけた。「できれば解決したいと思っています。昇進の機会ですからね、これは――まあ、博士はそんなことはよくご存じだ」彼は息を吐きだした。「ですが、わたしがぶちあたることになる困難がおわかりでしょう。このあたりの人々は窓よりもしっかりと心を閉ざしているんです。なかを覗こうとしても、絶対に入れてくれない。ビールを一杯飲んでいつものようにしゃべりはする。けれど、事件の話をもちだそうものなら、そのとたんに離れていってしまう。相手にするのがこの地域の、いわゆる名士であろうものなら」――その口調にはうっすらと蔑《さげす》みのようなものがにじんでいた――「さらに事はむずかしくなりますよ。こんな事件が起こる前でさえそうだったんです」

「もうひとつの事件ということかね？」フェル博士が片目を開けて訊ねた。

「そうです。協力的だったのはミス・マデライン・デインという人だけですよ。いいですか」エリオット警部がゆっくりと用心深く強調した。「あれこそ本物の女性ですよ。彼女と話をすることは喜びです。こちらの顔に煙を吹きかけてくるようなハードボイルドなご婦人でも、男がカードを送ればすぐに弁護士に連絡するようなご婦人でもありません。本物の女性だ。故郷のある女性を思いだします」

フェル博士が両目を開けると、エリオット警部は自分の発言を意識して、そばかすの散った顔になんとなく照れた表情を浮かべていた。だが、ブライアン・ペイジはその気持ちを理解し、異を唱えなかった。かすかにバカげた嫉妬まで覚えたほどだ。

「ですが」警部が話を続けた。「博士が知りたいのはファーンリー邸の事件のほうですよね。ゆうべ、あの場にいた人々から証言を取りました。もっとも、使用人はまだですが。どれも短い証言です。何人かは、足を延ばして証言を取る必要がありました。バローズ氏はゆうべファーンリー邸に泊まり、今日これからまた話を聞けることになっています。ですが、名乗りでたパトリック・ゴア氏とウェルキンという名の弁護士はメイドストンへ帰りました」彼は首を巡らせてペイジを見やった。「お訊ねしますが、話に聞いたところでは口論があったとか――と言いますか、その指紋帳が盗まれてから、かなり険悪な雰囲気だったそうですが」

ペイジはいささか熱っぽくそれを認めた。

「ええ、指紋帳が盗まれてからとくに険悪になりましたよ。変だったのは、モリー・ファーンリーを除く全員が、ファーンリー殺害よりも、証拠の盗難のほうが重要だと思っている節のあることでした――ファーンリーが殺害されたとしての話ですが」

興味を抱いたらしく、フェル博士の目が光った。「ところで、自殺か他殺かという点について、大方の見解はどうだったんだね？」

「みんなかなり警戒していましてね。はっきりした見解のなかったことは驚きです。彼が殺されたのだと断言したのは――実際は叫んだのですが――モリーだけで――ああ、レディ・ファーンリーのことです。そのほかは、非難の応酬になりましてね、いまはもう思いだしたくもないです。あのときのことが半分も頭に残っていないのはありがたいですよ。でも、ああなったのもまったくもっともなことだとも思っています。事件の前はとにかく緊張し、みんな適切なふるまいからほど遠くなっていて、反応が少々大げさになっていましたからね。弁護士たちでさえ、なんだか人間くさく見えた。マリーはあの場を仕切ろうとして、一蹴されました。でも、地元警察の巡査部長にしても、彼より仕事ができたわけでもなかったのですが」

「わしは」フェル博士が大げさな表情で強調した。「問題への道筋を明確にしておきたい。警部、きみはこれが殺人だということにほとんど疑いをもっとらんと言ったな？」

エリオットはきっぱり言った。

「ええ、そうだと思っています。喉には三本の切り傷がありましたが、これまでのところ、池からも、近くからも刃物のたぐいは見つかっていない。いいですか」彼は言葉を選びながら言った。「まだ検死報告書があがっていませんが、自分でそのような傷を三つも残すことは不可能だとは言い切れません。ですが、刃物がない以上は他殺と判断するしかなさそうです」

その瞬間、一同は雨の音に、そして疑うようなフェル博士のぜいぜいいう息遣いに耳を傾けた。

「まさかとは思うが」博士が口を開いた。「一応――オッホン――念のため話しておくがな。彼が自分の首をかっさばいて、痙攣《けいれん》しながら刃物を遠くへ放り投げたもんだから、見つけられんのだときみは思っておるまいな？　そうしたことは以前にもあったじゃないか」

「絶対ないとは言いません。ですが、庭の外へ投げることは無理だったでしょう。そして庭に落ちていれば、バートン巡査部長が見つけるはずです」エリオットの険しい顔に好奇の色が浮かんだ。「博士、ちょっとよろしいですか。あなたはこれが自殺だと思っているのですか？」

「いや、いや」フェル博士は、こう訊かれてかなりショックだったらしく熱っぽく否定した。「だが、これが殺人だと信じておるにしてもだ、問題の勘所《かんどころ》をやはりはっきりさせたいのう」

「それは誰がサー・ジョン・ファーンリーを殺したかですよ」

「まさしく。しかしきみはまだ、わしたちを地獄へ誘う二手の道に気づいておらんな。わしはこの事件について危惧しとるんだよ。すべての法則が破られておるんだ。それというのも、まちがった男が被害者に選ばれてるからだよ。殺害されたのがマリーでありさえすればな！　ああ、理論的に言っておるだけだからな、そこはわかってくれ。どう考えても、マリーこそ殺されるべきだったのだ！　まともに組み立てられた筋書きであれば、あの男が殺されておるよ。存在そのものが殺してくれと言わんばかりだ。ここに、生きるか死ぬかの問題に、一発で決着をつける証拠をもった男がいる。ここに、たとえその証拠がなくても、おそらくは正体の謎を解いてしまえる男がいる。そう、彼は死の一撃を受ける第一候補だよ。それなのに指一本ふれられないままで、身元の問題は片方のライバルの死によってますます不可解になった。そこまではわかるか？」

「はあ」エリオット警部が愛想のない口調で言った。

「問題の大元にあたるところを少し整理してみるぞ」フェル博士が主張した。「それはつまりこの事件の根底にあるのは、ようするに人殺しが手違いをしたのか、という点だ。サー・ジョン・ファーンリー――いままでどおりの名前で呼ぶよ――がそもそも被害者になる予定ではなかったのではないか？　人殺しは誰かとまちがえて彼を殺したということはないか？」

「それは疑わしいですね」エリオットはそう言ってペイジを見た。

「不可能ですよ」ペイジも言った。「ぼくもその可能性は考えたのです。でも、繰り返しますが、それは不可能です。陽はまだ沈みきってはいなかった。ファーンリーは誰にも似ていませんし、服装だってほかの誰ともちがっていた。少し離れたところからでさえも、彼を誰かと取りちがえることは考えられません。犯人が喉を切り裂くほど近くにいたのだとしたらなおさらです。薄暗い明かりで、細かなところはぼんやりとしか見えませんでしたが、輪郭はすべてくっきりしていましたよ」

「では、ファーンリーは最初から狙われておったということか」フェル博士が轟音《ごうおん》をたてて咳払いをした。「大変結構。ほかに無駄なものはないか？　たとえば、この殺人が称号と土地を巡る争いとはまったく関係ないという可能性は？　争いに影響を受けない人々――被害者がジョン・ファーンリーでもパトリック・ゴアでも構わん者が、わしたちの与り知らぬ動機のために、植え込みをさっと抜けて彼を殺したということはないか？　あり得ることだ、神の目が届かぬ世界ではな。だが、わしならそっちの方面の心配はせん。今度の出来事は一体となって、関連しあっておる。きみも気づいたように、証拠の指紋帳はファーンリーが殺害されたのと同時刻に盗まれてるじゃないか。

そう、ファーンリーは正しく殺害され、しかも、殺人はこの地所の正しい相続人は誰かという問題に関係しておる。だが、本当の問題がなにかということまでは、まだ特定できておらん。問題はいまだにふたつの頭《ダブルヘッド》をもっておる。裏表《ダブルフェイス》だとは言わんが。つまりこうだな。殺された男が偽者だったならば、ふたつ、ないしは三つの理由で殺されたにちがいない。どんな理由かは想像できるだろう。だが、殺された男が本物の相続人だとしたらそれとは、まったく異なるふたつ、ないしは三つの理由で殺されたことになる。きみらも想像できることだろう。本物、偽者、どちらかによって立場も見方も動機も異なってくる。そこでだな、問題はふたりのうちのどちらが偽者なんだろうかということになるのさ。見当違いの方向を探る前に、まずはそこを突きとめんとな。オッホン」

エリオット警部の表情は険しくなった。

「つまり鍵となるのはマリー氏だとおっしゃりたいのですね？」

「そう。わしの古くからの謎めいた知己《ちき》、ケネット・マリーが鍵だ」

「マリー氏はどちらが本物か知っていると思われますか?」

「その点はまったく疑っとらん」フェル博士が噛みつくような声で言った。

「それはわたしもですよ」警部はそっけなく言った。「さて、たしかめてみましょうか」彼は手帳を取りだした。「全員の意見の一致を見ているのですが――一致している点がいかに多いか驚きますよ――マリー氏は九時二十分頃に読書室でひとりになりました。それで合っていますか、ペイジさん?」

「合っています」

「殺人――と呼んでおきます――は九時半頃におこなわれた。この点に関しては二名がはっきりと証言しています。マリー氏と弁護士のハロルド・ウェルキンです。さて、その間の十分はそれほど長い時間ではないですが、指紋の照合は、たしかに念を入れねばならないことだとはいえ、マリー氏がみなさんを納得させようとしたように、なにもひと晩かかる作業ではありません。なんらかの意図があったとはお考えになりませんか――つまりマリー氏がけしからんことを考えていたとは思いませんか、博士?」

「いいや」フェル博士は思い切り顔をしかめてビール・ジョッキを見た。「マリーは華々しく照合結果を披露しようとしたんじゃないか。まあ、すぐに、わしがこの事件をどう考えておるか話すとしよう。その十分間に関係者がなにをしておったか証言を取ったらしいな?」

「全員、ざっとしか話をしてくれませんでしたがね」エリオットがふいに怒りを見せて言った。「コメントはいっさいなし。自分たちにどんな話ができるんだとまで言われましたよ。まあ、もう一度、話は聞いてみるつもりです、詳しくね。わたしに言わせれば、胡散臭《うさんくさ》い連中です。まあ、警察の報告書というものは、かなりはしょった書きかたになりがちです。それはささやかな事実にこだわってまとめ、事実でないことにはふれてないからですけどね。証言が取れるだけでもありがたいことではありますよ。けれども本件は、関係者のただなかで発生したよこしまな殺人であるというのに、関係者の証言はこの体たらくです。聞いてください」

警部は手帳を見つめた。

「レディ・ファーンリーの証言——読書室をあとにしたとき、わたしは動揺していましたので、二階の寝室へあがりました。夫とわたしはあたらしい棟の二階、食事室の上にあたる位置に、続き部屋の寝室をもっております。わたしは顔と手を洗いました。メイドに別のドレスを準備するよう申しつけました。自分が薄汚れたように感じたからです。そしてわたしはベッドで横になりました。ベッドサイドのランプがほのかに光っていました。バルコニーの窓はひらいておりました。そこからは庭を見おろすことができます。争っているような音、なにか引きずるような音、それに悲鳴のようなもの、続いて水のはねる音が聞こえました。そこでバルコニーに駆けよると、夫が見えたのです。池に横たわってもがいているようでした。そのとき夫はひとりでした。それははっきりと見えました。中央階段から一階へ駆けおりまして、夫のもとへ走りました。庭では怪しいものはなにも聞いておりませんし、見てもおりません。

次はこのかたですよ。

ケネット・マリーの証言――九時二十分から九時三十分のあいだ、わたしは読書室に残っていました。誰も読書室には入ってこず、誰の姿も見ませんでした。窓に背をむけていましたから。音が（レディ・ファーンリーの証言と似た描写）聞こえました。なにか深刻なことが起こったなどとは思いませんでしたが、誰かが一階のエントランスへ走っていく音を聞いて、これはいけないと思いました。レディ・ファーンリーが執事を呼ぶ声がして、彼女はサー・ジョンに何事かが起こったと心配されていました。腕時計をたしかめると、ちょうど九時三十分でした。わたしはエントランスでレディ・ファーンリーに合流し、一緒に庭へ出て、喉を掻き切られた男に出会ったのです。指紋や照合の件について、現時点では話すことはありません。

まったく協力的じゃありませんか？　次はこのかたです。

パトリック・ゴアの証言――おれはぶらついてました。まず、表の芝生に出て葉巻を吸いました。それから家の南側をまわってこの庭へぶらぶらと来ました。怪しい物音と言えば水のはねる音だけで、それもごくかすかな音でした。家の横手へまわろうとしたちょうどそのとき、聞いたように思います。別になにかよくないことが起こったとは思いませんでした。庭にやってくると大声で会話しているのが聞こえました。ひとりでいたかったので、外と庭の仕切になっている背の高いイチイの垣根横の道にずっといました。耳を澄ましていて、話の内容が聞こえたんです。池へ近づいたのは、ペイジという男を残してみんなが家へもどってからです。

最後はこのかたです。

ハロルド・ウェルキンの証言――わたしは食事室に残っていて、そこを片時も離れませんでした。小さなサンドイッチを五切れ食べ、ポルト酒をグラスに一杯飲みました。食事室には庭へ出られるガラス戸がありまして、そのガラス戸のひとつから池まで直線距離でそう遠くないのはたしかです。ですが、食事室には煌々《こうこう》と明かりがともっていましたから、庭はまったく見えませんでした。逆光だったので――

現場の真正面にいた証人なんですから、なにかを目撃してもいいはずだった。一階にいて垣根は腰までの高さしかなかったのにですよ。ファーンリーが立っていたはずの場所から、二十フィート足らずの場所にいたんですから」エリオットが親指と人差し指で手帳をめくりながら言う。「なのに、逆光でなにも見えず、聞こえもしなかったと。この男はこう締めくくっています。

食事室の大きな床置き時計でいうと九時三十一分に、揉みあう音と、切れ切れの、悲鳴に似た音を聞きました。続いて水のはねる大きな音が何度か。それに、垣根か植え込みで、ガサガサという音も聞こえましたな。ガラス戸越しになにかから見られているようにも思いました。地面に近いガラス戸からです。なにかが起こっているのだと不安になりましたが、わたしが出ていっても仕方がない。それで腰を下ろして待っていると、バローズさんがやってきて、偽のサー・ジョン・ファーンリーが自殺したことを知らされました。そのあいだわたしは、サンドイッチを食べていただけです」

フェル博士は息を切らしてもう少し身体を起こすと、ビール・ジョッキに手を伸ばして一気にあおった。眼鏡の奥にははっきりと興奮できらめく瞳がある。驚きで喜びを隠しきれないような表情だ。

「おお、酒神《バッカス》よ！」博士が渋い声で言った。「〝ざっとしか話をしてくれませんでした〟だと？　そいつはじっくり考えたうえでの意見か？　われらがウェルキン氏の証言には、まったくぞくっと身震いさせられるようだったぞ。ふーむ、ハハア、ちょっと待て。ウェルキン！　その名、以前にどこかで聞いたことがなかったか？　まちがいない、出来の悪い語呂合わせのような名前だから強く残っておるんだな、わしの――〝意識とはなにか？〟〝たいしたものじゃない〟〝たいしたものとはなにか？〟〝意識するな〟――おっと、失礼。また注意力がお留守になっておるな。ほかになにかあるかね？」

「そうですね、客人はあとふたりいました。ここにいるペイジさんとバローズさんです。ペイジさんの証言は聞かれていますし、バローズさんの証言も、要旨はすでにご存じですよね」
「気にするな。もう一度読みあげてくれんかね?」
エリオット警部は顔をしかめた。

「ナサニエル・バローズの証言――なにか食べておきたかったのですが、ウェルキンが食事室にいたので、いま彼と話をするのは適切ではないと思いました。読書室から見て屋敷の反対側にある居間へ行き、そこで待ちました。すぐに、自分のいるべき場所はサー・ジョン・ファーンリーのそばだと思いなおしましたが、サー・ジョンは南の庭へ行かれたあとでした。わたしはエントランスのテーブルから懐中電灯をもちだしました。視力があまりよくないのです。庭へ出るドアを開けようとしたところで、サー・ジョンが見えました。池の縁に立っていましたね。なにかをしているか、少し動いているようでした。ドアから池の手前の縁までは三十五フィートほどです。揉みあうような音、水がはねる音と揺れる音がしました。駆けつけてサー・ジョンを見つけました。誰か一緒にいたかどうかは、よくわかりません。サー・ジョンの身体の動きを正確に表現することもできません。なにかに脚をつかまれたような感じでした。

証言はざっとこんなところですよ、博士。あることにお気づきでしょう。バローズさんを除くと実際に、襲撃されるか、池に落ちるか、投げこまれるかする前の被害者を目撃した者はいないんですよ。レディ・ファーンリーは夫が池に入る前は見ていない。ゴア氏、マリー氏、ウエルキン氏、ペイジさんは、事件のあとにしか見ていない——少なくともそう言っています。まだあります」警部が話をむけた。「あなたがた、どちらか気づかれましたか？」

「なんだと？」フェル博士がぼんやり訊き返した。

「なにか気づかれましたかと訊ねたのです」

「ふむ、考えておったことを話そうか。〝庭は愛らしいものだと神はご存じだ〟（トマス・ブラウンの詩の引用）。だが、その庭でなにが起こった？　殺人のあとで、指紋帳が読書室からくすねられた。マリーが何事かたしかめようと席を外したその隙に。その時間帯になにをしていたか、そして盗んだのは誰だと思うか、いろんな人々から証言を取ったんじゃないか？」

「取りましたよ」エリオットが言った。「ですが、お聞かせするつもりはありません、博士。理由ですか？　やんごとなき大いなる〝無〟だからです。分析して煮詰めると、こうなります——誰もが指紋帳を盗むことが可能で、大方の混乱のなかでは誰がやったのか気づかなかった、と」

「はあ、なんと！」フェル博士がしばし間を空けてうめいた。「とうとう、ぶちあたったか」

「なにに、ぶちあたったんです？」

「わしが長いこと、うっすらと恐れておったものだよ——完璧とも言える心理的な謎さ。さまざまな証言やさまざまな時間の流れは無論、さまざまな可能性においてさえも食いちがいはまったくなく、説明すべき不一致などもない。ただし、まちがった男がかくも慎重に殺害されなければならなかった理由については、途方もない心理学的な矛盾がある。そしてなにより、物的な手がかりがほぼ完全に欠けておる。カフスボタン、タバコの吸い殻、劇場の半券、ペンもインクも紙もなにもない。ふむ。もっと明確なものに鉤爪《かぎづめ》を伸ばせなければ、脂を塗った豚（イベリア地方などの祭りで、これを捕まえる競争がおこなわれる）——つまり人間の行動というやつを相手にあたふたするだけになる。では、殺害された男にもっとも手を出しそうな人物は誰か？　そしてその動機は？　それから、きみがヴィクトリア・デーリーの殺人から引きだした行動パターンに、もっとも心理学的にあてはまる人物は誰か？」

　エリオットは思わず口笛を吹きそうになった。「博士はどうお考えなので？」

「そうだのう」フェル博士がつぶやいた。「ヴィクトリア・デーリー事件の基本的な事実をおさらいしてみるか。年齢は三十五歳、未婚、善良だが知的ではなく、ひとり暮らしだった。ふむ、なるほどな。殺害されたのは去年の七月三十一日、午後十一時四十五分。これで合ってるな？」

「合っています」

「車で帰宅途中この女性の家にさしかかった農夫から、悲鳴が聞こえるという通報があった。村の警官がちょうど自転車で通りかかり、農夫のあとに続く。ふたりとも男——この地方で見かけられていた流れ者——が一階の裏の窓から出てくるところを目撃する。ふたりで四分の一マイル、男を追う。流れ者は追っ手を振りきろうと、遮断機を乗り越えて線路に入り、南部鉄道の貨物列車の前に出たとたんに轢かれる。合ってるな？」

「合っています」

「ミス・デーリーは一階の寝室で発見された、靴ひもで首を絞められて。襲われた際は休もうとはしていたが、まだ床にはついておらんかった。新品のネグリジェにキルトのドレッシング・ガウン、スリッパという恰好。明瞭このうえない事件――流れ者から現金と貴重品が見つかっておる――ただし、ひとつの事実を除いて。医師が検分したところ、遺体は黒い煤のような物質で汚れておったのだ。同じ物質がすべての爪からも見つかった、そうだろう？　この物質を内務省の者が分析したところ、ヌマゼリ、煤、キジムシロ、猛毒のベラドンナ、それにトリカブトを合わせた液体だとわかった」

ペイジは動揺して座り直した。フェル博士の言葉の最後の部分は、聞いたことがなかった。

「ちょっと待ってください！」ペイジは口を挟んだ。「そんな話は聞いたことがありません。命にかかわる毒をふたつも含んだ物質が遺体から発見されたというんですか？」

「ええ」エリオットはからかいを隠そうともせずに笑みを浮かべた。「もちろん、地元の医者はそんなものを分析してはおりません。検死官はこの物質が重要だとは思わず、検死審問で取りあげることさえしませんでした。おそらく、肌の手入れのためのものだとでも思ったのでしょう。その場合、言及するのは無神経なことですからね。ですが、あとになってから医者が密かに報告してきまして――」

ペイジはとまどっていた。「トリカブトとベラドンナですよ！　飲んではいなかったのですよね？　皮膚にふれただけでも死んでしまうんですか？」

「いえいえ、そんなことはありませんよ。なんと言っても、これは死因が明白な事件です。そう思われませんか?」

「不幸なまでに明白だわい」フェル博士が認めた。

雨音をついて家の表のドアをノックする音をペイジは耳にした。うまく形にならない考えをまとめようとしながら、短い廊下を通ってドアを開けた。地元警察のバートン巡査部長で、フードつきのゴムのレインコートの下に、新聞紙で包んだなにかを抱えていた。巡査部長の言葉によって、ペイジの思考はヴィクトリア・デーリーから喫緊のファーンリーの問題へ引きもどされた。

「エリオット警部とフェル博士にお会いしたいのですが」バートンが言った。「凶器を見つけたんですよ。それに――」

彼は首を巡らせて伝えた。ぬかるんだ表の庭には雨で水溜まりができていて、そのむこう、表の門の近くに見慣れた車があった。古ぼけたモーリスで、横手のカーテンの奥にふたりの人物が座っているようだった。エリオット警部が急いでドアに駆けよってきた。

「いまなんと――?」

「サー・ジョン殺害に使用された凶器を見つけました、警部。それから」バートン巡査部長はふたたび車のほうへ首を巡らせた。「ミス・マデライン・デインと、ファーンリー邸で働いているノールズじいさんです。ノールズは以前、ミス・デインの父親の親友のもとで働いていたんです。それでどうしたらいいかわからなくなって、ミス・デインのもとへ相談に行ったところ、彼女がわたしのところへ寄こしてきまして。この事件の手がかりになるかもしれないことを警部に話したいそうです」

## 8

ペイジの書き物机に新聞紙で包まれた荷物が置かれると、包みがほどかれ、凶器が露《あら》わになった。ポケットナイフ。少年がもつような古めかしいデザインのそれだが、この状況下では、ずしりとした残忍なものに見える。

メインの刃――いまはひらいてある――のほかにも木の柄《え》には、小型の刃が二本、コルク抜き、かつては馬の蹄から石を取り除くのに重宝したと思われる用具が収められている。ペイジは、こうした立派なナイフをもつことが、大人の男になろうとしているという誇り高い証だった往時を思いだした――冒険家気分になったりインディアンごっこをやったりしたあの頃。そう思わせるほどこれは古いナイフだった。メインの刃は刃渡り四インチほど、三角形の深い刻み目がふたつあって、ところどころ刃がこぼれていた。だが、錆びついてはおらず、鋭さを保っていた。無邪気なインディアン遊びに使われたと示すものは皆無で、刃先から柄まで、乾いたばかりの血糊で色が変わっていた。

これを見た一同は不安な気持ちに襲われた。エリオット警部が背筋を伸ばした。

「どこで見つけたんだ?」

「低い垣根に押しこんでありました」バートン巡査部長が答え、距離を測るように片目を閉じた。「睡蓮の池から十フィートばかり離れた位置です」

「池からどちらの方向だ?」

「左のほうです。家に背を、つまり南の境界線になっている背の高い垣根にむかって立ったときですね。睡蓮の池より多少家に近い場所です。それに、警部」巡査部長は用心深く説明した。「これを発見することができたのは、ひとえに運がよかったからなんですよ。ひと月捜したって見つからなかったでしょう。垣根を全部引っこ抜きでもしないかぎり無理でしたね。あのイチイの垣根はいやになるほど分厚いんです。見つかったのは雨のおかげでした。垣根のてっぺんに沿って手を滑らせたんです。とくに目的はなかったんですが。どこを捜そうかと思いながら無意識にそうしていたわけです。そうしていると、垣根が湿っていて、わたしの手に赤茶色のものがつきまして。垣根に押しこまれる際、少し血がついたんでしょう。てっぺんには押しこまれたときにできる切り込みはいっさいありませんでした。それで手探りして、ナイフを引き抜きました。ご覧のとおり、垣根が遮ってくれてナイフに雨はかからなかったようですね」

「何者かが垣根にこれを押しこんだと思っているんだな?」

バートン巡査部長は考えこんだ。

「ええ、そうだと思います。まっすぐに、刃先を下にして突っこまれていました。そうでなければ……これはかなり重みのあるナイフです、警部。刃も柄もずっしりしています。投げ捨てたり、空中に放りあげたりすれば、刃を下にして落ちますし、垣根を突き抜けるでしょう」

バートン巡査部長の顔には確信の表情が浮かんでいて、その場の誰もがそれを誤解することはなかった。ぼんやりと考えこんでいたフェル博士が首を巡らせた。その大きな下くちびるがつい突きでてきた。

「ふうむ」博士が言った。「〝空中に放りあげたり〟だと？　自殺を図ったあとでかね？」

バートンの額がかすかに変化したが、無言のままだった。

「たしかに、捜していたナイフだな」エリオット警部が認めた。「被害者に残されていた三本の傷のうち二本がねじれていたのが気に入らなかった。ナイフ傷というより、つぶされたか、引きちぎられたように見えたからな。だが、どうです！　このこぼれた刃を見るといい。絶対に傷に適合するさ、そうじゃないか？」

「ミス・デインとノールズのじいさんはどうしますか、警部？」

「そうだった。ここへ来るよう伝えてくれ。ご苦労だった、巡査部長。じつによくやった。医者のところへ行って、あたらしい発見がないかどうか訊ねてくれないか」

フェル博士と警部が議論を始めたところで、ペイジは廊下の傘を手にしてマデラインを迎えにいった。

どんな雨でも泥でも、マデラインの小ざっぱりとした様子を変えることも、このうえない上機嫌を逆なですることもできない。彼女はフードつきの透明のレインコートを身につけていて、まるでセロファンにくるまれているように見えた。ブロンドの髪は耳の上で巻くようにまとめてあった。青ざめてはいるが健康的な顔、少し大きめの鼻と口、やや切れ長の目をしている。

とはいえ、見るほどに、美しいのはそれらすべてが合わさっているためだという想いが強くなる。それに、彼女は注目されたいと望んでいる印象を与えたことがなかった。よい聞き役に徹していたいと思っているような女性だ。瞳はきわだって濃い青で、誠実そのものの視線を送ってくる。すばらしい身体つきをしているが——ペイジはいつもそこに目がいってしまう自分を恥じていた——きゃしゃな印象を与える。ペイジの腕に手を重ねたマデラインがおずおずとしたほほえみを浮かべると、ペイジは車から降りるのに手を貸して傘に入れた。

「あなたのお宅にいられてほっとするわ」彼女は柔らかい声で言った。「なんだか、ずっと気楽になるもの。本当にどうしたらいいかわからなくて。警察に言うのが一番の——」

　彼女はどっしりとしたノールズをちらりと振り返った。ノールズは車を降りるところだった。雨なのに山高帽をもち、ぬかるみのなかを内またになって進んでいく。

　ペイジはマデラインを書斎へ連れて行き、彼女を誇らしげに紹介した。フェル博士に見せびらかしたかった。なるほど、博士の反応はすべてにおいてペイジが望んだとおりのものだった。チョッキのボタンがはじけ飛びそうなほどマデラインに満面の笑みをむけた。眼鏡の奥で照明がともったかに見えた。さっと立ちあがると、くすくす笑いながらみずからマデラインのレインコートを脱がせて座らせた。

　エリオット警部はかつてないほどきびきびと有能そうにふるまった。カウンター奥にいる店員のようにしゃべった。

「これはこれは、ミス・デインですね。どういったお話でしょう?」

マデラインは自分の握りしめた両手を見つめ、感じよく眉をひそめて一同を見まわしてから、警部の視線を正面から受けとめた。

「わかってくださるでしょうけど、説明がとてもむずかしくて」彼女はそう言った。「でも、わたしがしなければならないんです。誰かがしなければならないことです、ゆうべひどいことがあったあとですから。それでも、ノールズを面倒には巻きこみたくないのです。そんなことはさせられません、エリオットさん！」

「なにかおこまりのことがあれば、デインさん、聞かせてください」エリオットがいかにも有能さを感じさせる口調で言った。「そうすれば、誰もこまったことにはなりませんよ」

マデラインがありがたそうな視線を送った。

「それではおそらく——あなたから話をしたほうがいいわ、ノールズ。わたしに話したことを」

「ハッハッハッ」フェル博士が言った。「お座んなさい、ノールズさん！」

「いいえ、めっそうもない。ありがたいことですが——」

「お座んなさい！」フェル博士がどなった。

博士の勢いにいまにも椅子に押しつけられそうになっていたノールズは、みずから言われるとおりにした。正直な男だった。それも、ときに危険なほどに。気持ちの上でストレスがかかるとはっきりと赤らむたぐいの顔立ちをしている。顔が透明な殻でできていて、本心が透けて見えるかのようだった。椅子に浅く腰かけ、手にした山高帽をまわしている。フェル博士が葉巻を与えようとしたが、これを断った。

「あの、率直に話をしてよろしいでしょうか?」

「むしろそう願いたい」エリオットがそっけなく言った。「それで話とは?」

「もちろん、すぐにレディ・ファーンリーのもとへ伺うべきだったとはわかっております。ですが、あのかたには言えませんでした。誇張などではなく、そんなことは自分に許せなかったのであります。そうでございましょう、マーデール大佐がお亡くなりになったあとわたくしがファーンリー邸へやってくることができたのは、レディ・ファーンリーのお口添えがあったからですから。ありのままに申し上げまして、わたくしにとってどんな人よりも大切なおかたであるのです、神に誓って」ノールズはそう言い足した。思いがけないことに急に人間らしい感情をほとばしらせて、椅子から軽く腰を浮かしかけたが、また座り直した。「あのかたはかつて、医者のお嬢様のミス・モリーでありました。ご出身はサットン・チャートです。わたくしは存じあげているのですが――」

エリオットは我慢強く言った。

「来てくれたことは感謝しているよ。だが、わたしたちに知らせたいというのは、そのことなのかね?」

「いえ、お亡くなりになったサー・ジョン・ファーンリーについてです」ノールズが言った。「あのかたは自殺なさいました。その現場をわたくしは見たのです」

長い沈黙をやぶるのは、やみつつある雨の音だけだった。ペイジが、血の染みのついた折りたたみナイフがどこに隠されたかたしかめようとあたりを見まわすと、自分の袖が衣擦れの音をたてるのを聞いたほどだった。ナイフをマデラインに見せたくなかった。いまはテーブルの新聞の下に隠してあった。エリオット警部はさらに厳しい態度になって、ノールズをじっと見つめている。フェル博士から、ごくかすかな音がした。口を閉じたままで鼻歌だか口笛だかを鳴らしたような音だった。博士にはこうして寝ているように見えているときにも、時折《僕のブロンド娘のそばに》に合わせて口笛を吹く癖があるのだ。

「現場を――見た――だって？」

「そうなのです。ゆうべ、警部さんにお話しできたはずなのですが、あなたはわたくしに話を訊かれませんでした。それに率直に申し上げまして、いまもあなたにお話しすべきか確信がもてません。見たと申しますのはこんなことなのでございます。ゆうべは読書室の真上にあたります緑の間の窓辺に立ち、庭を見ていたのです。あれが起こったときに。わたしは一部始終を見ました」

ペイジは思いだした――それは本当のことだった。最初にバローズと遺体を見に行ったとき、ノールズが読書室の真上の部屋の窓辺に立っているのを目撃したではないか。

「みなさんは、わたくしの視力のことを問題にされるでしょう」ノールズは熱っぽく言った。「靴でさえもその熱意のあまりキュッと鳴った。「わたくしは七十四歳ですが、六十ヤード離れた場所の自動車のナンバー・プレートだって読めます。みなさん、そこの庭に出て、小さな文字のある箱か看板をもってくだされば――」落ち着いた彼は座り直した。

「サー・ジョン・ファーンリーが自分の喉を切るのを見たのかね？」

「そうです、警部さん。そのようなものを見ました」

「そのようなものだって？　どういう意味だね？」

「こういうことです。実際にあのかたが喉を――詳しくは申しません――その場面は見ておりませんから。背中をむけられていました。けれど、両手をあげるところは見ました。あのかたの近くには、人っ子ひとりおりませんでした。よろしいでしょうか、わたくしはまっすぐにあのかたと庭を見おろしていたのです。池の周囲を取りかこむ、ひらけた空間が見えました。たっぷり幅五フィートはある砂の境界線が池と手近の垣根のあいだにあります。わたくしに見られずに、あのかたに近づける人はおりませんでした。ひらけた空間にあのかたはひとりきりだった、それは絶対に誓えます」

フェル博士からは眠たげで平板な口笛めいた声がまだ聞こえていた。「〃世界じゅうの鳥たちが《トゥー・レ・ゾワソ・デュ・モンド》〃」博士がつぶやいた。「〃巣を作りにやってくる《ヴィエンヌ・イ・フエール・ラール・ニ》〃」そこで博士は声を張りあげた。「なんでまた、サー・ジョン・ファーンリーは自殺する必要があったんだ？」

ノールズが身構えた。

「サー・ジョン・ファーンリーではなかったからでございますよ。もうひとりの紳士が本物です。わたくしはゆうべ、ひと目見たとたんにわかりました」

エリオット警部は冷静さを保っていた。

「そう言い切る理由は？」

「うまく説明できないかもしれませんが、そこはご勘弁ください」ノールズが訴えた。生まれて初めて彼は機転をきかせられなかったのである。「わたくしは七十四歳になります。ジョニー坊ちゃまが一九一二年に家を出られたとき、このような言いかたをするのもなんでございますが、わたくしはもうひよっこではございませんでした。わたくしのような老人の目には、若いおかたというのはけっして変わらないものでございますよ。十五歳であろうと、三十歳であろうと、四十五歳であろうと、いつでも同じに見えます。まさか、わたくしが本物のジョン様にお会いしてもわからないなどということがあるとお考えではないでしょうね？　めっそうもない！」ノールズはそこまで語ると、またもやわれを忘れて指を振りあげた。「今回お亡くなりになった紳士がここにいらしてサー・ジョンに成りすましたとき、看破したなどとは申しません。ええ、そんなことはございませんでした。ただ、別人のようだとは思いました。でもアメリカへ行かれていたのですから、変わっていてもおかしくないと思いました。極めて自然なことですし、わたくしのほうも歳を取っております。ですから、本当のご主人様ではないなどと心から疑ったことはありませんでした。ですが正直に申しますと、ときたま話が食いちがうと——」

「しかし——」

「こうおっしゃりたいのでしょう」ノールズがとにかく必死になって続けた。「わたくしはむかしファーンリー邸に勤めていなかったじゃないかと。それはおっしゃるとおりでございます。亡くなられたサー・ダドリーにモリーお嬢様がご紹介してくださりこちらへやってきまして、まだ十年しか経っておりません。ですが、わたくしがマーデール大佐にお仕えしていた頃、ジヨン坊ちゃまはかなりの時間あの広いリンゴ園で過ごされたのです。大佐と少佐のお宅のあいだの——」

「少佐とは?」

「デイン少佐でございます。ミス・マデラインの父君です。マーデール大佐と大変に懇意にしておられました。ジョン坊ちゃまはあのリンゴ園が気に入ってらっしゃいました。園の裏手は森でございましてね。《壁掛け地図》に近く、あちらへ抜けることもできました。わたくしにはよくわからないことですが、坊ちゃまはご自分が魔法使いや中世の騎士だと夢想してらっしゃいました。なかにはちっとも好ましく思えないこともございましたが。それはともかく、昨夜すぐにわかったのです。坊ちゃまにウサギなどのことを訊ねられるより早く、このあらたに姿を見せた紳士こそが本物のジョン様だと。わたくしがわかったとご本人もご承知でした。ですから、読書室に呼ばれたのです。けれども、わたくしになにが申し上げられましたでしょうか?」

ペイジはあのやりとりをはっきりと覚えていた。だが、覚えていることはそれだけではない。それらがエリオットの耳にすでに届いているかどうか考えた。ちらりとマデラインを見やった。

エリオット警部が手帳をひらいた。

「それで、偽者が自殺した。そう言いたいのかね?」

「さようでございます」

「凶器は目撃したかね?」

「いえ、残念ながらはっきりとは」

「目撃したものを正確に話してもらいたい。たとえば事件が起こったときは緑の間にいたそうだが、いつ、どんな理由でそこへ行ったのだね？」

ノールズが考え考え言った。

「そうですね、事件の二、三分前だったと――」

「九時二十七分か二十八分か。どちらだね？」エリオット警部が厳しく正確さを求めた。

「それはなんとも言えません。時間を気にしておりませんでしたので。そのどちらかではあります。ご用がありましたときに備えて、食事室近くのエントランスにおりました。食事室にはウェルキン様しかおいでになりませんでしたが。しばらくして、ナサニエル・バローズ様が居間から出てこられて、懐中電灯はどこにあるかとお訊ねになりました。二階の緑の間にひとつあるのではないかと申し上げました。お亡くなりになった紳士が書斎として使われていた部屋です。わたくしは取りにいきましょうかと申し上げました。その後わかったのですが」ノールズはもはや証言でもしているような口ぶりだった。「バローズ様はエントランスのテーブルの抽斗《ひきだし》で見つけられたのです。わたくしはそこに懐中電灯があるとは存じませんでした」

「続けて」

「わたくしは二階へあがって緑の間に入り――」

「照明はつけたかね？」

「そのときはまだ」ノールズが若干いらだちを見せながら言った。「つまりその瞬間はつけていないという意味です。あの部屋は壁に照明のスイッチがございませんので、天井の照明は直接つけなければなりません。わたくしが懐中電灯を見かけたと思ったテーブルは窓と窓のあいだにございます。テーブルに近づいていって、窓のひとつにさしかかった際に外を見ました」

「どの窓だね？」

「右の窓です。庭に面しております」

「窓はひらいていたかね？」

「さようです。説明させてください。どなたでも気づかれたはずです。読書室の裏手にはずらりと木が植えてありますが、二階の窓からのながめを遮らないように剪定《せんてい》してあるのです。ファーンリー邸の天井はほとんどが高さ十八フィートで――ただし、あたらしい棟はドールハウスのように低くなっておりますが――木は緑の間の窓を超えない程度の高さになっています。そのために梢の上から外を見渡せますので、緑の間と呼ばれているのです。というわけで、わたくしはこんなふうに高い位置から庭を見おろす恰好になったのでございます」

ここでノールズは椅子から立ちあがり、身を乗りだしてみせた。こんな動作はめったにしないらしく、あきらかに身体に痛みが走ったようだが、真剣そのものだったので、話しながらもその姿勢を保っていた。

「わたくしがここにいるとします。その先では緑の葉が一階の読書室の窓からの明かりで照らされておりました」彼は片手を振った。「さらにその先には庭がございます。垣根も散歩道も、中央の池もはっきり見えます。明かりの具合は悪くありませんでした。もっと暗いときでもテニスをなさっている様子が見えたことがございます。ところで、池の縁にはサー・ジョンが――あるいはそう名乗っておられた紳士がポケットに両手を入れて立ってらっしゃいました」

ここでノールズは演技めいた動作をやめて腰を下ろした。

「以上です」彼はわずかに息を弾ませて言った。

「以上だって?」エリオット警部がおうむ返しに訊ねた。

「そうでございます」

エリオットはこの予想外の結論に背筋を伸ばして、ノールズを見つめていた。

「だが、なにが起こったんだね、きみ?　話してもらいたいのはそこなのだ!」

「ですからお話ししたとおりです。木の下のほうでなにかが動いた音がしたように思いまして、窓から見おろしました。ふたたび顔をあげると――」

「こういうことかね」エリオットは静かに言葉を選んで言った。「きみはなにが起こったか見ていないと?」

「ちがいます。あのかたが、池へ前のめりに倒れるところを見ました」

「それはわかったが、ほかには?」

「そうでございますね、時間はなかったはずでございます――なんの時間を言いたいかはおわかりでしょう。何者かがあのかたの喉を三度も切ってから逃げることは時間的に無理です。あのかたはずっとひとりきりでした、事件の前も後も。ですから、自殺されたにちがいないのです」

「自殺するのになにを使ったと思う?」

「ナイフのようなものだと思います」

「それはきみの考えだろう。ナイフを実際に見たのかね?」

「ちゃんとは見ておりません」

「手にしているところは?」

「それも見てはおりません。そういうところまで見るには距離がありすぎました」ノールズはそう答えたが、自分にも立場があることを思いだして威厳のある態度を取った。「真実をお話ししようとしているのですから、見たと申しているものを疑わず――」

「ふむ、彼はそのあとナイフをどうしたんだね? 落としたのか? いったいナイフはどうなったのかね?」

「気づきませんでした、警部。本当です。あのかたに注目しておりましたので。それから、あのかたの前で、なにかが起こったように見えました」

「彼がナイフを放り投げたのだろうか?」

「そうかもしれません。しかし、わたくしにはなんとも」

「彼がナイフを投げたら、きみに見えただろうか?」

ノールズはしばらく考えこんだ。「それはナイフの大きさによりますでしょう。あの庭にはコウモリがおりますし。ときには、テニスボールが迫ってきても見えないことが――」彼はやはりかなり年老いていた。そんな彼が顔を曇らせたから、一同は一瞬、彼が泣きだすのではないかと不安になったが、彼はふたたび威厳を取りもどした。「申し訳ございませんが、警部。わたくしを信じてくださらないのであれば、ここで失礼してもよろしいでしょうか？」

「いやいや、待ってくれ。そういうことじゃないんだ！」エリオットは若者らしくそう答えると、かすかに耳を赤くした。マデライン・デインはここまでひとこともしゃべっていなかったが、微笑を浮かべて警部を見守っていた。

「とりあえず、もうひとつだけ質問を」エリオットは堅苦しくなって続けた。「庭全体が見えたのならば、犯行時に庭に誰かほかの人の姿を見なかったかね？」

「事件が起こった時間でしょうか、警部？　いえ、見ませんでした。ただ、その直後に緑の間の照明をつけましたら、その頃には庭に数人のかたがたがおいででした。ですが、まずはその時間には——いや、これは失礼いたしました。そうです、そうでございました！」ふたたびノールズは指を振りあげて眉をひそめた。「事件が起こったときに人がいました。男を見たのです！　覚えておいでですか、読書室の窓のあたりの木立で物音を聞いたと申し上げましたのを」

「ああ、覚えているよ。聞かせてもらおうか？」

「わたくしは気になったので窓から木立を見おろしました。そこには紳士がおいでで、読書室の窓からなかを覗きこんでらっしゃるのがはっきりと見えました。もちろん、木の枝が窓には届いておらず、木のあたりがはっきりと照明に照らされていたから見えたのでございます。木立と窓のあいだに細い小道でもあるようになっているのです。その紳士は窓辺に立って読書室を覗いていました」

「誰だったのかね？」

「あたらしくおいでになった紳士です。わたくしがかつて存じあげていた、本物のジョン様ですよ。現在、パトリック・ゴアと名乗ってらっしゃるかたです」

沈黙が流れた。

エリオットはひどく慎重に鉛筆を下ろし、フェル博士をちらりと見やった。博士はぴくりとも動かなかった。半開きの小さな片目が輝いていなければ、寝ているように見えただろう。

「整理してもいいかね？」エリオットが問いただした。「攻撃、自殺、他殺、呼び名がなんであっても、これが起こったのと同じ頃に、パトリック・ゴア氏が読書室の窓辺にいるのが、きみの立っているところから見えたんだね？」

「さようでございます。左のほうに立って、南をむいておられました。ですから、お顔が見えたのです」

「誓えるね？」

「はい、警部、もちろんでございます」ノールズが目を見開いて言った。

「それは取っ組み合う音、水のはねる音、倒れる音などが聞こえたときだね？」

「さようでございます」

エリオットはぱっとしない表情でうなずき、手帳をぱらぱらと前へめくった。「同時刻のゴア氏の証言を聞かせねばなりませんね。氏の証言はこうです。〝おれはぶらついてました。まず、表の芝生に出て葉巻を吸いました。それから家の南側をまわってこの庭へぶらぶらと来ました。怪しい物音と言えば水のはねる音だけで、それもごくかすかな音でした。家の横手へまわろうとしたちょうどそのときに、聞いたように思います〟——彼は南の境界線沿いの横手の散歩道にずっといたと話している。だが、水のはねる音がしたとき、彼はきみのいた部屋の下の読書室を覗いていた。本人の証言は矛盾している」

「わたくしには、あのかたのお話はどうにもできません」ノールズが力なく言った。「申し訳ございませんが、矛盾と言われましても、現にあのかたはそうなさっていたのです」

「サー・ジョンが池に倒れたのをきみが見たあと、パトリック・ゴアはどうした？」

「それはなんとも申せません。そのとき、わたくしは池のほうを見ておりましたので」

エリオットはためらって、ひとりでぶつぶつ言っていたが、ややあってフェル博士のほうを見やった。「なにかご質問はありませんか、博士？」

「あるとも」フェル博士が言った。

フェル博士は身を起こすなりマデラインに満面の笑みをむけた。彼女のほうもほほえんだ。続いてフェル博士は議論をはじめようという表情でノールズににこやかに笑った。

「あんたの説に従うと、七面倒くさい質問をいくつかせんといかんな。たとえば、もしもパトリック・ゴアが本物の相続人であれば、指紋帳を盗んだのは誰で、動機はなにかという問いだ。だが、まずは自殺か他殺かという頭の痛い問題に沿って進めようか」博士はそこで考えこんだ。「サー・ジョン・ファーンリー——死んだほうのという意味だよ——は右利きだったかね？」

「右利きだったかですって？　ええ、さようでございました」

「ナイフを右手にもって自殺したという印象はあったかな？」

「ええ、そうでございます」

「ふむ、そうか。さて、あの池で興味深い発作に襲われたのち、男は両手をどうしたか話してくれんかな。ナイフのことは気にせんでいい！　ナイフをちゃんと見ておらんのでもいいんだ。とにかく、手をどうしたかを話してくれ」

「そうでございますね、両手を喉元へもっていき――こんなふうにでございます」ノールズは実際にやってみせた。「それから、少し動かして、次に頭の上へあげると広げました。こんなふうにでございます」ノールズが大きな身振りで実演して、両手を大きく広げた。「それからすぐに、池に倒れて、身をよじりはじめたのです」

「腕を組んではおらんかったか？　ただ手をあげて、左右に広げたというが、それだけかね？」

「そのとおりでございます」

フェル博士はテーブルの杖を手に取ると、身体を起こした。よろよろとテーブルへ歩き、新聞紙の包みを取りあげるとほどいて、ノールズに血の染みのついた折りたたみナイフを見せた。

「肝心な点はここからだよ」博士は主張した。「ファーンリーは右手にナイフをもっておる、これが自殺だとするならだがな。この男の見せた仕草は両手を大きく広げただけ。左手もナイフに添えていたとしても、握っておったのは右手のはずなんだよ。腕を大きく広げたときに、ナイフが右手から飛んでいったとしよう。それは構わんさ。だが、ナイフが空中でむきを変えて、池を軽々と飛び越え、左へ十フィートほど先の垣根に落下した理由を誰か説明できるかね？　しかも覚えておるか、これは、ひとつどころか、三つもの致命傷を自分自身に負わせたあとのことなんだぞ？　そんなことがあるはずなかろう」

フェル博士は、自分が新聞紙と一緒に身の毛のよだつようなものを、マデラインの目の前で振りまわしていることにはあきらかに気づいていない様子で、ナイフを見て顔をしかめると、続いてノールズのほうを見やった。

「一方で、この男の視力を疑うことなどできるだろうか？　ファーンリーは池の前でひとりだったという証言に裏付けはある。ナサニエル・バローズが、ファーンリーはひとりだったと認めておる。レディ・ファーンリーは水のはねる音がしてすぐにバルコニーへ走ったが、池のそばや手の届く範囲には誰もいなかったと話しておるからな。さて、決めなければならんようだ。片方は、いくぶん荒唐無稽な自殺。だが、残念なことにもう片方は、それ以上に不可能な他殺。さあ、誰かいい考えを出してくれんか？」

## 9

激しさすら感じさせる迫力のある口調だったが、フェル博士は自分にむけて語っていた。返事を期待してはおらず、また実際に返事はひとつもなかった。フェル博士はしばらく本棚を見て瞬《まばた》きをしていた。ようやくわれに返ったように見えたのは、ノールズが怯えながらなんとか咳払いをしたときだった。

「よろしいでしょうか。もしやそれが――？」ノールズはナイフにあごをしゃくった。

「わしたちはそう考えておる。池の左のほうの垣根から見つかったものだ。それなのに自殺と考えるのはおかしくないと思うかね？」

「わたくしにはわかりません」

「このナイフを以前に見たことがないか？」

「ございません」

「あんたはどうですか。ミス・デイン？」

マデラインは動揺して少しショックを受けている様子だったが、静かに首を横に振り、それから身を乗りだした。ペイジはふたたび彼女の顔が幅広なことと、鼻がわずかに横長で低いことを意識したが、それらは彼女の美しさをいささかも損ねることはなく、むしろさらに増していた。マデラインを見るといつも、ペイジの頭は彼女をたとえられるものや彼女をイメージするものを探してしまう。そして彼女のなかに中世的なものを思い、切れ長の目やふくよかなくちびるになにかを見いだすのだ。それは心のなかにたたえた静かな泉のようなもの、あるいはバラ園や小塔の窓を連想させる。こうしたたとえが感傷的なことは大目に見られるべきである。というのも、ペイジは本当にそのようなことを感じ、また信じてもいたからだ。

「気が引けて仕方ありません」マデラインがまるで訴えるように言った。「わたしにはここにいる資格などちっともないんじゃないかと。自分に関係のないことをお話ししようとしているのじゃないといいのですけど。それでも——ええ、お伝えしなければならないと思います」彼女はノールズにほほえみかけた。「車で待っててもらえるかしら?」

ノールズが一礼して去っていった。どこかとまどった様子だった。灰色の雨はまだ降りつづいている。

「さて」フェル博士がふたたび腰を下ろし、杖のてっぺんに両手を重ねた。「わしが質問したかったのは、あんたのほうですよ、デインさん。ノールズの意見について、あんたはどう思われますかな。本物の相続人が誰かという点について」

「博士が考えてらっしゃるより、ずっと複雑じゃないのかしらとだけ思っています」

「ノールズの話を信じますかな?」

「まあ、あの人はとにかくまじめなんですよ。それはおわかりになったはずです。けれども、あの人も歳を取りました。それから、子ども時代からずっと、いつだってモリーをひいきしてかわいがっていました。ご存じでしょうか、むかし、モリーのお父さんがノールズのお母さんの命を救ったことがあるんですよ。ノールズが次に大事にしていたのは、子ども時分のジョン・ファーンリーでした。いまでも覚えていますが、一度、先の尖った魔法使いの帽子をジョンのために作ってやったこともありました。ボール紙を青く塗って、銀紙で星なんかをくっつけてあげたんです。今度の件ですが、ノールズはモリーにはどうしても言えなかったんですね。とても無理だったんです。それで、わたしのところへ来たんですよ。みんなそうするのです

——わたしのところへ来るの。そしてわたしはできるだけ力になりたいと思っています」

フェル博士の額に皺《しわ》が寄った。「まだ納得できないことが……うーむ……あんたはジョン・ファーンリーをずっとむかしからご存じだったんですな」ここで博士はニコッと笑った。「なんでも少年と少女のロマンスのようなものがあったとか？」

マデラインが渋い顔をした。

「若い盛りを過ぎたことを思いださせるような言いかたをなさるのね。いまわたしは三十五歳です。いいえ、だいたいそのあたりとしておきますわ。正確な年齢はお訊ねになってはだめですよ。それから、少年と少女のロマンスのようなものなどなかったんです、本当に。わたしがいやがったとかじゃなくて、ジョンにその気がありませんでした。あの人、わたしに一度か二度、リンゴ園や森で、キスをしたことはあります。でも、ずっとこんなふうに言われたものです。わたしには楽園のアダムになれるだけのものがないって——イヴと言うべきかしら。とにかく、悪い心がないと」

「でも、あんたは誰とも結婚せんかった」

「まあ、そんな言いかたってないですわ！」マデラインはそう叫び、頰を上気させると、笑い声をあげた。「まるでわたしを、眼鏡をかけてもはっきり見えなくなった目で、暖炉の脇に座って編み物でもしているおばあちゃんみたいに——」

「デインさん」フェル博士がしごくまじめに言った。「そんなことは言っておりませんよ。あんたの家の戸口には求婚者が列を作って、万里の長城のように延びておるんじゃないかと思っております。プレゼントの大きなチョコレートの箱の重みで腰を曲げたヌビア人の奴隷たちが見えるようですわ。それに――オッホン。脱線はやめておきましょう」

ペイジが正真正銘の赤面した顔を見たのは久しぶりだった。最近ではそうした感情の源泉はドードー鳥とともに消滅してしまったと考えていた。マデラインの赤面を見るのはいやな感じはしなかった。いまの博士の言葉に対して彼女はこう言った。

「わたしがジョン・ファーンリーと長年ロマンチックな情熱を育んでいたと思ってらっしゃるならば、それはとんでもない誤りだと言わせていただきます」そこで瞳がきらめいた。「彼のことはいつも、少し怖いと思っていました。それに、彼のことが好きかどうか自信もありませんでした――当時は」

「当時は？」

「ええ。あとになって、彼が好きになりました。ただ、恋愛感情が芽生えたというのではなく、好意をもったというだけですよ」

「デインさん」フェル博士が何重にもなったあごを揺らし、興味津々といった様子で首を振る。「どうも、あんたはなにかを伝えようとしていると、わしの頭のなかで小鳥が囁《ささや》いておるようなんだが。わしの質問にまだお答えいただいておりませんな。あんたはファーンリーが偽者だったと思いますかな？」

マデラインはかすかに身じろぎした。

「フェル博士、わたしはなにももったいぶろうとしているんじゃないのです。そんなつもりはちっともありません。あなたにお伝えできることがあるとは思っています。でも、その前に、博士から——ほかのどなたでも——昨夜ファーンリー邸でなにがあったのか教えてくださいませんか？　つまり、最後に恐ろしいことが起こる前の出来事です。あのふたりは、それぞれ自分こそ本物だと主張しているときに、どんな様子だったのです？」

「もう一度、あのときの話を繰り返したほうがよさそうですね、ペイジさん」エリオットが言った。

ペイジは思いだせるかぎりの詳細な経緯と自分の印象を語った。その間、マデラインは途中何度かうなずいた。彼女の息遣いが徐々に速くなっていた。

「教えて、ブライアン。やりとりのなかで、一番記憶に残ったのはどんなこと？」

「ふたりとも絶対の自信をもっていたことだよ」ペイジは答えた。「ファーンリーは一、二度ほど言い淀んだこともあったが、それはとくに重要じゃない点についてだった。本物かどうか試す大事な質問になると、熱心に答えていた。彼がほほえんでほっとしたように見えたのは一度きり。それはゴアが、タイタニック号で水夫の木槌を使って自分を殺そうとしたと、ファーンリーを責めたときだった」

「どうかもうひとつだけ質問させて」一段と速い呼吸になったマデラインが訊ねた。「どちらかが、人形についてなにか言わなかったかしら？」

間ができ、フェル博士、エリオット警部、ブライアン・ペイジはぼんやりと顔を見合わせた。

「人形ですか？」エリオットがおうむ返しに言って咳払いをした。「どんな人形でしょう？」

「あるいは、人形に命を吹きこむことについてはどう？　〝書〟については？」ここで仮面がマデラインの顔を覆ったように表情を消した。「ごめんなさい。こんなことを言うべきじゃなかったわ。真っ先に話題になっただろうと思っただけなんです。忘れてください」

息を吹き返したようにうれしそうな表情を浮かべたフェル博士が、顔をくしゃくしゃにした。「親愛なるデインさん」博士が地鳴りのような声で話しかけた。「あんたは奇跡を要求された――あの庭で起こり得たこと以上の奇跡を。あんたの要求されたことを考えてみなさい。人形とやらに命を吹きこめる可能性について訊ねたと思ったら〝書〟とやらにも言及された。すべてこの謎に関係しておるらしい。それが真っ先に話題になっただろうと考えておるのに、すぐに忘れてくれと頼む。普通の人間は好奇心の塊、すぐに忘れることができるというお考えは――」

マデラインに決意を翻《ひるがえ》す気はないようだった。

「でも、その件をわたしにお訊ねになるのはお門違《かどちが》いでしてよ」彼女はそう反論した。「本当になにも知らないのですから。あのふたりにお訊ねになるべきです」

「〝書〟か」フェル博士が考えこんだ。「まさかそれは『アピンの赤い書』ではないかな？」

「そうです。あとから、そんな名前だったと聞きました。どこかでその本について読んだことがあります。本当を言うと、書と言っても本ではなくて、手書きの原稿だとジョンからむかし聞きました」

「ちょっと待って」ペイジが口を挟んだ。「マリーがその本について質問をして、両者とも答えを書き留めていましたね。ゴアはあとから、あれは引っかけ問題で、『アピンの赤い書』などという本は存在しないのだとぼくに言いましたよ。そうなるとどうでしょう、偽者はゴアなのでは?」

興奮した様子のフェル博士が意気ごんでしゃべろうとしたが、鼻からふうっと息を吹きだし、みずからを落ち着かせた。

「いったいどちらが本物なのか」エリオットが言った。「たったふたりの人間について、これだけの疑惑や混乱が起きるなどとは思ってもいなかった。あるときは、こちらが本物だと確信するのに、またあるときはもうひとりのほうでまちがいないとなる。それも――フェル博士がおっしゃったように――どちらが本物かはっきりするまでは、先に進めないときに。デインさん、あなたは質問をはぐらかそうとはしていませんよ。でも、まだお答えになっていません。あなたは亡くなったファーンリーが偽者だったと思われますか?」

マデラインは椅子の背に頭を預けた。動揺を表す大仰で、反射的な動きだった。ペイジは彼女のこんな姿を見たことがなかった。その彼女は、右手を閉じたりひらいたりしている。

「どちらかは言えません」彼女は力なく言った。「無理です。とにかく、モリーに会うまでは」

「レディ・ファーンリーがどうかかわってくるんですか?」

「彼がわたしだけに打ち明けてくれたことがあるんです――モリーにさえ秘密にしていたことを。あら、そんなショックを受けた顔をなさらないで!」

当然ながら、エリオットはショックを受けてはおらず、関心を示していたのだ。

「いろいろと噂話をお聞きになっているでしょうけれど、それも信じないで。ただ、わたしはまずモリーと話をしたいんです。あの人は彼を信じていましたから。もちろん、ジョンが家を出たとき、モリーはまだ七歳でした。彼女がぼんやりと覚えているのは、ジプシーのキャンプに連れて行ってくれた少年のことぐらいです。そこでポニーの乗りかたや、男性顔負けに石を投げる方法を教わったみたいです。話は変わりますが、ファーンリーの称号や土地を巡って争いが起こっても、彼女はちっともこまりません。ビショップ先生はただの田舎の開業医なんかじゃありませんでした。五十万ポンド近い遺産を残して、それをモリーはひとりですべて相続したのです。ただ、時々わたしは感じたのですが、彼女は屋敷の女主人でいるのがあまり好きではなかったようです。女主人でいることによって生じる責任がいやだったようですね。ですから、ジョンと結婚したのは、彼の称号や収入のためではないんですよ。本当に——そしていまとなってはなおさら——夫の名前がファーンリーだろうがゴアだろうが、なんだろうが構わなかったんです。そんなモリーにジョンが打ち明けることができるでしょうか？」

エリオットは狐につままれたような表情になっていたが、それは無理もないことだった。

「ちょっと待ってください、デインさん。わたしたちになにを言おうとされているのですか。彼は偽者なのですか、どうなのですか？」

「そんなことを言われても、わたしにはわからないんです！　本物か偽者だったかなんて、わからないんですよ！」

「あまりにも与えられた情報が少なすぎる」フェル博士が悲しげに言った。「ため池から水がこぼれるように、あらゆる情報源からヒントが出ておるのに。まあ、ちょっとその点は置いておこう。だが、一点だけ、わしの好奇心を満たしてくれ。人形というのは一体全体、なんなんだね？」

マデラインがためらった。

「まだあるかどうか、わからないんですけど」彼女は往事を振り返り、ぼんやりした表情で窓を見つめて答えた。「ジョンのお父さんが屋根裏部屋に放りこんで鍵をかけてしまっていたんです、気に入らない本と一緒に。ご存じかもしれませんが、むかしのファーンリー家は変わり者揃いだったんですよ。だから、サー・ダドリーはジョンがそうなりはしないかと、いつだってとても心配されていました。でも、その人形にはおかしなところも、不気味なところも、まったくないように見えました。

わたしは一度だけ見たことがあるんです。ジョンがお父さまから鍵を盗み、わたしを屋根裏へあげて見せてくれたことがありまして。ランタンの薄暗い蠟燭の火を頼りにしましたっけ。何十年も開かずの間だったとジョンは話していました。できたばかりの頃には生きているかと思うほど、その人形は本物の女性のように美しかったそうです。十七世紀風の衣装を着せられて内張りされた箱のようなものに座っていて。でも、わたしが見たときには、色褪せて黒ずみ、すっかりボロボロで、薄気味悪くなっていました。百年以上も人の手にさらされてきたのでしょう。でも、なぜその人形が恐れられるようになったか、その経緯については知りません」

マデラインの口調には、ペイジをどこか落ち着かなくさせるところがあった。どんな気持ちを表そうとしているのか、判断できなかったからだ。これまでにマデラインがこんなふうに話すのは聞いたことがなかった。それに、この〝人形〟だか〝模型〟だかについても。

「人間そっくりの、とても精巧なものだっただろうとは思います」マデラインが説明する。「それでも、あの人形にどこかよこしまなところがあるというのは、納得できませんでした。ケンペレンやメルツェルのチェスを指す自動人形や、マスケリンの絵描き人形《ゾーイ》やホイストのカードゲームをする《サイコ》という人形などの話を聞いたことはありませんか？」

エリオットは首を横に振ったが、関心はあるようだった。フェル博士のほうは強い関心を抱いたあまり、眼鏡を鼻からずり落としている。

「なんと、まさか――？」博士は言った。「おおバッカスにアテネの執行官よ、こいつは願っておったよりずっといい！　いま名前があがったのは実物大の自動人形のなかでもとりわけ優秀なもので、この二百年ほどヨーロッパじゅうの首をひねらせてきたんだ。ルイ十四世の前で披露された、勝手に演奏するチェンバロについて読んだことはないかね？　あるいは、ケンペレンが発明し、メルツェルが披露して、ナポレオンが所有したが、のちにフィラデルフィアの博物館の火災で失われた人形を知らんかね？　現実的に、あらゆる面から見て、メルツェルの自動人形は生きておった。人間とチェスをやったんだからな。しかも、たいてい勝ったのだ。どうやって動いたかについては、いくつか説明があるが――ポオもひとつ書いておる――わしの単純な頭では、まだ満足のいく説明を思いつかないんだよ。《サイコ》は現在、ロンドン博物館で見ることができる。まさかそうした自動人形がファーンリー邸にあると言うんじゃあるまいね？」

「あります。ですから、マリーさんがそのことを質問したはずだと思ったんです」マデラインが言った。「申し上げましたように、恐れられるようになった経緯は知りません。この自動人形はチャールズ二世の時代、イギリスじゅうで展示され、その頃、ファーンリー家の人が買い求めたそうです。カードやチェスができたかどうかは知りませんが、動いたり話したりはできたそうなんです。わたしが見たときには、先ほども言ったように、色褪せて黒ずみ、ボロボロになっていましたけれど」

「だが、その――オッホン――その人形に命を吹きこんだと？」

「あら、それはジョンがまだ子どもだった頃に話していた想像に過ぎませんよ。わたしも本気にしていたなんて言いたいんじゃありません。ただ、むかしのあの人がどんなだったかを遡《さかのぼ》ってお伝えしようとしているだけです。人形が収納されていた部屋には本がたくさんありました――そうした本にはどう見てもいけないところがあって」ふたたびマデラインは頬を赤らめた。「そこにジョンは惹かれたのです。その人形を動かす秘密はすでに忘れられていました。彼は動かしたかったのだと思いますけど」

ペイジの机の電話が鳴った。マデラインがわずかに傾けてみせる首や、真剣な濃い青の瞳を夢中になって見つめていたので、ペイジは手探りで受話器をつかんだ。だが、バローズの声が聞こえてくるとさっとわれに返った。

「大変だ」バローズが言った。「ファーンリー邸にすぐ来てくれ。警部とフェル博士も連れて」

「落ち着くんだ！」ペイジはそう言ったが、胸のあたりがどうもいやな熱に満たされるのを感じていた。「何事だい？」

「まず、指紋帳が見つかった――」

「なんだって！　どこで？」

この頃には、全員がペイジに注目するようになっていた。

「メイドのひとりがもっていた。ベティだよ。知っているかね？」バローズが口ごもった。

「ああ知っている。話を続けて」

「まずベティが姿を消したんだ。誰にも心当たりがなくてね。屋敷じゅうを捜した。と言っても、彼女がいそうな場所だけだけどね。ベティは見つからなかった。捜しかたが系統だっていなかったせいもある。というのも、どうしたことかノールズも屋敷にいなかったからだ。そうこうしていると、ついにモリーのメイドが緑の間でベティを見つけた。本来、ベティがいるはずのない部屋だ。指紋帳を手にして床に横たわっていた。でも、それだけじゃすまなかった。顔色も呼吸もひどくおかしかったから、医者を呼びにやったよ。老キング医師は容態を心配している。ベティはまだ意識不明で、なにがあったのかしばらくは話せないだろう。どこも怪我はしていないのだが、キング医師の話によると、こうした状態になった原因には、ほぼまちがいなく見当がつくと」

「なんだい？」

ふたたび、バローズが口ごもった。

「恐怖だよ」

# 10

ファーンリー邸の読書室で、パトリック・ゴアが窓の張出しに座って、黒い葉巻をふかしていた。近くにはバローズ、ウェルキン、眠そうなケネット・マリーが並んでいる。エリオット警部、フェル博士、ブライアン・ペイジはテーブルについていた。

ファーンリー邸に来てみると、家の者たちは怯え、まとまりを欠いていた。怯えていたのはありふれた午後のなかばにまったくわけのわからない混乱が起きたためで、まとまりを欠いているのは執事のノールズの姿が見えないためであった。

事実を話せと言われても――エリオットが事情聴取をした家の者たちには、警部の言いたいことが理解できなかった。ただわかったのは、このベティ・ハーボトルというメイドは気だてがよく、いたって平凡であるということだけ。最後に目撃されたのは正午の正餐のときだった。二階の寝室のうち、二部屋の窓をメイド仲間のアグネスと磨く時間になり、アグネスがベティを捜しにいった。見つかったのは四時だった。このとき、テレサ――レディ・ファーンリーのメイドだ――が故サー・ジョンの書斎である緑の間へ入って、庭を見渡せる窓近くの床に横たわっているベティを発見したのだった。横向きに倒れ、紙のカバーがかかった手帳を手にしていた。キング医師が呼ばれた。医師の表情にもベティの表情にも、家の者たちはまったく安心することはできなかった。キング医師はいまだ患者に付き添っている。

これは起きるべからざることだった。恐怖は家庭内にあってはならないのに、これではまるで、自分の家で四時間も完全に姿を消せると言われているのも同然だ。自分の家の慣れ親しんだドアを開けると、そこは自分の部屋ではなく見たことのない部屋で、しかも、なにかが待ちかまえているというようなものだ。メイド頭《がしら》、料理人、その他のメイドたちから警部が聞けたのは、邸内の細かな情報ばかり――ベティはリンゴが好きで、ゲイリー・クーパーにファンレターを出しているというようなことだった。

ノールズが姿を見せたことで使用人たちはだいぶ落ち着いた。マデラインが来たことが、モリー・ファーンリーにいい効果をもたらせばとペイジは願った。マデラインはモリーに付き添って彼女の居間におり、男たちのほうは読書室で見つめあっていた。ペイジはマデラインとパトリック・ゴアが出会うとどんなことが起こるだろうかと想像していた。だが、思っていたほどにたいしたことは起こらなかった。ふたりは引きあわされなかったのだ。マデラインはそっとゴアの前を素通りして、モリーに腕をまわした。マデラインとゴアが視線をかわす。ペイジには、マデラインを認めたゴアが楽しげに目を見開いたように思えたが、ふたりが言葉をかわすことはなかった。

みんなが読書室に集まってくると、ゴアが状況を警部に説明した。フェル博士の目の前で激しく手振りをしてみせる。

「こいつはだめですよ、警部」ゴアがすぐに消えてしまう黒い葉巻にふたたび火をつけた。「ゆうべ、同じようなことを質問されましたね。今回の尋問はうまくいかないと保証しますよ。今度は厄介だ。あの女と――まあ、なにが彼女に起こったにしても――女が握らされていた指紋帳が見つかったとき、どこにいたのかですって? ごく簡単に返事をしましょう。そんなことはわかりっこありませんよ。ほかのみなさんもそうです。おれたちはここにいました。あなたから、ここにいろと命じられましたからね。ですが、警部もおわかりでしょうけれど、おれたちの社会と使用人の社会とは親しくまじわっていません。あの女が倒れたときに、自分たちがどこにいたかなどもさっぱりわかりませんよ」

「よいかね、きみ」突然、フェル博士が言った。「この一件はとにかく解決しなければならないんだぞ」

「あなたが解決できることを願ってやみませんとも」ゴアがそう言った。どうやら本気で博士に好感をもっているようだった。「ですが、ねえ警部、あなたはすでにおれたちからも使用人からも証言は取っていますね。それをまた最初から――」

エリオット警部は陽気に言った。

「そのとおり。そして、もしも必要であれば、やり直さねばなりません。何度でも」

「本当にそんなことを――」ウェルキンが口を挟んだ。

ゴアは腰を下ろした。「ですがね、指紋帳が行方不明だったことにそこまで関心があるのならば、その中身に少しくらい興味をもってもいいんじゃないですかね」彼はエリオット警部とフェル博士のあいだのテーブルに置いてある、よれよれの灰色の手帳を見た。「頭がまともであるならば、そろそろこの件に片をつけたらどうです？　亡くなった男とおれ、どちらが本物の相続人か決めてはどうですか」

「ああ、それなら、わしが教えてやれる」フェル博士があっさり言った。

ふいに沈黙が訪れ、ゴアが石材の床に足をすってたてる音が聞こえるだけになった。ケネット・マリーが目を覆っていた手を離した。老いつつある顔には、まだ皮肉な表情が残っていた。だが、輝く瞳は険しいながらも鷹揚な色もある。彼は暗唱を聞いている老教師のように、指一本であごひげをなでていた。

「ほほう、言ってみなさい、博士？」マリーは教師しか使わないような口調で先を促した。

「それにだ」フェル博士はテーブルの上の手帳を指先でつつきながら続けた。「ここにある指紋帳を調べてもなんの役にも立たん。偽物だよ。いやいや、きみが証拠をもっていなかったと言ってるわけじゃない。ただ、この盗まれていた指紋帳は偽物だと言ってるだけだ。きみは何冊も指紋帳をもっておったとゴアさんがゆうべ言ったと聞いているがな」博士はにっこりとマリーに笑いかけた。「友よ、きみは相変わらずメロドラマみたいな気持ちをもっておるな。喜ばしいことだ。指紋帳を盗もうとする企《たくら》みがあるかもしれんと、きみは考えたはずだ。そこで、指紋帳を二冊携えてゆうべこの家を訪れ——」

「本当か？」ゴアがきつい口調で訊いた。

マリーは喜ぶと同時に怒ったようにも見えたが、首を縦に振った。話の流れを慎重にたどっているらしかった。

フェル博士が話を続けた。「読書室できみが見せたのは、いんちきのほうだった。だから、指紋の比較を始めるまでにあれほど時間がかかったんだよ。そうだろう？　全員を読書室から閉めだして、本物の指紋帳、しかも破れやすく雑な作りの手帳をポケットから引っ張りだし、どうでもいいほうをしまわんといかんかった。だが、みんながきみをしっかりと見張ると言った。部屋の一面が窓になっておるからな、誰かに見られたら、証拠をすり替えておると追及されないかと不安でもあった。だから、見られておらんことを絶対に確認しなければならず――」

「わたしは」マリーが重々しく言った。「書棚の陰で、いま言われたようなことをやったんですよ」窓の横の壁に造りつけられた古い書棚にあごをしゃくった。「いい歳して、カンニングをしているような気分だった」

エリオット警部はなにも言わなかった。マリーと博士へ順番に険しい視線をさっと送ってから、自分の手帳にメモを取りはじめた。

「ふむ、そうだな。きみの作業は遅れておった」フェル博士が言った。「ここにいるペイジさんが殺人のわずか数分前に窓辺を通りかかっている。そこで、きみが指紋帳をひらくところを見ている。つまり、きみには肝心の作業を進める時間はほとんどなく――」

「三、四分しかなかった」マリーが訂正した。

「よろしい。肝心の作業を進める時間はほとんどなく、流血沙汰が起こった」フェル博士は痛ましそうな表情を浮かべた。「親愛なるマリー君よ、きみは単純な人間じゃない。あんな騒ぎは罠かもしれん。とくに、きみが疑っていた罠かもしれんかった。だから指紋帳をひらいてテーブルに残したまま、あたふたと部屋から飛びだしなどするものか。そんな話、わしは信じなかった。まったくもって、そんな話はあり得ないよ。きみは本物をポケットに入れて、偽物を甘い餌として置いていった。そうだろう?」

「いまいましいことを言う人だ」マリーが気の抜けた口調で言う。

「そのことを黙っていたら、偽物がまんまと盗まれたものだから、きみは狂喜して自分の探偵術を試すことにした。おそらく本物の指紋帳を目の前に置き、指紋についての報告書を徹夜で書いたんだろう。宣誓供述書も添付して。いわく本物の相続人は――」

「本物の相続人は誰なんです?」パトリック・ゴアが冷静に訊ねた。

「きみだよ、もちろん」フェル博士がどなり、マリーを見やった。「やれやれ」博士はもの悲しい声でつけ足した。「きみにはわかっておったはずだ。この人はきみの教え子だったんだから。この人が口をひらいたとたんにわしにもわかったぞ――」

立ちあがっていたゴアは、ここでややぎこちなく腰を下ろした。まるで猿が喜んでいるような表情を浮かべていた。灰色の目のみならず、頭の禿げた部分までもきらめいているように見える。

「フェル博士、ありがとうございます」ゴアがそう言いながら、胸に手をあてた。「ですが申し上げなくてはなりませんね、おれにはひとつも質問されていませんよ、と」

「いいかね、きみたち」フェル博士が言った。「昨夜ずっと、この人の話を聞く機会があっただろう。さあ、またこの人を見て、話を聞くんだ。誰かに似ておらんか？　外見のことじゃないぞ。言葉の言い回しや、考えかた、意見を述べるその態度だ。さあ、誰に似ておる？　さあさあ？」

博士が瞬《まばた》きしながら一同を見ていると、ついに、誰かに似ているという印象がペイジの頭のなかでカチリと収まるところに収まった。

「マリーさんです」ペイジが沈黙のただなかで答えた。

「ご明答だ。もちろん、時が経っているため似ていると言ってもかすかだし、性格の点で少しばかりまどわされもするが、決定的な点がある。人格形成の時期、一手に教育の責任を引き受けていたマリー。この人に影響を与えた、ただひとりの人間でもあったマリー。マリーの立ちふるまいを学び、なめらかな言葉遣いを聞いた。それはうわべのことに過ぎんという批判は甘受しよう。性格は、わたしがエリオット警部やハドリー警視とちがっておるくらい、まったく似ておらんよ。だが、やはり名残がある。いいかね、ゆうべマリーが訊ねた質問で本当に重要だったのは、本物のジョン・ファーンリーは少年の頃にどんな本が好きで、どんな本が嫌いだったかという問いだ。この人を見るがいい！」博士はゴアを指さした。「『モンテ・クリスト伯』や『修道院と炉辺』について語るときに、それまで死人のようだったこの人の目は輝いたそうじゃないか。それに、いまでも嫌いな本がなにか語るときも。何年も前に本心を吐露したことになっておる男の前で、敢えてそんな話をするペテン師がいるものか。こういった場合は、事実など役に立たん。誰だって事実は知ることができるんだ。ようするにだな、マリー、正直になって真実を打ち明けたほうがいいということだよ。名探偵を気取ってとぼけるのも結構だが、ちとやりすぎじゃないかな」

マリーの額が赤く染まった。むっとする一方で、少々恥じてもいるようだ。しかし、動揺した頭でもこの状況から抜けだせる言い訳を見つけだした。

「事実が役に立たないことなどない」マリーは言った。

「いいや」フェル博士が大声をあげた。「事実など――」ここで博士は自分を抑えた。「オッホン。そうだな。おそらく、まるで役に立たないということはないな。だが、わしの言うことはあたっておるだろう?」

「しかし、彼は『アピンの赤い書』を知らなかった。メモにそんな本は存在しないと書いたんだ」

「それは本ではなく、手書き原稿として認識していただけの話さ。まあ、わしはこの人をかばうわけではないがね。ただ、立証しようとしているだけの話さ。だからもう一度訊ねよう。わしの言うことはあたっておるだろう?」

「いまいましいことを。フェル、よくも友人の楽しみを台なしにしてくれたな」マリーが不満を漏らしたが、その口調にはかすかな変化があった。ゴアを一瞥《いちべつ》する。「ああ、この人が本物のジョン・ファーンリーだ。やあ、ジョニー君」

「どうも」ゴアが言った。ペイジが彼に出会って初めて、その表情から険しさが消えた。

読書室の静けさはしだいに薄れていくように感じられた。まるで、価値観が修復され、ぼやけた画像に焦点が合っていくかのようだった。ゴアもマリーも床を見ているが、気まずさを見せつつもどこかでおもしろがっている様子だ。この場を仕切ろうとするウェルキンの朗々たる声がした。

「すべてを証明する準備はできてらっしゃいますか？」弁護士はきびきびと訊ねた。

「これで休暇も終わりですな」マリーが答えた。膨らんだ内ポケットに手を入れると、また厳しい表情になった。「証明できます。証拠はここにあります。元の指紋帳ですよ。指紋に、少年の頃のジョン・ニューナム・ファーンリーの署名、日付。わたしが持参したこの指紋帳が本物かどうか疑われた場合に備えて、出発前にこちらの写真をバミューダはハミルトンの警察本部長に預けてきました。ジョン・ファーンリーからの手紙も二通あります。一九一一年にわたしあてに書かれたものです。この署名を、指紋のそれと比べてください。昨夜採った指紋と指紋帳を照合してみると同一だと——」

「もうじゅうぶんです」ウェルキンが言った。

バローズを見やったペイジは、彼が血の気をなくしていることに気づいた。長時間にわたる緊張が破れることが人の神経にどれだけ影響を与えるかに、ペイジは思い至っていなかった。だが、振り返ってモリー・ファーンリーが読書室にいることに気づいたとき、それを思い知った。

モリーは誰にも気づかれず、いつの間にかここにいた。すぐうしろにはマデライン・デイン。話をすべて聞いていたにちがいない。全員が立とうとして椅子を押し、耳障りな音をさせた。

「あなたは正直な人だと聞きました」モリーはマリーに話しかけた。「いまおっしゃったことは本当でしょうか？」

マリーがお辞儀をした。「奥様、残念ですが」

「うちの人は偽者だったの？」

「偽者でしたが、本物をよく知る人以外は欺《あざむ》かれても仕方ありませんでしたよ」

「では、そろそろ」ウェルキンがそつのない態度で割って入った。「バローズさんとわたしとで、話し合いをしたほうがよさそうですな。もちろん、偏見抜きで――」

「しばしお待ちください」バローズも同じようにそつなく言った。「そうは言われましても、本件が尋常ではないことに変わりはない。また、証拠のたぐいをわたしはまだなにも拝見しておりません。書類を調べさせていただいてもよろしいでしょうか？　ああ、どうもありがとう。それから、レディ・ファーンリー、ふたりだけでお話ししたいのですが」

モリーの瞳には、疲れととまどいの混じったどんよりした色が浮かんでいた。

「ええ、それがいいでしょうね」モリーも同意した。「マデラインからいろいろ聞いたわ」

マデラインがなだめるようにモリーの腕に手をかけたが、モリーはがっしりした身体を揺らして払いのけた。マデラインのはかなげなブロンド美人ぶりとは対照的に、モリーは周囲のものすべてを暗くさせるような怒りを燃やしている。マデラインとバローズに付き添われて、モリーが読書室をあとにした。残された者はバローズの靴が軋《きし》む音を聞いた。

「やれやれ！」パトリック・ゴアが言った。「さあ、これからどうしますか？」

「あなたが落ち着いて耳を傾けてくださるならばお話ししますがね」エリオット警部が断固とした口調で提案した。その話し振りに、ゴアもウェルキンも警部のほうを見た。「どうしたことか池で殺害された偽者がいます。動機と犯人はわかっていない。価値のない指紋帳を盗み――警部は小さな手帳を掲げた――「あとになってそれを返してきたのは誰かという問題も出てきました。どうやら、価値がないとわかったから返したらしい。それから、メイドのベティの件がある。正午からこっち、誰も目撃していなかったというのに、午後四時になって恐怖のために死にかけたようになった状態で、この読書室の上の部屋で発見されました。誰にあるいはなんに怯えたのか、それはわかっていませんし、なぜこのメイドが指紋帳を手にしていたかも不明です。ところで、キング医師はいまどちらに？」

「かわいそうなベティとまだ一緒じゃないですかね」ゴアが言った。「ですが、どうしてです？」

「ついにあたらしい証拠を手にしたからです」エリオットがそう言って、間を空けてから続けた。「あなたは昨夜お話しされたことを忍耐強く繰り返してくださいました。さてゴアさん、事件があった時間のあなたの行動についてですが、ちゃんと真実をお話しいただいていますか？　お答えになる前に考えたほうがいい。あなたのお話と矛盾することを言っている人がいる」

ペイジはこのときを待っていた。エリオットがこの話をもちだすまでに、どのくらい時間がかかるのだろうと思っていたのだ。

「おれの話と矛盾するだって？　誰と矛盾するんです」ゴアが語気鋭く言い、火の消えた葉巻を口から離した。

「それは後回しにしましょう。被害者が池に倒れる音を聞いたとき、あなたはどこにいましたか？」

ゴアはおもしろがる様子でじっくり考えた。「どうやら目撃者がいるらしいな。おれはこのご老体を見張っていたんだよ」彼はマリーを指さした。「窓越しにね。いまになって、この情報を隠しておく必要はないと急に気づいた。誰がおれを見ていたんです？」

「お気づきなんですね、おっしゃることが本当であれば、あなたにアリバイができることを」

「残念ながら、おれから疑いがそれるということですか」

「残念ながらですって？」エリオットが凍りついた。

「下手な冗談ですよ、警部。失礼しました」

「どうして最初に話してくださらなかったか、お訊きしてもよろしいでしょうか？」

「いいですよ。その質問でついでに、窓越しにおれがなにを見たのかも、訊ねることになりますよね」

「お話についていけないのですが――」

エリオット警部はつねに用心して自分の頭のよさを隠していた。憤りの影がゴアの顔を横切った。「簡単に言えば警部、ゆうべこの家にやってきてから、おれはペテンがあるんじゃないかと疑っていました。おいでになったこちらの紳士は」彼はマリーを見て、恩師をどう扱えばいいのかわかりかねるという表情になった。「おれを知っていました。おれにはそのことがよくわかった。だが、彼はそれを言おうとしなかった」

「それで?」

「どうしたかって? おれは家の横手へまわったんですよ――警部がめざとく突きとめたように、おそらくは殺人の直前」ゴアは言葉を切った。「ところで、これは殺人だという結論を出されたんですね?」

「そのことについてはあとでお伝えします。さあ、続けてください」

「おれがここを覗いてみると、マリーは人形のようにじっとおれに背をむけて座っていました。その直後に、みんなが証言しているあの音を聞いたんですよ。息の詰まるような音で始まり、バシャンと水を打つような音で終わった。おれは窓辺を離れて左手へむかい、庭でなにが起こっているのかながめました。それ以上近くへは行かなかったんですがね。その頃には、バローズが家から駆けだしてきて、池へむかっていきました。そこでおれはもとの位置、つまり読書室の窓辺へもどったんです。驚きは家のなかまで届いたようでしたね。そのとき見えたものはなんだと思います? この立派で尊敬すべき紳士が」またさっとマリーをあごで指す。「書棚の陰で注意深く二冊の指紋帳をいじっているところですよ。いかにも悪賢そうに、一冊をポケットに入れ、もう一冊を急いで取りだして……」

マリーは非難と関心の色を見せて耳を傾けていた。

「ほうほう?」マリーはドイツ語のような口調で言った。「きみに不利になることをやってると思ったんですね?」彼はまるで喜んでいるようだった。

「当然ですよ。おれに不利になるとは聞いてあきれる! いつものように、あなたは控え目に考えていますよ」ゴアが切り返した。その顔は暗くなっていた。「だから、おれは自分がどこにいたか話さなかったんだ。不正がおこなわれたときのために、この情報はとっておきの切札としておくつもりだったんですよ」

「ほかに話しておきたいことはありますか?」

「ないですね。この件を除けば、おれの話したのはすべて本当のことですから。おれを見たのは誰なのか訊いてもいいですか?」

「ノールズが緑の間の窓辺に立っていたんですよ」エリオットがそう言うと、ゴアは口笛を吹いた。エリオットは視線をゴアからマリーやウェルキンへ移した。「以前、これを見たことのあるかたはいませんか?」

警部はポケットから新聞紙の包みを取りだした。染みのついた折りたたみナイフが丁寧に包まれていた。警部は包みを開けて、ナイフを見せた。

ゴアとウェルキンの表情にはまったく変化がなかった。だが、マリーはひげのある頰をぐっとへこませた。瞬きをしいしいナイフを見つめ、近くに椅子を引き寄せた。

「どこでこれを見つけられたんです?」マリーがきびきびと訊ねた。

「犯行現場近くで。見覚えがありますか?」

「うーん。このナイフに指紋がないか、たしかめましたか? してないのですか。ああ、そりゃ残念だ」マリーはどんどん調子づいていく。「これ以上ないというくらい用心して扱えば、そのナイフにさわってもよろしいでしょうか？　それから、もしまちがっていたら訂正願いたいが、なあ、ジョニー君」――マリーはゴアを一瞥した――「きみはまさにこのようなナイフをもっていなかったかね？　もっと言えば、わたしが贈らなかったかな？　きみは何年ももち歩いていたんじゃなかったかね？」

「おっしゃるとおりですよ。おれはいつもポケットナイフをもち歩いています」ゴアがそう認めてポケットに手を入れると、一同の目の前にあるものより若干小型で軽い古ぼけたナイフを取りだした。「だが――」

「なんとしても」ウェルキンがテーブルを平手で叩いて口を挟んだ。「貴殿がわたしに委託された権利を実行することを主張いたします。そのような質問は非常識であり不適切でもあります。ですから、貴殿の法的助言者として、そういった質問は無視なさるようにお伝えせねばなりません。そのようなナイフはブラックベリーのようにありふれたもの。このわたしだって、かつてもっておりましたな」

「だが、いまの質問のどこが不都合だというんです？」ゴアがとまどって訊ねた。「おれはこれと似たようなナイフを以前もっていたよ。でも服やら身の回りの品やらと一緒にタイタニック号と沈んでしまった。あのナイフと同じものだと考えるのはバカげて――」

誰に求める間もなく、マリーはポケットからさっとハンカチを取りだすと口元につけて湿らせ――ペイジはハンカチを口で湿らす動作にはいつも身震いさせられる――ナイフの刃の中ほどを少し拭いた。きれいになった鋼には、粗く彫られた言葉があった。

〝マデライン〟

「これはきみのものですよ、ジョニー君」マリーが満足して言った。「いつか、イルフォードでの石工作業の体験へ連れて行ったときに、きみはこの名前を彫りました」

「マデライン」ゴアが繰り返した。

背後の窓を開け、ゴアは濡れそぼった木立へ葉巻を投げすてた。暗い窓ガラスに映ったゴアの顔をペイジはちらりと見た。それは興味を覚えずにいられない表情だった。なにかを決意した顔で、自分と周囲の人間との気分の差を嘲《あざけ》っているいつもの表情とは異なっていた。ゴアがまたこちらに顔をむけた。

「けれど、そのナイフがどうしたというのです？　あの哀れで、ひどい目に遭った、正直者ぶった性格の曲がった男が、沈没以来ずっとそのナイフをもち歩いたあげく、ついにあの池で自分の喉を切ったと言いたいんですか？　あなたはこれが殺人だと確信されたように思っていましたけどね。それなのに――」

ゴアは手のひらでゆっくりと膝を叩いた。

「みなさん、どういったことか、お話ししましょう」エリオットが言った。「これは完全なる不可能犯罪なのです」

警部はノールズの話を詳しく聞かせた。ゴアとマリーは関心を示したが、対照的にウェルキンは嫌悪と狼狽《ろうばい》の色をむきだしにした。ナイフを発見したくだりでは、一同が揃って不安にざわついた。

「ひとりきりだったのに殺されただなんて」ゴアが考えこみながらこう言って、マリーを見やった。「先生、こいつはあなた好みの事件ですよね。先生はなんだか、変わってしまったようだ。たぶん、ここから離れている期間があまりにも長かったからですね。むかしの先生だったら、警部のまわりを跳ねまわり、あれこれ珍妙な推理を振りかざして――」

「わたしはもうそんな愚か者ではないんだよ、ジョニー君」

「それでも、推理を聞かせてくださいよ。どんな推理でもいい。これまでのところ、事件についてまったく意見を述べていないのは先生だけです」

「わしもその提案に賛成だな」博士が言った。

マリーは、身じろぎをしてもっとゆったりと座ると、指を振りながら語りはじめた。

「純粋な論理の展開とは、膨大な量の計算をしていて、どこかで繰り上げや二を掛けることを忘れていたと気づくというようなことと、しばしば比較されますな。たくさんの数字や因子があるが、たったひとつを除けばすべて正しい。だが、計算の答えがちがってくるものだから、混乱を招いてしまう。ですから、これは純粋な理論として、お話しするんじゃありません。そうかもしれない、という話です。いいですか、警部。検死官の調べで、本件が自殺とされることはほぼ確実でしょうか？」

「そうとは言い切れませんな。断言はできません」エリオットがはっきり言った。「指紋帳は盗まれてからもどってきました。それにあのメイドは死ぬほど怯えて――」

「警部さんもよくわかってらっしゃるでしょう」マリーが目を見開いた。「検死審問の陪審員が協議からもどってきて、どんな評決を出すか。被害者が自殺してナイフを遠くへ放り投げることが、不可能とは言い切れない。一方殺害の線は理論的にあり得ない。それでも、わたしは殺人だと思うのです」

「ハッハッハ」フェル博士が手を揉みあわせて笑った。「それで、きみの推理とは?」

「これは殺人だと考えています」マリーが答えた。「被害者は実際には、ここにあるナイフで殺害されたのではないと思いますね。喉に残った傷跡は、牙か鉤爪《かぎづめ》のそれに近い」

# 11

「鉤爪ですって?」エリオットが繰り返した。

「凝《こ》った表現でしたかな」マリーの物言いはいかにも偉そうで、ペイジは彼を蹴りあげたくてたまらなくなった。「言葉どおり鉤爪と言いたかったわけではないのです。わたしの推理を論じてみてもよろしいでしょうか?」

エリオットはほほえんだ。「どうぞ。構いませんよ。論じなければならない点がどれだけあることか、きっと驚かれるでしょうが」

「まずこのように申し上げましょうか」マリーは急にごく普通の口調になって言った。「仮にこれが殺人であるとし、さらにこのナイフが使用されたとも仮定しますと、ある疑問にひどく悩まされることになるのです。ナイフはなぜ、犯行後に池へ捨てられなかったのだろうか？」

警部は相変わらず品定めするようにマリーを見ている。

「状況を考えてください。この男を殺害した人物には、自殺に見せかけるためのほぼ完璧な、なんと言うか——」

「道具？」マリーが言葉を探しているのを見て、ゴアが助け船を出した。

「不快な言葉だがね、ジョニー君。それでいいだろう。さて、犯人は自殺のためのほぼ完璧な道具を手にしていました。犯人がこの男の喉を掻き切って、ナイフを池に捨てたとしたらどうでしょう？　自殺ではないかもしれないと疑う者はひとりも出なかったにちがいありません。この男は偽者で、化けの皮を剝がされそうになっていたんですからね。自殺に逃げたと見なされたはずです。いまだって、自殺ではないと信じるのはむずかしいほどです。つまり池にナイフがありさえすれば、この事件は単純に自殺と片づけられたであろうということになります。指紋の件も問題になりません。死者は指紋をナイフに残していなければ不自然ですが、それは水で洗い流されたのだと納得できる。

さて、みなさん。だからといって、犯人は本件を自殺と判断されたくなかったのだ、などとは言えませんよ。自殺と見なされたらと思わない殺人犯はいないでしょう。うまく細工して、不正が発覚したゆえの自殺と見なされるのが最高の展開です。なのに、このナイフはどうして池に捨てられなかったのでしょう？　このナイフは死んだ男がもっていたものであり、誰にも疑いの目をむけさせはしない。そういった意味でも自殺を指し示す証拠となる。おそらくはだからこそ、犯人はこのナイフを凶器に選んだんですよ。それなのに、犯人はナイフをもちさり、聞いたところによると、池から十フィート離れた垣根の奥深くに差しこんでいる」

「それがなにか証明するのですか？」エリオットが訊ねた。

「なにも証明してはおりません」マリーが指をあげた。「ですが、見逃せないことをほのめかしてはいますね。犯人のこの行動を事件に照らしあわせて考えてみましょうか。警部さんはノールズの話を信じますか？」

「こちらがあなたの推理を伺っているところですが」

「いや、これは理由あっての質問ですぞ」マリーがやや鋭い口調で言った。ペイジは〝ちょっとちょっと、そんなことを言って！〟と口を挟みたいのをぐっとこらえた。「そうしないと、話を進められません」

「わたしが不可能を信じていると申せば、話は進められますかね、マリーさん」

「では、あなたは自殺だと本気で信じていらっしゃるんですね？」

「そうは申しておりませんよ」

「では、どちらだと思ってらっしゃるのですか？」

エリオットはかすかにほほえんだ。「どうしてもご自分の思いどおりに進めたいのなら、答えなければならないと納得させてください。ノールズの話は——なんと言えばよいか——証拠によって裏付けられている。議論を進めるために、ノールズは真実をしゃべっている、あるいはわたしはそう思っているとしておきましょう。さて、続きを聞かせていただけますか？」

「ふむ、続きと言っても、ノールズはなにも見てないというのじゃないですか。それはつまり、なにも見るべきものがなかったからです。その点は議論の余地がまずない。この男は砂でまわりを固めた池の縁にひとりでいた。犯人は近くにいなかった。だから、犯人はここにある刃のこぼれた、思わせぶりに染みのついたナイフは使っていない。そのうえナイフは、垣根に差しこまれたという事実があります。この犯罪に使用されたと思わせるように。言っていることの意味がわかりますか？　ナイフが宙を飛び、彼の喉を三回切って、垣根に落ちたはずはありませんから、このナイフがまったく使用されなかったことはあきらかです。そこは火を見るよりはっきりしていますな？」

「そこまであきらかではありませんよ」警部が反論した。「ほかに凶器があると言われているのですね。なにかほかの凶器が宙を飛び、彼の喉を三回切って、消えたとお考えなのですか？　それは信じられません。絶対にあり得ない。ナイフが凶器だと信じるよりも無理な話だ」

「フェル博士に訊いてみましょうよ」マリーが見るからに傷ついて言った。「どう思うかね、博士？」

フェル博士はフフンと鼻を鳴らした。いわくありげに息を吸い、内側から熱を噴きだすような音を立てるのは議論を始める前触れだ。しかし、話しはじめたその口調は穏やかだった。

「わしはナイフ説を支持するよ。なあ警部、きみは証言を聞き取っているが、わしがちょっとばかり関係者をつついてみても構わんかね？　ここにいる一番興味深い人物に、ぜひとも少しばかり質問をしたいんだよ」

「ここにいる一番興味深い人物？」ゴアが博士の言葉を繰り返して、自分に質問がくると思って身構えた。

「フフン、そうだよ。それはもちろん」博士は杖をあげて指した。「ウェルキンさんだ」

フェル博士といつも一緒に事件解決にあたってきたハドリー警視は、しばしば博士のこういう行動をどうだろうかと思ったものだ。フェル博士はどうも、正しいこととはつねにまちがっているか、少なくともまったく予想もしていないことであると証明するのにこだわる傾向があって、打ちくずされた論理の瓦礫の上に立ち、両手で勝利の旗を振るようなところがあるのだ。たしかにペイジはハロルド・ウェルキンがこの場で一番興味深い人物だとは思っていなかった。でっぷりした事務弁護士で、強情そうな突きでたあごの持ち主。あきらかに本人も自分が興味深い人物だとは思っていなかったらしい。だが、ハドリーも認めているように、残念ながらこのこまりもののフェル博士はたいていの場合、正しいのである。

「わたしに話しかけてらっしゃるのですか？」ウェルキンが問いただした。

「ちょっと前警部に話したんだが」フェル博士が言った。「あんたの名前には聞き覚えがあったんだ。それをいまようやく思いだした。神秘学に関係していなかったか。いや、めずらしい依頼人ばかり担当しておったと言うほうがいいか。ここにいる友人の代理を務めるようになったのも」博士はゴアのほうにあごをしゃくった。「あんたがしばらく前にエジプト人の依頼人を見つけたのと同じ経緯じゃないかね」

「エジプト人？」エリオットが訊ねた。「エジプト人がどうしました？」

「ほらほら！　レッドウィッジ対アーリマン事件のことは覚えておるだろう。裁判官はランキン・リベル。ここにいるウェルキンさんが被告側の弁護士だった」

「霊が見えるとかなんとかいう男の裁判のことですか？」

「そうだよ」フェル博士が楽しくてたまらないという風情で言った。「被告はずば抜けて小さな男でな。だが、霊が見えたんじゃない。人の心が見えたんだ。まあとにかく、本人はそう言っておった。ロンドンでちやほやされ、女たちがこぞってあの男に群がった。もちろん、以前の呪術禁止法がまだ有効だったら告訴されているところだ――」

「あれほどの悪法もありませんよ」ウェルキンがきっぱりと言い放ち、テーブルを平手で叩いた。

「――だが、名誉毀損の罪に問われた。けれども、ウェルキンさんの当意即妙の弁護、それにゴードン・ベイツを顧問としたおかげで無罪になりましたな。それから、霊媒のマダム・ドゥケーヌの事件もある。自宅で恐怖のために顧客が死亡したことに対し、故殺の罪に問われたんだよ。法律がそんなことも罪に問えるとはなんとも不思議じゃないか？　ウェルキンさんがこの件でも弁護をするよう任命された。あの裁判は、思いだしてみるとかなり不気味だったわい。ああ、そうだ！　あれもあった。若い女性の事件だよ。べっぴんさんのブロンドだったな。あの女性に対する告訴は大陪審を通らなかった。なぜなら、ウェルキンさんが――」

パトリック・ゴアが急に関心をもったように自分の事務弁護士を見た。「それは本当かい？」

と訊く。「みなさん、信じてください。おれはそんなこと、知らなかった」

「まちがいないですな？」フェル博士が弁護士に問いかけた。「あれはあなたですな？」

ウェルキンは冷ややかに呆れきった表情を浮かべた。

「もちろん、お話のとおりです」ウェルキンが答えた。「ですが、それがどうかしましたか？本件とどんな関係があると言われるのですか？」

どうしてこれほど違和感を覚えるのか、ペイジには見当がつかなかった。ピンクの爪を熱心に見つめていたハロルド・ウェルキンは、小さな目を鋭くあげた。礼儀をわきまえたプロそのものの仕草だった。それなのに、どうしておかしいと感じるのだろう？　チョッキの内側に覗く白いスリップや恰好のよいウイングカラーなどは、この男が探し求めた依頼人や、この男の信念とはつり合いが取れないように見えるからか。

「よいですかな、ウェルキンさん」フェル博士がうなるように言った。「こんなことをお訊ねするのには、ほかにも理由がある。ゆうべ、庭でおかしなものを見たり聞いたりしたのは、あんただけだった。警部、ウェルキンさんの証言から、問題のところを読みあげてくれんか？」

エリオットがうなずき、ウェルキンに視線を据えたまま、手帳をひらいた。

「〝垣根か植え込みで、ガサガサという音も聞こえましたな。ガラス戸越しになにかから見られているようにも思いました。地面に近いガラス戸からです。なにかが起こっているのだと不安になりましたが、わたしが出ていっても仕方がない〟」

「そこだ」フェル博士はそう言って目を閉じた。

エリオットは先を続けられなかった。ふたつの道のどちらを取るか迷っているようだ。だが、いまではこの件はおおやけになってしまったのだから、フェル博士も警部もはっきり訊いておいたほうがいいと思っているようにペイジは感じた。エリオットは砂色の硬い髪の頭をやや突きだした。

「さて、それでは」警部が言った。「今日はあまり質問攻めにしないつもりだったのですが、ここまで事が展開したならば話はちがってきます。この証言には、どんな意味があるというのですか?」

「言ったとおりの意味ですよ」

「あなたは食事室にいた。池からほんの十五フィートほどしか離れていない場所です。それなのに、一度もガラス戸を開けて外を見なかったのですか? 証言されたような音を聞いてもそうされなかったと?」

「ええ」

「〝なにかが起こっているのだと不安になりましたが、わたしが出ていっても仕方がない〟」エリオットがまた読みあげた。「これは殺人のことを指しているのではないのですか? あなたは殺人がおこなわれていると思われたのでは?」

「いや、絶対にそんなことはない」ウェルキンが少しぎくりとしたように言った。「だいいち、あの男が殺されたと思う理由などありません。警部、頭がおかしくなったのではないですか? 自殺であるというあきらかな証拠があるのに。それなのに、ほかの可能性があるなどと想像して――」

「では、ゆうべは自殺事件が起こったと思われるのですか?」

「いや、そうだと思う理由などありません」

「では、証言であなたが言いたかったのはどんなことなのですか?」エリオットが話を進めようと訊ねた。

ウェルキンはテーブルに手のひらを広げて置いた。指先をわずかにもちあげることで、肩をすくめている雰囲気を伝えてきた。けれども、個性のない丸い顔にはなんの表情も浮かんでいなかった。

「言いかたを変えましょう。ウェルキンさん、あなたは超自然を信じていますか?」

「ええ」ウェルキンがあっさり言った。

「では、何者かがここで超自然現象を起こそうとしていると信じていますか?」

ウェルキンが警部を見た。「あなたはスコットランド・ヤードの人でしょう! そのあなたがそんなことを言うとは!」

「おや、それほどおかしなことでもないでしょう」エリオットはそう答えた。同郷のスコットランド人にはむかしからおなじみの、好奇心が垣間見えるものの暗い表情を浮かべている。

「わたしは〝起こそうとしている〟と言いましたよ。そうする方法は山ほどある。現実的なものも、非現実的なものも。いいですか、このあたりではどんなに奇妙なことがあってもおかしくない。ここに根をおろした一族に代々受け継がれてきた、思いもよらない奇妙なことが起きるかもしれません。わたしがここへやってきたのは、ミス・デーリーの殺人事件を調べるためです。あの事件にも、流れ者によって財布が盗まれたという以上のものがあるかもしれないのです。とは言っても、この屋敷で超自然なことがあるとほのめかしたのは、わたしではありません。あなたです」

「わたし?」

「ええ。〝ガラス戸越しになにかから見られているようにも思いました。地面に近いガラス戸からです〟。あなたは〝なにか〟と言っています。なぜ、〝誰か〟と言わなかったんですか?」

ウェルキンのこめかみに近い太い静脈のあたりに小さな汗の粒が浮かんできた。しかし表情が変わったのはそこだけだった。汗を表情と呼べるならの話だが。とにかく少なくとも、彼の顔で動いているのはそれだけだった。

「それが誰か、見極められなかったのです。誰かわかったのであれば、〝誰か〟と言ったはずです。わたしはただ、正確を期そうとしただけですよ」

「では、それは人だったということですね? 〝誰か〟だったと」

ウェルキンはうなずいた。

「ですが、下のガラス戸から覗きこんだということは、その人物は地面にしゃがむか、寝そべっていたことになりますが」

「そうともかぎりません」

「そうともかぎらない? どういう意味で?」

「しゃがむか、寝そべっていたにしては、動きが速すぎた――それに飛び跳ねてもいた。あの動きをどのように表現したらいいのやら」

「うまく説明できないとおっしゃるので」

「そうです。とにかく、それは死んでいるような印象を受けました」

戦慄のようなものがブライアン・ペイジの骨の髄まで入りこんだ。どうしてそう感じたか、そのときでさえもわからなかった。それと気づかぬほどに少しずつ、会話はあらたな方面へと移っていたが、こうした超自然云々は事件の背景に最初からあり、ただ話題になるときを待っていたように感じられた。ハロルド・ウェルキンはここで極めてすばやく動いた。胸ポケットからハンカチを取りだすと、すばやく両手に挟んで手のひらを拭き、ハンカチをもとにもどしたのだ。ふたたび口をひらいたとき、それまでの重々しく警戒を怠らない態度をいくらか取りもどしていた。

「少しよろしいですかな、警部」彼はエリオットに話す間を与えずに続けた。「わたしは自分が見て思ったことを、誠実に、そしてありのままにお伝えしようとしてきました。あなたは、わたしがそうしたものを信じているかとお訊ねになりました。ええ、信じていますよ。率直に言ってたとえ千ポンドもらっても、日が暮れてからあの庭へ行ったりする気はない。わたしのような職業の男がこんなことを思っているだなんてと、警部さんは驚かれているようですが」

エリオットは考えこんだ。「正直に言って、たしかに心のどこかで驚いていますね。どうしてなのかはわかりませんが。弁護士だって超自然を信じてもおかしくないはずなんですけど」

ウェルキンの口調は冷淡だった。

「おかしくはありません」そう同意した。「まともな仕事をしている男だって、信じるものは信じるのですよ」

マデラインが部屋に来ていたが、これに気づいているのはペイジだけだった。ほかの者たちはウェルキンに注目していたうえ、マデラインはつま先立ちでやってきていた。ここまでの話を聞いていたのだろうかとペイジは訝《いぶか》った。自分の椅子を譲ろうとしたが、彼女は椅子の肘掛けに腰を下ろした。ペイジからはその表情が窺えず、細いあごと頬のラインだけが見える。だが、白い絹のブラウスに包まれた胸が激しく上下しているのはわかった。

ケネット・マリーが眉をひそめた。とても礼儀正しい男だが、荷物を検査する税関職員のような雰囲気がある。

「わたしはこう思うのですがね、ウェルキンさん」マリーが言った。「あなたはこの件について、その——正直でいらっしゃる。たしかに途方もないことですよ。あの庭には悪い噂があります。何百年も前からね。じつは、十七世紀後半には手を入れているのですよ。あたらしい造りにして悪い影をお祓《はら》いしようと。ジョニー君、覚えていますか、悪魔学の勉強をして、庭に悪魔を呼びだそうとしたことを」

「ええ」ゴアが答え、なにかつけ足そうとしたが、思いとどまった。

「家に帰ってくるなり」マリーが言った。「きみは庭で脚のない這いまわるなにかに歓迎された。メイドは怯えてひきつけを起こした。なあ、ジョニー君。むかし人を怖がらせていたようないたずらをまたしているんじゃないでしょうね?」

ペイジが驚いたことに、ゴアの浅黒い顔が真っ青になった。どうやらマリーは、ゴアを刺激したり、取り澄ました顔を崩したりできるただひとりの人物のようだ。

「ちがいます」ゴアが言った。「おれがどこにいたか、知っているでしょう。読書室にいるあなたを見張っていたんですから。それから、もうひとつ言わせてください。このおれにまだ十五歳のガキのように話しかけるだなんて、いったい何様のつもりなんですか? おやじにはへつらっていたくせに。まったく、おれにもそれなりの敬意を払ってもらえませんか。さもなければ、鞭でお仕置きしますよ。むかしあなたがおれに使っていた鞭で」

ゴアは一気に感情を爆発させたが、それがあまりにも突然だったので、フェル博士でさえもうめき声をあげた。マリーが立ちあがった。

「もう図に乗っているのかね? なら好きにしなさい。わたしの役目も終わりだ。きみはもう証拠を手に入れている。警部、まだなにか用があれば、わたしは宿におりますので」

「ジョン、いまのは」マデラインが静かに口を挟んだ。「ちょっと失礼だったんじゃないかしら。差しでがましいですけれど」

初めてマリーとゴアがしっかりとマデラインを見た。彼女のほうも男たちを見返した。ゴアがほほえんだ。

「マデラインだね」

「ええ、マデラインよ」

「わが懐かしの、冷めた愛の光」ゴアの目尻の皺《しわ》が深くなっていった。マリーを引き留めた彼の声には申し訳なさそうな気配があった。「仕方がないことですよ、先生。過去をやり直すことはできませんし、そもそもいまとなっては、そんな気持ちはありませんしね。二十五年のあいだに、おれは精神的に成長したようです。あなたは変わらずにいたようですが。よく想像したものですよ。詩的に表現すれば、先祖の館なる彼《か》の地へ帰ったら、どんなことが起こるだろうと。壁にかけられた絵やベンチのうしろにペンナイフで彫られた文字を見て、自分が感動するところを想像したものです。でも、見つけたのは見覚えのない木材と石材の集まりだ。無理に押しかけなければよかったと思いはじめていますよ。でも、いま問題なのはそんなことじゃないですね。なんだか、話がそれたようだ。エリオット警部！　つい先ほど、あなたがここへやってきたのは、〝ミス・デーリーの殺人事件を調べるためです〟と言われませんでしたか？」

「ええ、申しました」

マリーはあきらかに興味をそそられたようで、ふたたび腰を下ろした。ゴアのほうは警部にむきなおった。

「ヴィクトリア・デーリー。それはもしや、《壁掛け地図》のむこう側にあるバラの木陰荘で、叔母のアーネスティン・デーリーと暮らしていた女の子じゃないですか？」

「叔母さんのことは知りません」エリオットが答えた。「ですが、たしかに被害者の家はそこでしたよ。去年の七月三十一日の夜に絞殺されたのです」

ゴアは表情を暗くした。「では、少なくともその件ではアリバイがある。幸いなことにその頃はアメリカにいましたからね。それはいいとして、どなたかこの泥沼からおれたちを引っ張りだしてくれませんか。ヴィクトリア・デーリーの殺人が今度の事件とどうかかわっているというんです?」

エリオットは問いかけるようにフェル博士をさっと見やった。博士は眠たげにしていたものの、大きくうなずいた。巨体は呼吸していないように見えたが、ちゃんと目はひらいている。エリオットは椅子の横から取りあげたブリーフケースを開けて、本を手にした。四つ折り版で、比較的最近のもの、と言っても百年ほど前に黒っぽい仔牛の革で装丁されたものだった。背表紙には『賞賛の歴史』というあまりぱっとしないタイトル。警部がこの本をフェル博士に押しやると、博士が本をひらいた。続いてペイジが見てみると、かなり古い書物で、フランスのセバスチャン・ミカエリスの翻訳で一六一三年にロンドンで出版されたものだった。紙は色褪せてうねり、表題のページにひどく奇妙な蔵書票が貼ってあった。

「さて」フェル博士が言った。「これまでに、この本を見たことのある人はおらんか?」

「見覚えがありますよ」ゴアが静かに言った。

「では、こちらの蔵書票は?」

「ありますとも。もっともその蔵書票は十八世紀からこの家では使われていませんがね」

フェル博士の指先が標語をたどった。「サングイス・エイウス・スペル・ノース・エト・スペル・フィーリオース・ノストロース、トマス・ファーンリー、一六七五年。〝彼の血はわれらに、そしてわれらの子孫に〟か。この本は屋敷の読書室にありましたかな?」

本を見つめるゴアの目がすばやく動いて光った。だが、表情のほうはやはり困惑したままだった。嘲《あざけ》るように彼は言った。

「いや、それはあり得ませんよ。父も、その父も、屋根裏の小部屋に封印していた〝暗黒の書〟の仲間ですからね。おれは父の鍵を盗んで合い鍵を作っていたから、あそこへあがって読むことができたんです。まったく、あの部屋で過ごした日々が懐かしいですよ。誰かに見つかったときのために、隣のリンゴ置き場にリンゴを取りに来たという口実を作っておいたりして」

彼はある人の姿を捜した。「覚えているかい、マデライン？　《金髪の魔女》を見せてやろうと、連れてあがったことがあっただろう？　きみには鍵を渡しもしたな。でも、きみはあれが気に入らなかったんじゃなかったかな。博士、どこでその本を手に入れたんです？　封印してあったのに、どうやって取りだしたんですか？」

エリオット警部が立ちあがり、ベルを鳴らしてノールズを呼んだ。

「レディ・ファーンリーを見つけて」警部は怯えた執事に伝えた。「こちらへ来てもらうよう頼んでくれ」

見るからに悠々と、フェル博士はパイプとタバコ袋を取りだした。パイプにタバコを詰めると火をつけて、語りはじめる前に満足ゆくまで深々と吸った。それから、派手な身振りで指さした。

「この本かね？　どうってことのないタイトルだから、当時でさえ、誰もじっくり見直すことはなかったんだな。実際は歴史に残されている記録のなかでも、とくに重大な事柄が書かれておるんだよ。一六一一年、エクサン・プロヴァンスのマドレーヌ・ド・ラ・パリューの告白で、魔術と悪魔崇拝の儀式に参加したとする内容だ。こいつは、ミス・デーリーのベッド脇のテーブルで見つかったものさ。殺害される直前、彼女はこの本を読んでおったんだよ」

## 12

読書室が静まり返った。ペイジがかすかに足音が聞こえると思った矢先、モリー・ファーンリーとバローズがやってきた。

マリーが咳払いをした。「それはどういうことだろう？」そう言って先を促す。「ミス・デーリーは流れ者に殺されたのじゃなかったのかね？」

「おそらく、その可能性が高かろう」

「ということは？」

口をひらいたのはモリー・ファーンリーだった。「ここへ来たのはお話しするためです」彼女は言った。「わたしはこのとんでもない相続権の主張と――あなたの訴えと闘うつもりだと」モリーはその活潑な気性のすべてを、ゴアへの冷たい軽蔑のまなざしに込めた。「徹底的に闘います。バローズの話では、たぶん何年もかかって、有り金も残らず使うことになるだろうとのことですけど、わたしにはそれができるだけの余裕はあります。ただ、いま大事なのは誰がジョンを殺したかです。わたし、そちらさえよろしければ、しばらくは休戦協定を結んでも構いません。先ほどわたしがここに来たときは、なんの話をされていたんでしょう？」

ある種の安堵感が一同に流れた。だが、ひとりの男がすぐさま身構えた。

「証拠があるとお考えですかな、レディ・ファーンリー？」ウェルキンはふたたび、どこから見ても事務弁護士らしい態度になって訊ねた。「ご忠告申し上げますが――」

「あなたが考えつかないほどの証拠がございます」モリーが切り返し、なにやら言いたげに興味の色をありありと浮かべてマデラインを見やった。「わたしたちがやってきたとき、あなたはなにをしゃべっていたの？」

フェル博士はこの頃にはひどく彼女に関心を抱いたようで、弁解がましくも雷のような大声でしゃべった。

「ちょうど大事なことを話し合っておったところですよ、マダム」彼は言った。「お助けくださったら、大変にありがたいですな。この家の屋根裏にはまだ、魔術のたぐいの本を集めた小さな部屋があるんじゃないですか？」

「ええ、もちろんございます。でも、それがどう関係しているというんです？」

「この本をご覧になってください、マダム。この本はその小部屋の蔵書かどうか、確認していただけますか？」

モリーはテーブルに近づいた。全員が立ちあがったが、モリーはこの堅苦しい作法にいらだつ素振りを見せた。

「そうかもしれません。いえ、かなり自信があります。ほかの場所の本にはないのに、屋根裏の本には全部に蔵書票がついていました。印がわりだったんです。いったい、どこでこの本を手に入れられたんですか？」

フェル博士が教えた。

「でも、そんなことあるはずないわ！」

「なぜですかな？」

「あそこにある本については以前、そりゃあひどい騒ぎや面倒が起こったからです。夫が騒いだんですけど、それがどうしてなのか、わたしにはわかりませんでした。結婚してようやく一年が過ぎた頃だったでしょうか」モリーの薄い茶色の瞳が過去を振り返った。バローズが勧めた椅子に腰を下ろす。「ここに――ここに花嫁としてやってきたときに、夫は家じゅうの鍵をくれたんですが、あの部屋の鍵だけは入ってなかったんです。もちろん、もらった鍵はすべてメイド頭《がしら》のアプス夫人にすぐ手渡しましたけど。渡されないとかえって気になるものでしょう。それで、かなり興味が湧いて」

「青ひげの話みたいですね」ゴアがあてこすりを言った。

「喧嘩はやめなさい」フェル博士は、冷ややかに怒りを募らせた顔をゴアにむけたモリーに、鋭く言った。

「覚えてらっしゃい」モリーが言った。「話は聞いたことがあります。夫は燃やしたがっていました――魔術関係の蔵書を。夫が相続する前、蔵書の鑑定のためにロンドンから人を呼んでいたそうなんです。その人は屋根裏のちょっとした蔵書が何千ポンドもの価値があると言って、うれしさに踊りだしそうなほどでしたよ、まぬけ面《づら》でね。あらゆる種類の稀覯書《きこうしょ》が含まれていて、なかには特別にめずらしいものもあると言うんです。それがどの本か、はっきり覚えています。十九世紀の初めに失われたと考えられていた写本です。どこへ消えてしまったのかちっともわかっていなかったのに、うちの屋根裏で見つかったのです。その本は『アピンの赤い書』と呼ばれていました。鑑定人が言うには、呪文だかなんだかが詰まった大変な魔法の本らしく、それがあんまり強力なので、この本を読んだ人は頭に鉄の輪をはめないとならなかったほどだったんだそうです。わたし、はっきり思いだしたんですよ。ゆうべ、みなさんがこの本のことを話してらしたので。それなのに、この人は」——モリーはゴアを見やった——「どんなものかも知らなかったんですから」

「フェル博士がおっしゃったように、喧嘩はやめましょう」ゴアが楽しげに言った。だが、話しかけたのはマリーだった。「フェアプレイでいきましょう、先生。おれはあの聖なる書物がそんなタイトルだとは知りませんでした。でも、どんなものかはお話しできますし、まだ屋根裏にあるのならば、どの本か指さすことだってできます。内容についてひとつ説明してみましょうか。あの書をもって質問されると、相手が口をひらく前から、なにを訊かれるかわかると言われていたのです」

「それはあなたにはとても便利だったでしょうね」モリーが甘い声で言った。「ゆうべなどはとくに」

「おれがこの本を読んだことがあると証明する意味ではね。それから、この本は命のない物体に命を与える力があるとも言われていました。つまり、レディ・ファーンリーご本人も読んだにちがいないってことになりませんか」

フェル博士が杖の石突きで床をついてみなの注目を集めた。いまにもひと騒動もちあがりそうだった怪しい雲行きが落ち着くと、博士はモリーに慈《いつく》しむような視線を送った。

「ハッハッハ」フェル博士が笑い声をあげた。「ですが、マダム、あなたは『アピンの赤い書』にしろ、ほかのなんにしろ、魔法の力があるなどとは信じておいでじゃないんでは?」

「まあ、いやな奴!」モリーがあっさりと下品な言葉を使ったために、マデラインは顔を赤くした。

「おっしゃるとおりだ。ところで、お話の続きはどうなりますかな?」

「とにかく続けますよ。夫はすっかり動揺してこの蔵書を不安がったんです。燃やしたがってましたけど、そんなことをするなんてどうかしているとわたしは言いました。本をどこかへやりたければ、売ればいいことですし、どちらにしたって本がなにか悪さをするものですかと。それに対して夫は、屋根裏の本は好色で邪悪なものばかりだと言ったんですよ」モリーは先を続けにくそうにしたが、彼女らしい率直な態度で続けた。「正直に言えば、それで少し興味をもったんです。一冊か二冊、めくってみました——夫に屋根裏を案内されたときに——でも、ちっともすごい本じゃなかったんです。あんな退屈な本ってないくらい。下品なことなんかまったく書いていませんでした。二重の命綱だかなんだかについてのくだらない話で。〝S〟のかわりにへんてこな〝f〟が使ってあって、まるで作者の舌がもつれてるみたいに見えたわ。全然おもしろいと思えませんでした。それで夫があそこは開かずの間にしようと言い張ったときも、どうでもいいと思いました。あれからドアを開けたことは絶対にありません」

「だが、この本は」フェル博士が本をコツンと叩いた。「屋根裏にあったものなんですな?」

「え、ええ。それはたしかよ」

「ご主人はこの開かずの間の鍵をいつももっておったようだ。それなのに、この本はどうしたことか屋根裏から出てきて、ミス・デーリーが所持することになった。ふうむ」小刻みにパイプをふかしていたフェル博士だったが、口からそれを離すと、思い切り息を吐きだした。「したがって、ミス・デーリーの死とご主人の死には、糸のように細いが、関連があるということになりますかな?」

「でも、どんな関連が?」

「たとえばですな、マダム、ご主人がミス・デーリーにこの本を与えたということはあり得ますか?」

「夫がこうした本のことをどう思っていたか、すでにお話ししたじゃありませんか!」

「それはですな、マダム」フェル博士が謝るように言った。「問題にはなりません。ミス・デーリーにあげたかどうかが問題なのです。子どもの頃は——奥さんがおっしゃるようにご主人が本物のジョン・ファーンリーならばですが——こうした本を大変大事にしていたそうじゃないですか」

モリーは怯《ひる》まなかった。

「追いつめられてしまったようね。夫がとにかくそんな本は嫌っていたと言えば、変わりようがあまりにも激しいから、夫はジョン・ファーンリーではないと証明されると言うのね。夫がヴィクトリア・デーリーに本を与えたんですよと言えば――どう言い返されるか、わかりませんけど」

「わしたちは正直な答えがほしいだけです」フェル博士が言った。「あるいは、正直な印象と言ったほうがいいかもしれませんが。真実を語ろうとする人には神の恵みがあるもんです。ところで、奥さんはヴィクトリア・デーリーのことはよくご存じでしたか？」

「それはよく存じていました。かわいそうなヴィクトリアは神の御業《みわざ》をありがたがって大喜びするような人でしたわ」

「むしろ」フェル博士はパイプでなんとも言えない仕草をしてみせた。「魔術に深い関心のあるような人と言うべきなんではないですか？」

モリーは両手をぐっと握りしめた。

「だいたいどうして、魔術がどうこうというお話が出てくるんです？　この本が魔術についての本だとしても――屋根裏にあったものならば、魔術がらみでしょうから――この本を読んでいたというだけで、ヴィクトリアが魔術に深い関心があっただなんて証明できるの？」

「じつはほかにも証拠があるんですよ」フェル博士が優しく言った。「生まれつき聡明なあなただから、ミス・デーリーと封印された書庫とこの本とのつながりがどれだけ重要か、おわかりになるでしょう。ところで、ご主人はミス・デーリーをよくご存じでしたかな？」

「さあ、どうでしょう。それほどよく知らなかったのじゃないかと思いますけど」

フェル博士の額に皺《しわ》が寄った。「ここまで聞いたゆうべのご主人の行動を考えると、それはどうですかな。確認しますぞ。自分の屋敷の所有権を主張する男が現れる。いま手にしている屋敷や財産は、手に入れた経緯が正当であれ不当であれ、人生でなによりも大切なもの。そしていま、その砦が攻撃されておる。ゴアさんとウェルキンさんは、説得力のある話と指紋という決定的な証拠をもって、ご主人に迫ってくる。ご主人はせかせかと歩きまわる。しかし、攻撃が始まった瞬間、強い関心を示したのはヴィクトリア・デーリーの死を捜査している刑事が村にいることのほうだった。そうじゃなかったですか？」

そのとおりだった。ペイジはそのことをしっかりと覚えていた。モリーもそれを認めざるを得なかった。

「ほら、これで糸がつながった。ではこの糸がどこへ続くのか、たどってみることにしよう。屋根裏の開かずの間にますます関心がでてきましたな。あそこには、書物のほかになにかあるんですか？」

モリーが考えこんだ。

「あの機械仕掛けの人形だけですよ。子どもの頃に一度見たことがあって、とても気に入ったものです。それで、下へ降ろして動かせないものかと夫に頼んだことがあります。わたしはあいったものが大好きなの。でも、屋根裏に置いたままになっていました」

「ああ、機械仕掛けの人形」フェル博士は繰り返すと、さっと関心の色を浮かべ、息を切らして身体を起こした。「その件で奥さんから話せることがありますか？」

モリーが首を横に振ると、ケネット・マリーが答えた。

「それが問題なんだよ、博士」マリーが気分よさそうに言い、椅子に腰を下ろした。「調査してみるといい。わたしも何年も前に調べようとした。子どもの頃のジョニー君もだ」

「それで？」

「わたしが突きとめた役立つ事実をお話ししよう」マリーが力を込めて言った。「サー・ダドリーはけっしてわたしにあの人形を調べさせてくれなかったので、外堀から調べるしかありませんでしたが。製作者はオルガン奏者のレザン氏。ルイ十四世のために自動演奏のチェンバロを作ったフランスはトロワの人物です。この人形は一六七六年から七七年にかけてチャールズ二世の宮廷で披露され、大変な成功を収めました。ほぼ等身大、小さなソファのようなものに腰かけている。王の愛人のひとりに似せて作ったと伝えられていますが、それが誰かという点には議論があります。この人形の動きに当時の人々は熱狂したそうですよ。シターンで二、三曲、演奏できたそうです。現在、わたしたちがチターと呼んでいる楽器ですね。また、見物人にむかって自分の鼻をつまんでみせたりと、何通りもの仕草ができました。なかにはかなり不作法なものもあったとか」

マリーが一同の強い関心を引いたことはまちがいなかった。

「これを購入したのは、サー・トマス・ファーンリーです。そこにある蔵書票の持ち主ですよ」マリーが話を続けた。「のちに人気がなくなってしまったのは、人形のその不作法が理由だったのか、それともほかに理由があったのか、それはわかりませんでした。けれども、なにかがあった――しかし、それがなんだったか、いっさい記録には残っていない。十八世紀にこの人形が恐れられたことにも理由はないようです。けれども、このようなからくり自体がサー・ダドリーやその父親や祖父に好かれたはずがないですね。おそらくは、サー・トマスであれば操作の秘密を知っていたことでしょう。ですが、その秘密は子孫に伝えられることはなかった。そうじゃありませんか、ジョニー……失礼。サー・ジョン?」

とってつけたように敬意を誇張した物言いに、ゴアは若干むっとしたようだった。だが、彼の関心はそこになかった。

「ええ、秘密は伝えられませんでしたよ」ゴアが認めた。「今後もわかることはないでしょう。みなさん、おれにはわかっているんです。子どもの頃に、《金髪の魔女》の秘密をさぐろうと知恵を絞りました。はっきりした説明ができない理由はすぐにわかりますよ。もしも――」そこで彼はハッとしたようだった。「そうですよ、これからみんなで上へあがって、魔女を見てみようじゃありませんか。ちょうどそのことを考えていたんですよ。おれもまぬけだなあ。むかしのようにこっそり屋根裏へあがるために、言い訳やずるい方法はないかとあれこれ考えたりしていましたよ。ですが、そんな必要ありますか? 正々堂々とあがればいいんだ」

ゴアは椅子の肘掛けを拳でトンと叩き、ようやく光明を見たように少し瞬《まばた》きをした。エリオット警部がかなり鋭い口調で割って入った。

「ちょっと待ってくれませんか。これはずいぶんとおもしろそうだから、別の機会に見に行ってもいいでしょう。ですが、いま本件となにも関係がなさそうなことに——」

「そう思うかね?」フェル博士が訊ねた。

「なんですって?」

「そう思うかね?」フェル博士がひどく熱っぽく繰り返した。「さあ、誰か教えてくれ。その自動人形はどんな様子なのか?」

「かなり傷んでいますよ、当然のことですが。少なくとも二十五年前には——」

「そうでした」マデライン・デインが同意して、身体を震わせた。「ねえ、あそこへはあがらないで。お願いだから、そんなことはしないで!」

「いったいどうして?」モリーが叫んだ。

「わからない。けれど怖いのよ」

ゴアが慈しむようにマデラインを見つめた。

「そうだったね、ぼんやり覚えているが、あの人形はきみに鮮烈な印象を与えていた。ところで、博士、どんな様子かと訊ねられましたね。あたらしい頃は生きているように見えたはずですよ。気味が悪いほどにね。髪は本物。骨組みはもちろん鉄ですが、肉は蠟で、目はガラスです。片目はなくなっていますが。古くなって、味が出たということはないですね。やや太り気味で、こちらがあれこれ悪い想像をしてしまう、どこか不気味な表情でした。着ている服は、と言いますかかつて着ていた服は、金襴《きんらん》のドレスです。手と指はペンキを塗った鉄。チターを弾いたり、仕草をしたりするために、長くて関節の鋭い指で、まるで……。むかしは笑顔でしたが、おれが最後に見たときはもう笑顔は見えなくなっていました」

「ベティ・ハーボトル」フェル博士が突然言った。「ベティ・ハーボトルはイヴのように、リンゴをかなり好んだようだな」

「なんとおっしゃいました？」

「あの子だよ」フェル博士が力説した。「例の怯えたメイドのベティ・ハーボトルは、リンゴが好きなんだ。使用人たちに事情聴取をした際に、真っ先に知らされたことだよ。わしたちのよきメイド頭《がしら》のアプス夫人がそうほのめかしておったようだ。エレシウスの秘儀、まさにあれと同じじゃないか！　そしてきみは」ゴアに瞬きしてみせた博士の赤ら顔は、集中するあまりに輝いていた。「つい先ほど、禁断の書の間と《金髪の魔女》のもとを訪れたくなったら、口実を作ったとか言わんかったかね。屋根裏の開かずの間の隣にあるリンゴ置き場へ行くとかなんとか。ではベティ・ハーボトルが恐怖に襲われたときにどこにいたのか、指紋帳はゆうべどこに隠されておったのか、誰かあててみせる者はおらんかね？」

ハロルド・ウェルキンが立ちあがり、テーブルの周囲を歩きはじめた。だが、動いているのは彼だけだった。あとになっても、ペイジは読書室の薄暗がりで輪になっている一同の顔と、ひとりがさっと浮かべた表情に驚いたことを忘れられずにいた。

口髭をなでながら、声をあげたのはマリーだった。

「おお。なるほど、なるほど。それはたしかに興味深い。この屋敷の配置がわたしの記憶どおりならば、屋根裏へ続く階段は緑の間のある廊下の奥だ。つまりあのメイドは屋根裏から降ろされて、緑の間に横たえられたと言いたいんだね？」

フェル博士は首を横に振った。「いや、わしはただ、手元にある曖昧な情報を追うか、家に帰ってふて寝するかのどちらかしかないと、主張しておるだけだよ。すべての手がかりの糸は屋根裏の小さな開かずの間につながっておる。迷宮の中心、すべての騒ぎの核心。ブルワー・リットンの『幽霊屋敷』に出てくる小さな液体のボウルのように。それでは屋根裏へあがったほうがよさそうだな」

エリオット警部がのろのろと口をひらいた。

「ではまいりましょう。レディ・ファーンリー、よろしいでしょうか？」

「ええ、ちっとも構いませんよ。ただ、鍵がどこにあるかわかりません。ああ、気にすることはないですね！　錠を壊せばいいんです。夫がつけたあたらしい錠です。壊したほうがいいと思われたら、壊して構いません――」モリーが手の甲で目元を拭い、感情を押し殺すと、ふたたび落ち着きを取りもどした。「ご案内します」

「お願いします」エリオットはきびきびしていた。「みなさんのなかで、開かずの間に入ったことのあるかたはいらっしゃいますか？　デインさんとゴアさんだけですか？　おふたりはフェル博士やわたしと一緒に来てください。それからペイジさんも。ほかのみなさんは、ここに残っていてください」

エリオットと博士が低い声で話をしながら、先を歩いた。するとモリーがさりげなくふたりの前に出て、自分とゴアとのあいだに博士たちを挟む恰好にした。ペイジはマデラインと続いた。

「あがらないほうがいいんじゃないかい？」彼はマデラインに訊ねた。

彼女はペイジの腕をぎゅっと握った。「いいえ、そんなことを言わないで。わたし、やっぱり行きたい。なにがどうなっているのかわかるのなら、この目でたしかめたいと本気で思うの。わたしが話したことでモリーを混乱させたのではないかと思うけれど、話をしないわけにはいかなかった。ほかに方法はなかったのよ、ブライアン。わたしのことを意地悪女だと思っていない？」

ペイジは驚いた。彼女のほほえみかけた口元から、いまのほのめかしが冗談まじりだったことがわかったが、切れ長の目は大いに真剣だった。

「まさか、そんなことはないよ！　どうしてそんなことを考えたんだい？」

「あら、なんとなくよ。でも、モリーは本当は彼のことを愛していなかった。すべては、そうすべきだと思ったからやっていただけなの。一見、仲がよく見えていたけれど、お似合いというわけじゃなかったもの。彼は理想家でモリーは現実家。じつは、あの人は偽者だとわたしは知っていた。そんなことを言っても、あなたはすべての事情を知らないから、理解できないわね——」

「では、ぼくは現実家の味方をするよ」ペイジは嚙みつくように言った。

「ブライアン！」

「本気さ。理想家が聞いてあきれる！　あの男がみんなの言ったようなことや、きみが認めているようなことをしたのならば、ぼくたちの亡くなったばかりの友人は百カラット級の豚野郎だ。そうだろう。まさかとは思うけれど、彼に恋していたんじゃないだろうね？」

「ブライアン！　そんなことを訊く権利はあなたになくってよ！」

「それはわかっているよ。でも、質問に答えてくれないか」

「恋してなんかいなかったわ」マデラインが静かに言って、視線を落とした。「もっとよく目が見えるか理解力があれば、そんなこと訊ねるはずないでしょうに」彼女はためらった。話題を変えたがっていることはあきらかだった。「フェル博士と警部は今度のことをどう考えているのかしら？」

　ペイジは答えようと口を開けてみたが、さっぱりわからないことに気づいた。

　皆目、見当がつかなかった。一同は横幅があるが短いオーク材の階段を二階へあがり、回廊を通って、廊下の角を左へ進んだ。その左手が緑の間で、ひらいたままのドアから十九世紀のどっしりした書斎家具や、どぎつい模様の壁などが見えている。右手には寝室のドアがふたつ。廊下をまっすぐに進むと突き当たりは窓になっていて、庭が見おろせる。屋根裏へ続く階段――ペイジにはうっすらと覚えがあった――は廊下の突き当たりの壁に突きでるように造ってあり、左の壁にドアがついていた。

　だが、ペイジは屋根裏のことなど考えていなかった。フェル博士が雷のように元気よく意見を述べ、エリオット警部も話しやすい率直な人物だったにもかかわらず、自分はなにもわかっていないと悟っていた。ふたりとも当然のように、最後の審判の日までしゃべりつづけるだろう。しかし、通常の警察の仕事はどうなったのだ？　ここで指紋を採ったり、あっちで足跡を見つけたり、エリオットが指揮して庭園を捜索したりはしないのだろうか。また、封筒にきちんと手がかりをしまったりは。たしかに、ナイフは発見された。見つかるべくして見つかったとはいえ。そのほかはどうだ。仮説くらいないのか？　然るべき人々から然るべき証言は取られている。それでは、自分たちはその証言をどう考えるべきなのか？

　結局のところ、それは警察の仕事だが、それでも気になって仕方なかった。新発見というものは、ブレニム（ドイツの古戦場）の頭蓋骨のように、調べ尽くしたと思っていた土地から現れるものだ。テーブルに頭蓋骨が転がされるまで、そんなものがあるとは誰も思わないのだ。いや、このたとえはやめたほうがいいな。前方にはフェル博士の巨大な背中が構え、廊下をふさいでいるように見えた。

「彼女はどこに？」エリオットが低い声で訊ねた。

　モリーは奥の寝室のドアを指さした。屋根裏へ続くドアのむかいにあるほうだ。エリオットはごく軽くドアをノックした。だが、ドアの奥から聞こえるのはくぐもったかすかな泣き声だけだった。

「ベティ」マデラインが囁《ささや》いた。

「こちらですか？」

「ええ。手近な寝室で休んでました」マデラインが言った。「とても具合が悪かったので」

言葉の意味がしっかりとペイジの頭にしみこんできた頃に、キング医師が寝室のドアを開け、背後をちらりと振り返ってから、廊下に出てそっとドアを閉めた。

「だめだ」医師は言った。「まだ面会はできないよ。夜になればひょっとすると会わせられるかもしれない。明日か明後日であれば、その可能性は高くなるね。鎮静剤が効けばいいが、うまく効果が出なくてね」

エリオットはとまどって、不安そうな表情を浮かべた。「わかりました。でも先生、容態は必ずしも、その――?」

「深刻ではないのか、と言いたかったのかな?」キング医師が訊ねて、ぶつかりそうなくらい、ごま塩頭をひょいと下げて挨拶した。「いやはや! これで失礼する」

医師はふたたびドアを開けた。

「メイドはなにか言いませんでしたか?」

「あなたが手帳に書きつけなきゃいけないようなことはなにも言ってないよ、警部。半分以上はうわごとだ。なにを見たのか、それがわかればいいのだが」

医師の話を聞くあいだ、一同は静まり返っていた。モリーは顔色を変えていたが、なんとかいつもの自分を保とうとしているようだった。キング医師はモリーの父の終生の友人だったので、ふたりのあいだに形式張ったことは必要なかった。

「ネッドおじさま、わたし、知りたいんです。ベティのためならなんでもします。まさかとは思いますけれど――本当に深刻な容態ではないんですよね。こんなふうになるはずありません。

いくら怖い思いをしても、それで本当に病気にはならないでしょう? 危険な状態ではないと言ってください」

「ああ」医師は答えた。「危険な状態ではないよ。いいかね、きみは健康で若い女性だ。神経が細くもないし、元気は有り余っている。なにかを見たって、ぶん殴るぐらいの勢いがある。きみなら実際にそうするだろう。だがね、人によって受けとりかたはちがうのだよ。原因はネズミかもしれないし、煙突を吹き抜ける風の音かもしれない。なんのせいでこうなったかはわからないままだが、わたしはただ、それに出くわしたくないと祈るだけだよ」ここで医師の口調は優しくなった。「まあ、きっと大丈夫だ。手伝いは必要ない。アプス夫人とわたしとでなんとかやれるから。ただ、お茶をもってきてくれたらありがたいね」そしてドアは閉じられた。

「さて、よき友人たちよ」両手をポケットの奥まで入れてパトリック・ゴアが言った。「何事かはあったんだろう、くらいは言ってもよさそうだ。さあ、屋根裏へあがりましょうか」彼はむかいのドアに近づき開けた。

ドアのむこうの階段は勾配が急で、壁にはめこまれた古い石の酸っぱい臭いがかすかにした。現代の技術によってきれいにされていない、屋敷の内部の骨組みを見ているような気がする。使用人の部屋がある区画は屋敷の裏にあることをペイジは知っていた。ここには窓がひとつもなく、前方を進むエリオットは懐中電灯を使わねばならなかった。ゴアがそのうしろを行き、フェル博士、モリーと続く。マデラインとペイジがしんがりだ。

屋根裏のこのあたりは、イニゴー・ジョーンズが小さな窓をいくつも使った図面を引き、煉瓦を石で支えた頃からなにも変わっていなかった。踊り場の床は階段のほうへかなり傾いているので、うっかりすると転げ落ちそうだった。太いオーク材の梁があるが、あまりにも大きくて美しさは感じられず、ただ支えてくれそうだとか、逆につぶされそうだという印象しか伝わらない。かすかな灰色の明かりが見えた。空気は濁って、湿り気があり、暑かった。

目指すドアは突き当たりにあった。どっしりした黒い扉で、屋根裏部屋というより地下室のそれのようだった。蝶番《ちょうつがい》は十八世紀のものだ。ドアノブは外してあり、使われている錠は最新の形ではなかった。固く取りつけられた鎖と南京錠でしっかりと封鎖されている。だが、エリオットがまず懐中電灯で照らしたのは、南京錠ではなかった。

なにかが放り捨てられて、ドアを閉めたときに、つぶされていた。

食べかけのリンゴだった。

## 13

エリオットが六ペンス硬貨の縁をねじまわしがわりにして、鎖を留めている南京錠を慎重に外した。かなり時間がかかったが、警部は大工のように丁寧に作業をした。鎖が落ちると、ドアは自然に広くひらいた。

「《金髪の魔女》のねぐらですよ」ゴアが楽しそうに言って、食べかけのリンゴを蹴りとばした。

「気をつけてください！」エリオットが鋭く言った。

「えっ？　あのリンゴが証拠だとでも思ってるんですか？」

「そうじゃないとは言い切れません。部屋に入ったら、わたしがいいと言うまで、なにもさわらないように」

〝部屋に入ったら〟というのは大げさな言いかただった。ペイジは部屋があるものと予想していたが、そこはせいぜい縦横六フィートの広さで、書庫のようなところだった。天井は傾斜し、ひどく汚れた小さな窓ガラスは光をほとんど通さなくなっていた。書棚には隙間がかなりあって、くたびれた仔牛革の装丁本ともっと最近の装丁の本がまざっている。どこもかしこも埃《ほこり》が積もっていた。屋根裏にありがちなうっすらとした黒っぽくざらついた埃で、そこにはなんのものかわからない跡が少し残っている。初期ヴィクトリア様式の肘掛け椅子が隅に押しやられていて、エリオットの懐中電灯の明かりが室内を照らすと、《金髪の魔女》が勝手に椅子から飛びだしてくるように見えた。

さしものエリオットでさえも、少しあとずさった。《金髪の魔女》は美しくなかった。かつては人を引きつける愛らしさがあったのだろうが、いまでは半分になった顔から片目だけがこちらをじろりとにらんでいる。もう半分の顔は壊れていた。かつては黄色だったのだろうベルベットと金襴《きんらん》のドレスも色褪せている。顔を横切ってぱっくりとひらいたヒビもまた、見た目を損ねていた。

立たせると、等身大より若干小さいぐらいだろう。座っているのは長方形の箱で、かつては金箔を張り、ソファに見えるよう塗装されていたものだ。幅も奥行きも人形自体と大差なく、あきらかに自動人形よりもあとの時代の車輪が取りつけてある。両手はおどけるように少しあげていて、ひどくあだっぽく見えた。ずんぐりと重たげなこのからくり、全体で三百ポンドはあるにちがいない。

マデラインは緊張からか安堵からか、忍び笑いのような声をあげた。エリオットはうなり、フェル博士は悪態をついて言った。

「『ユードルフォの秘密』（ラドクリフ作、若い女性がからくり屋敷に監禁される内容）か！　それともこれは肩すかしか？」

「なんですって？」

「言いたいことはわかるだろう。あのメイドは青ひげの部屋へ入ろうとして、初めてこの人形を見たものだから――」博士はいったん黙り、口髭の先を吹いた。「いやいや。そのはずはない」

「わたしもそうではないと思いますよ」エリオットが冷静に同意した。「もしもですよ、この部屋でメイドになにか起こったのだとしたら、問題がいろいろと出てきます。どうやってここに入ったのか？　そして誰がメイドを二階へ連れて行ったのか？　さらにはどこで指紋帳を手に入れたのか？　この人形を見ただけでは、あのメイドのようにひどいことにはならないでしょう。悲鳴をあげるといったことはあるでしょうし、ショックを受けるかもしれません。しかし、ヒステリー症でもないかぎりは、あそこまでひどくなりませんよ。ときに、レディ・ファーンリー、使用人たちはこの人形について知っていたのですか?」

「もちろんです」モリーが言った。「見たことがあるのは、ノールズと、たぶんアプス夫人だけですが、これの存在は全員が知っていました」

「では、見ても驚きはしないということになりますね?」

「ええ」

「もしも、この狭い部屋にあるなにかを見て怯えたのだとしたら——もっともこの部屋にあったものという証拠だってないんですが——」

「こいつを見てくれ」フェル博士が杖で指した。

懐中電灯の明かりが自動人形の下の床を照らした。その先にはまるまった麻の布があった。エリオットが拾ってみると、メイドのフリルつきのエプロンだとわかった。最近洗ったものだったが、埃となにかの汚れの染みがついていた。それに一カ所、ぎざぎざの破れ目が短く二本入っている。これを警部から受けとったフェル博士はモリーに手渡した。

「ベティのものですかな?」

モリーがエプロンの縁に縫いつけられた小さなラベルや、さらに小さくインクで書かれた名前を調べてうなずいた。

「ちょっと時間をくれんか!」フェル博士が強くそう求めて目を閉じた。ドア付近で騒々しくうろうろしはじめ、ずり落ちないようにしているのか、眼鏡を押さえつけている。その手を離したとき、表情は不機嫌だったが厳粛さに満ちていた。「よろしい。話してきかせよう。証明はできんよ。リンゴやリンゴ置き場のことが証明できんようにな。だが、この開かずの間でどんなことが起こったのか、この目で見てきたように説明はできる。これはもはや、形式的な捜査の手続きなどではない。昼食時から午後四時のあいだで、あのメイドが恐怖に襲われたのはいつだったのか、その時刻に屋敷の人々がなにをしておったか知ることが、この事件でなにより重要なことだよ。

なぜならば、人殺しはここに、この開かずの間におったからだよ。ベティ・ハーボトルがそいつをここで見つけたんだ。犯人がここでなにをしておったのかはわからん。だが、ここにいたことを誰かに知られてはまずかったんだな。そして何事かが起こった。それから、犯人はこの埃に残った可能性がある足跡などをメイドのエプロンで消した。メイドを抱えるか、引きずるかして、二階へ降ろし、ゆうべ盗んだが使い物にならん指紋帳を握らせた。それから当然のごとく立ち去る。エプロンは部屋の中央に置いて。どうだね？」

エリオットが片手をあげた。

「ちょっと待ってくださいよ、博士。そんなに先走らないでください」エリオットは考えこんだ。「反論したい点が二カ所あります」

「どこにだね？」

「まずひとつ。この狭い部屋にいたという事実を隠すことがそれほど大事ならば、犯人はやれることはなんだってやったでしょう。意識のないメイドをここから別の場所へ移しただけで、自分の痕跡を消せるというのですか。いいえ、発見されないようにはしていません。ただ先延ばしにするだけです。メイドは生きていますので、意識を取りもどすでしょう。そこでメイドが、ここに誰がいて、なにをやっていたか話せばどうなりますか」

「難問だな」フェル博士が言った。「うまくチクリとやりおって。それでもだ」博士は少し荒っぽく続けた。「見たところ矛盾しておることへの解答が、そっくりわしたちが抱えておる問題の答えであっても、わしは別に驚かんよ。もうひとつの反論は？」

「ベティ・ハーボトルは怪我をしていませんでした。身体にはふれられていないのです。なにかを見て、むかしからよくある恐怖に襲われてあんな状態になったのですよ。それなのに、彼女の目撃したものは、よからぬことをやってはいたが、とにかくただの普通の人間だったということになります。それでは納得できません、博士。女性たちも近頃ではかなり強気ですし。となると、メイドがああなった原因はなんでしょう？」

フェル博士はエリオットを見つめた。

「自動人形がやったなにかだよ。仮に、そいつがいま手を伸ばしてきみの手を握ったとしたらどうだ？」

この場にいる者がみな、あとずさってしまうような強烈な示唆だった。六組の目が人形の壊れた頭部や奇妙な両手へ引き寄せられた。この手で握られたり、ふれられたりしたら、心地よいはずがない。白カビの生えたドレスからヒビがぱっくりと入った蠟の顔まで、人形にはさわりたくなる箇所はどこにもなかった。

エリオットが咳払いした。

「犯人は人形を動かしたとお考えですか?」

「動かしてなんかいないですよ」ゴアが口を挟んだ。「おれは何十年も前に動かそうとしています。あのときから、電気装置などのからくりを人形に取りつけていないかぎり、動かせたはずはありません。いいですか、みなさん。九代にわたってファーンリー家の者は、この人形を動かしているのはなにか見つけようとしてきたんです。そうだ、懸賞金を出しましょう。こいつの動かしかたを教えてくれた人《マン》には千ポンドさしあげます」

「男性《マン》でも女性《ウーマン》でもいいのかしら?」マデラインが言った。彼女が無理に笑おうとしているのがペイジにはわかったが、ゴアは真剣な表情で言った。

「男性でも女性でも子どもでも誰でもいい。現代のからくりを使わずに、こいつが披露された二百五十年ほど前と同じ条件で動かしたなら、男性にでも女性にでも、支払いますよ」

「気前がいいな」フェル博士が陽気に言った。「さて、人形を運びだして調べてみようじゃないか」

エリオットとペイジが人形の座っている鉄の箱をつかみ、いささか苦労して開かずの間から引っ張りだした。敷居を車輪が越えるとき、人形は頭を傾けてぐらぐら揺れた。髪の毛が抜けないかとペイジが不安になったほどだ。だが、車輪は驚くほどなめらかに動いた。重たげに軋《きし》む音とかすかなガタガタという音をさせながら、階段に近い窓から射す日光の下へ押していった。

「さて、説明してもらおうか」フェル博士が言った。

ゴアが人形を慎重に調べた。「まず、こいつの身体はぜんまい仕掛けでいっぱいです。おれは機械の専門家ではないから、すべての歯車やあれこれの部品が必要なものなのか、それとも飾りとしてついているものなのかはわかりません。一部は必要なものだとしても、ほとんどは見せかけだと思いますがね。とにかく、大事なのは身体に中身がぎっしり詰まっていることですよ。背中に細長い窓があります。いまでもここがひらくのなら、手を入れてみると――なんだ、引っ掻かれたぞ？」

顔色を変えてゴアは手をさっと引きもどした。夢中になっていたために、自動人形の鋭い手の近くで手を振っていたのだ。ゴアの手の甲は曲がった爪で傷をつけられ、血がにじんでいた。

ゴアは手を口にもっていった。

「このからくりめ！」彼は言った。「従順な人形が聞いてあきれる！　残りの顔も叩きおとしてやろうか」

「やめて！」マデラインが叫んだ。

ゴアがおもしろがった。「仰せのとおりにしよう。とにかく、警部――こいつのなかに手を突っこんでもらえますかね？　おれがはっきりさせておきたいのは、人形の中身は仕掛けが詰まっていて、誰もここに隠れることはできないということですよ」

エリオットはいままでどおり真剣な表情だった。背中の窓のガラスは失われて久しいようだった。懐中電灯の助けを借りて、機械を調べ、内部を手探りした。なにかに驚いたようだったが、口にしたのは多くなかった。

「ええ、そのとおりですね。なにかが入る余地はない。誰かが入ってこれを動かしていたという説があったわけですね?」

「この説だけは、どんな人でも考えつく。さてと、人形自体はこのくらいでいいでしょう。ほかのパーツと言えば、おわかりのとおり、人形の座っているソファです。見てくださいよ」

今度はさらにややこしかった。ソファ前面の左に、小さな取っ手がついている。ソファの前面いっぱいが蝶番《ちょうつがい》で留められた小さな扉のようにひらくのだと、ペイジは理解した。ゴアがこれをいじると、どうにか扉を開けることができた。箱の内部はむきだしの鉄で、ひどく錆にやられており、幅三フィート、高さは十八インチ程度だった。

ゴアがうれしそうに笑った。

「覚えておいでですか」彼は言った。「メルツェル作のチェスをやる自動人形の説明を。人形はいくつか並べられた大型の箱に座っています。箱にはそれぞれ小さな扉がある。実演する前に、見せ物師は扉を開けていんちきではないことを観客に知らせました。けれども、なかに小さな子どもが潜んでいたと言われていますね。この子どもは、箱から箱へと器用に移動したんです。見せ物師が巧みに扉を開ける動きに見事に連動するから、観客はどの箱もからっぽだと信じたのです。

似たようなことが、ここにある《金髪の魔女》についても噂されていました。けれども、この人形の場合、そんなことはあり得ないと観客たちが書き残しているんですよ。おれが指摘するまでもないことですが、そもそも、入っているとしたら、そりゃ小さな子どもでなくちゃならない。それに、見せ物師が子どもを連れてヨーロッパじゅうを旅して、誰にも気づかれないはずがありません。

《金髪の魔女》にはごく狭い箱がひとつ、扉もひとつきりです。しかも、この空間を手探りして、仕掛けがないことを確認するよう観客に求めたそうですよ。ほとんどの観客がそうしました。人形は支えなしでも立つことができ、主催者が準備した絨毯の上に立ちあがったそうです。動ける手段もないにもかかわらず、号令がかかると、われらが活潑なご婦人はシターンを受けとり、観客が挙げた曲目をなんでも弾いて、シターンを返し、観客と無言の身振りで会話をして、その時々にふさわしいおどけた仕草をしたんです。おれのご立派な先祖たちが喜んだのには疑問の余地もありません。ですがのちのご先祖様は、この人形の秘密を知るや、考えを変えて封印した――その秘密とはなんだったのか、いつもおれは考えてきたんです」

ゴアは人を見下すような態度をやめた。

「さあ、人形のからくりはなんなのか教えてください」

「まるで猿みたいな人！」モリー・ファーンリーが言った。口調は彼女にできるかぎりの柔らかなものだったが、両脇に垂らした手はぎゅっと握りしめている。「どんなことが起こっても、はしゃぐのをやめられないのですか。満足することはないの？　いくつになっても汽車や兵隊さんのおもちゃで遊びたいのかしら。ちょっともう、ブライアン、なんとかして。もう、こんなことには耐えられない。あなただってよくないわ。それに警部さん、あなたも。人形なんかいじりまわして、子どもが大勢いるみたい。気づいてらっしゃらないかもしれないけれど、ゆうべ人が死んでるんですよ」

「わかりましたよ」ゴアが言った。「話題を変えるとしましょう。その件のからくりはなんなのか教えてください」

「あなたはもちろん、自殺だと言うんでしょ」

「マダム」ゴアが絶望したような素振りで言った。「おれがなにを言ったところで、なにも変わりませんよ。どう転んでも、誰かがおれの喉元めがけて飛びかかってくる。おれが自殺だと言えば、AとBとCに猛攻撃される。他殺だと言えば、DとEとFに袋だたきにされる。事故だと提案することもできませんね。GとHとIの怒りを買ってしまいますから」

「あなたってとてもお利口さんね。それでエリオット警部、あなたはどうお考えなんですか?」

エリオットは誠実な人柄が窺える口調でしゃべった。

「レディ・ファーンリー、わたしはこれまでに体験したことのない困難な仕事にあたって、自分にできることを精一杯やろうとしているだけですよ。あなたがたの誰ひとりとして協力的な態度ではありませんがね。ちゃんとご覧になってください。ちょっと考えれば、このからくり人形が事件に非常にかかわりがありそうだと見てとれるはずです。感情的にお話しになることはやめていただきたい。このからくりには、ほかにもなにかあるはずです」

エリオットは人形の肩に手を置いた。

「ゴアさんが言われたように、人形の内部のぜんまい仕掛けが飾りかどうかはわかりません。警察にもちかえって調べてみたいところですね。二百年以上が経過してからも、仕掛けが動くものなのかは、なんとも言えません。でも、その年代の時計がまだ動いているという例もあるのですから、これも動かないとは言い切れません。ところで、背中を覗いて、わかったことがあります。このなかのぜんまい仕掛けには、最近、油を差した跡がありますね」

モリーが顔をしかめた。

「それがどうかしたんですか」

「ずっと考えていたのですが、フェル博士、あなたは――」エリオットが振り返った。「おや！　どこにいるのですか、博士？」

なにが起こってもふしぎはないというペイジの確信は、あれだけ目につきやすい博士の巨体が消えたことでさらに強まった。彼はまだ、たいていの場合なにか意味のないことに夢中になっているフェル博士が、ある場所から消えたかと思うとほかのどこかに現れるという癖に慣れていなかった。今回博士のエリオットへの返事は、開かずの間の明かりだった。フェル博士がマッチを続けざまに擦って、目をぱちくりさせながら下のほうの書棚をじつに熱心に見ていたのだ。

「なんだ？　もう一回言ってくれんか？」

「いまの説明をちゃんと聞いていましたか？」

「ああ、あれか？　オッホン、まあ聞いていたよ。ここの家族が何世代にもわたって失敗してきたことに自分が成功できるなどとは言えんが、最初の見せ物師がどんな服装だったか、ぜひとも知りたくてな」

「服装ですか？」

「ああ。むかしから、手品師の衣装は極端に印象に残らないくせになにかある、というような気がいつもしていたんだよ。ところで、この書棚をあれこれ調べておったんだが、成果はあったと言うか、なかったと言うか――」

「どんな本がありましたか？」

「めずらしい本を蒐集した場合にありがちな平凡なコレクションさ。ただ、わしも初めて見る魔女裁判の本が何冊かある。それからこの自動人形がどうやって披露されたか記したらしいものを見つけた。これを貸してくださらんか？　ああどうも、ありがとう。だが、とくに見せたいのはこれだよ」

ゴアがおもしろがって、瞳をいたずらっぽく輝かせていると、博士は古びた木箱を手にして、騒々しく開かずの間から現れた。そのとき、屋根裏が人でいっぱいになったようにペイジは感じた。

ケネット・マリーとナサニエル・バローズがどうやら辛抱しきれなくなったらしく、一行を追って屋根裏にあがってきたのだ。バローズの大きな眼鏡、マリーの細長い落ち着いた顔が、跳ね上げ戸から現れたかのように、屋根裏へ続く階段に見えた。一瞬、ふたりはたじろいだ。フェル博士が木箱をカタカタと揺らしつつも、できるだけバランスを取りながら、自動人形のソファの狭い縁にのせた。

「さあ、人形を支えて！」博士が語気鋭く言った。「ここの床はだいぶ傾いておるから、こいつに転がられて、もろとも下の階へ落っこちるはめになるのはご免だよ。さあ見てみよう。長年の埃がかなりたまっておるじゃないか?」

箱のなかには、おもちゃのガラスのビー玉がたくさん入っていた。それから、握りが着色された錆びついたナイフ、釣りの毛鉤《けばり》がいくつか、小さいが重たい鉛の玉に大きなフックを花束のような恰好に四つ溶接したもの、そして不釣り合いな、何年も前の女性のガーター。だが、一同はこれらを見てはいなかった。注目していたのは、一番上にあったものだった。表も裏も顔になった仮面。針金に羊皮紙を張って作ったもので、ヤヌスの顔らしい。黒ずんで縮み、目と鼻と口はなかったが、フェル博士はこの点にふれなかった。

「ぞっとするわ」マデラインが囁《ささや》いた。「でも、これはいったいなんなのかしら?」

「神の面だよ」フェル博士が言った。

「なんですって?」

「魔術の集会で司祭長がかぶった仮面だよ。魔術にかんする本の読者の大半、そのうえそれを執筆する者の一部でさえも、それが本当はどんなものかまったく理解しておらん。ここで講釈を垂れるつもりなどない。だが、ここに見本があるからの。悪魔信仰はキリスト教の儀式を邪悪に模倣したものだったんだよ。だが、もとをたどれば偶像崇拝にいきあたる。その神はふたり。まず、ふたつの顔をもつヤヌスはすべての始まりと岐路を司《つかさど》る神。それからダイアナ。多産と純潔、相反する両者の神だ。司祭長の男性——女性の場合もあったが——はサタンの山羊《やぎ》の仮面か、ここにあるような仮面をかぶったんだ。やれやれ!」

博士は人差し指と親指で仮面を弾いた。

「あなたはこうしたことを、ずっとほのめかしていましたね」マデラインが静かに言った。「こんなことを伺ってはいけないんでしょうけど、はっきり訊いてもいいでしょうか。こんな質問をするだけで、非常識かもしれませんが。このあたりに悪魔信仰の集団がいるとおっしゃりたいんですか？」

「あれは冗談だよ」フェル博士が大きな秘密を打ち明けるような表情できっぱりと言った。「答えは、否だ」

間が空いて、エリオット警部はあたりを見まわした。あまりに驚いたので、証人たちの前でしゃべっているのを忘れていた。

「落ち着いてくださいよ、博士！　本気で言ってるはずがない。証拠は——」

「本気だとも。この証拠には本気にするだけの値打ちはない」

「ですが——」

「ああまったく、どうして、わしはもっと早く気づかんかったか！」フェル博士が息まいた。「わし好みの事件なんだが、やっと答えを思いついた。なあ、エリオット、《壁掛け地図》での邪悪な集会などなかったのさ。山羊笛や夜中のどんちゃん騒ぎなども存在しなかった。まともなケント州の人々は、そのような常識はずれのバカげたことに誘惑されちゃおらんよ。きみが証拠を集めはじめたとき、どうも喉になにか引っかかったような気分になったが、ようやく汚れた真実が見えた。エリオット、この事件には歪《ゆが》んだ魂の持ち主がひとりいる。ひとりだけだ。

人の気持ちを踏みにじることから殺人にいたるまで、なにもかも、そのひとりの仕業《しわざ》だ。真相のすべてをタダで教えてやろう」

マリーとバローズが床を軋ませながら一同にくわわった。

「興奮しているようだね」マリーがそっけなく言った。

博士は決まり悪そうな表情を浮かべた。

「まあ、多少な。まだわかっていない点もある。だがな、事の始まりはわかっているから、そのうちはっきりしてくるはずだよ。問題は――そう、動機だな」博士は遠くを見つめた。その瞳にかすかなきらめきが現れた。「それにな、このトリックはかなり奇抜だ。これまでに聞いたことがないほどにな。率直に言って、悪魔信仰そのものは正直で可愛げがあるくらいだよ。この、とある人物が作りあげた知的な遊戯に比べればな。それでは失礼するよ、紳士淑女のみなさん。庭で調べんといかんことがあってな。警部は先を続けてくれ」

博士がドシドシと階段へむかってから、エリオットはようやくわれに返った。そこで何事もなかったかのようにふるまい、活溌になった。

「さてと。どうされましたか、マリーさん」

「自動人形を見たかったんですよ」マリーは刺々《とげとげ》しく答えた。「身元確認の証拠を提出してからはお役ご免になったらしい。わたしはどうも蚊帳《かや》の外ですね。これが《金髪の魔女》ですか。わたしも木箱を見せてもらってよろしいでしょうかね?」

マリーは木箱を手に取り、揺らしてみてから、うっすらと埃を浮かびあがらせている、窓から射す日光へ近づけた。エリオットがマリーを見つめた。

「この手のものを、以前にご覧になったことがありますか？」

マリーは首を横に振った。「この羊皮紙の仮面のことは聞いたことがありますよ。だが、実物を見るのは初めてです。ふしぎに思っていたんですが——」

自動人形が動いたのは、そのときだった。

今日に至るまで、誰も人形を押さなかったとペイジは誓うことはできる。もっともこれは真実かもしれないし、そうでないかもしれない。階段にむかってなだらかな勾配になっている軋む床の上で、七人が肘をつきあわせて人形をかこんでいたのだ。窓からの日射しはかなり弱く、一同の注目は、《金髪の魔女》に背をむけたマリーが右手にもった箱へ集まっていた。もしも手や足や肩が動いたりしても、誰にもわからなかったはずだ。みなに見えていなかったが、ボロボロの人形はブレーキが外れた車のように、突然すすっと前に飛びだした。一同に見えたのは、重さ三百ポンドのガタガタと揺れる鉄の塊が手の届かないところへ突進し、火砲車のように階段へ突っ走っていくところだった。そして一同が聞いたのは、車輪がキーッと鳴る音と、フェル博士の杖がトンと床をつく音、そしてエリオットの叫び声だった。

「大変だ、下の人、気をつけて！」

続いて、人形が落ちていく凄まじい音。

ペイジは手を伸ばした。鉄の箱に指がふれたが、走っていく火砲車をとめようとしているようなものだった。それでも、ペイジのおかげでまっすぐに保たれた。ほうっておけば人形はひっくり返って横倒しになり、そのまま恐ろしい勢いで階段をガタガタと降りて途中のものすべてにぶつかったことだろう。圧倒的な重みは車輪にかかったままだった。はいつくばるように数段を降りたペイジは、階段のなかほどにいるフェル博士を目撃した。階段下のひらいたドアから日が射しこんでいる。このかぎられた空間で、フェル博士は一インチたりとも動けず、衝撃を防ごうとするかのように片手を投げだした。あわや衝突して大惨事というところで、黒っぽい人形はフェル博士すれすれをかすめていった。

だが、ペイジにはまだ先が見えた。それからの展開は誰にも予測できていなかっただろう。自動人形がひらいたドアから出ていくと、下の廊下に着地したのだ。車輪のひとつが外れたが、いかんせん勢いが強すぎた。一度がくんと揺れてから、廊下のむかいのドアにぶつかり、ドアを押しひらいた。

ペイジは階段をよろめきながら降りた。廊下のむかいの部屋からの悲鳴は聞くまでもなかった。その部屋に誰がいるか、当のベティ・ハーボトルがそこにいる理由、そしていま彼女を訪問したものがなにか、わかっているのだから。自動人形がとまって、騒音がやむと、小さな音が少しずつ聞こえてきた。ややあって、はっきりと蝶番の軋む音がして、キング医師が寝室から顔を出した。その顔は真っ白だった。

「上にいる連中、いったいなにをしているんだ?」

# 第三部

## 七月三十一日（金曜日）

# 魔女の起源

つまり、これこそが悪魔主義なのだと彼は考えた。世界が始まって以来、言われてきたような姿は、二次的なものだ。悪魔は自分の存在を立証するために、人間や獣の姿を借りる必要はない。人間の魂に居座り、抑制を取り去り説明のしようもない罪を犯させるだけでよいのだ。

――J・K・ユイスマンス『彼方』

# 14

翌日、サー・ジョン・ファーンリーの死についての検死審問がひらかれ、イギリスじゅうの新聞社の屋根を吹き飛ばすような騒ぎを巻きおこした。

エリオット警部はたいていの警官と同じく、検死審問が好きではない。これは職業的な理由からだ。ブライアン・ペイジもやはり好きではないが、これは芸術的な理由からだった。新事実がわかることなどけっしてなく、また手に汗握るなどということもめったにないし、評決が出ようがなにが出ようが、解決に一歩も近づくことがないためだ。

だが、七月三十一日の金曜日の午前中にひらかれたこの検死審問は、いつもとはちがっていた、そうペイジも認めるしかなかった。もちろん、始まる前から自殺という評決が出るとはわかりきっていた。それでも、第一の証人が十語もしゃべらないうちに、激しい口論が始まって大騒ぎとなり、エリオット警部がめまいを覚える結果となったのだった。

審問前の朝食の席で、ペイジはひどく濃いブラック・コーヒーを飲みながら、昨日の午後の出来事でまたひとつ検死審問がひらかれることにならずに済んでよかったと、神に感謝を捧げた。ベティ・ハーボトルは死ななかったのだ。だが、またもや《金髪の魔女》を見たものだから一時《いちじ》はあわやという状態に陥り、いまだに口はきけなかった。あれからは、エリオットの事情聴取が果てしなく続いてうんざりさせられた。〝あなたが人形を押したのですか?〟〝誓ってちがいます。誰がやったかもわかりません。傾斜した床の上で大勢歩いたためでしょう。たぶん誰も押していないのですよ〟云々。

それからフェル博士をまじえてパイプとビールをお供に夜更けまで話しこんだ際、エリオットが事件を要約した。ペイジはマデラインを自宅へ送って無理に食事をとらせ、ヒステリーが起きそうになるのをなだめてから帰宅し、一度に無数のことがらを考えようとしながら、警部の見解の結論に耳を傾けた。

「お手上げですね」警部はあっさりと言った。「わたしたちはなにひとつ証明できないのに、次から次へと事件が起こるじゃありませんか! まずヴィクトリア・デーリー殺害事件。犯人は流れ者かもしれないし、そうでないかもしれない。ほかにもなにか企《たくら》みのあった可能性がある。いまはその件を話し合う必要はないでしょうが。これが一年前の話。そして、サー・ジョン・ファーンリーが喉を切られて死亡した。ベティ・ハーボトルはなんらかの方法によって〝襲われ〟、屋根裏から階下へ降ろされる。彼女の破れたエプロンが屋根裏の開かずの間で発見される。指紋帳が消え、ふたたび現れる。最後に、からくり人形を下の階へ落としてあなたを故意に殺害しようという試みがなされる。助かったのは呼吸ひとつの差と神の恵みですよ」

「ああ、感謝はしておるよ」フェル博士がばつの悪そうな顔でつぶやいた。「あれは人生最悪の瞬間に入るな。振り返ったら、あのジャガンナート（インド神話、クリシュナ神の別名。これをのせた山車に轢かれると極楽往生できると信じられた）が迫ってきておったんだから。あれはわしが悪いんだ。しゃべりすぎたからな。だが――」

エリオットが厳しく問いつめるように話しかけた。

「それでも、博士、あれであなたは正しい道をたどっているのだとはっきりしたじゃないですか。殺人犯はあなたが知りすぎているとわかったんです。それがどんな道なのか、なにかお考えがあるのだったら、いまこそわたしに話すときですよ。なにか成果をあげないと、ロンドンへ呼びもどされてしまいます」

「すぐに話すとも」フェル博士がうめいた。「別に謎めかすつもりはないんだよ。きみに話してもいいが、結果的に正しかったとしても、なんの証明にもならん。それに、わしもまだ確信のもてない点もある。きみがそんなふうに推察してくれて、もちろん大いに光栄に思っとるよ。だが、あの自動人形が突き落とされたのは、わしをオダブツにする目的だったかどうか、いまひとつ納得できんところがある」

「では、どんな目的があったというんですか？　あのメイドをまた怯えさせるだけのために、あんなことをしたはずはありませんよ、博士。犯人には人形が寝室のドアを突き破るなどとは予想できなかったはずです」

「それはわかっとる」フェル博士が強情な口ぶりで言い、白髪まじりのモップのようなもじゃもじゃの髪を両手でかき乱した。「それでも、それでも証拠が――」

「わたしが気にしているのもそこです。いろいろと議論すべき重要な点があって、出来事があれこれと続いているというのに、ひとつとして立証できることがないんですから！　うちの警視のところへもっていって、〝こんな証拠があがりました〟と言えるものがひとつもないんですよ。ほかに解釈の余地がないという、手堅い証拠と言えるものがない。一連の出来事にどんなつながりがあるのか、それともそんなものは存在しないのかどうかも、証明できない。そこが真に壁となっています。それに、明日の検死審問のことを考えてください。警察のもつ証拠から、自殺に一票入れるしか――」

「検死審問を延期するわけにもいかんかね」

「もちろんです。通常であれば、延期すべきでしょう。こちらで殺人の証拠を手に入れるか、事件解決をあきらめるかするまで。ですが、最後にして最大の壁があるんです。こんな状態でさらに捜査を続けたとしてどんな見込みがあるでしょう。うちの警視はサー・ジョン・ファーンリーの死は自殺であると信じかけているし、検事だって同様です。バートン巡査部長が垣根で発見した折りたたみナイフに被害者の指紋が残っていたと知れば――」

これはペイジにとって初耳だった。自殺という棺に打ちこまれた最後の釘のようなものだ。

「――それで終わりです」エリオットがペイジの考えを裏付けた。「ほかに捜査する部分が残っていますか？」

「ベティ・ハーボトルはどうです？」ペイジが提案した。

「なるほど。ですが、彼女が回復して話をしたところで、どうなります？　開かずの間で何者かを見たと話したとして、その人物はなにをしていたんでしょう？　庭での自殺とどんな関係がありますか？　証拠はどこにあるんですか、ペイジさん？　指紋帳ですか？　指紋帳とお考えなら、あれを被害者がもっていたとする証拠などないのです。となると、その線で議論を進めてもだめだということになりませんか。感情的に事件を見てはいけません。法律的に見なければ。ほぼ確実にわたしは明日が終わる頃にはロンドンへ呼びもどされて、事件は迷宮入りになるでしょう。あなたもわたしも、ここで殺人があったことはわかっているのにのんびりしているものだから、男か女か不明ですが、犯人はいままでどおり悠々と過ごせるのですよ。誰かにとめられないかぎりはね。そしてどうやら、誰もとめられないようです」

「警部はどうなさるつもりですか？」

エリオットはビール半パイントを飲み干してから答えた。

「一度だけチャンスがあります。正式な審問のときです。疑わしい人物のほとんどが証言をすることになります。誰かが宣誓証言でうっかり失言するなんてことも、ないとは言い切れませんよ。たいして期待はできませんけどね。でも、そうした例も以前にはありましたから――ワディントン看護師の事件を覚えていますか？――またああしたことが起こるかもしれません。ほかに証拠があがらなければ、警察としてはそれが最後の望みです」

「検死官はあなたの思惑どおりにやってくれるでしょうか」

「どうでしょう」エリオットが考えこみながら言った。「あのバローズという弁護士がなにか隠している、それはわかりますよ。でも、わたしのところへ話しに来ようとはしないし、こちらも彼の意見を変えさせることができないでいます。検死官のところへなにか言いにいったらしいですけどね。検死官がバローズをとくに気に入ったわけではなかった。それは亡くなった自称ファーンリーのことも同じだったみたいです。そして検死官もこれは自殺だと思っています。でも、公平にやってくれますよ。そしてがっちり手を組んでよそ者に対抗するでしょう——つまり、このわたしに。皮肉なことに、バローズ自身は殺人だと証明したがっています。自殺の評決が出れば、ほぼ、自分の依頼人は偽者だったと証明することになりますからね。検死審問そのものが相続人捜しの楽しいひとときってことになるでしょう。評決はひとつしか考えられません、自殺ですよ。そしてわたしは呼びもどされ、捜査は終わるというわけなんです」

「まあまあ」フェル博士がなだめるように言った。「ところで、自動人形はいまどこにあるんだ?」

「なんですか?」

エリオットが不満をぶちまけるのをやめて、博士を見つめた。

「自動人形なら」彼は繰り返した。「戸棚に入れましたよ。あれが派手にぶつかったいまとなっては、くず鉄にするしか使い道がないんじゃないですかね。調べるつもりでいましたが、いまとなっては機械の専門家でも仕組みがわかるかどうか」

「そうだよ」フェル博士がそう言い、ため息をついて寝室用の蠟燭を手にした。「それこそ、犯人が人形を突き落とした理由だったのさ」

ペイジは眠れない一夜を過ごした。翌日は検死審問のほかにもいろいろとやることがあった。ナサニエル・バローズは彼の父のような男ではなかったから、葬儀の手配といったことまでペイジが仕切らねばならなかった。どうやらバローズにはほかにも厄介な問題があって忙しいようだった。それに、どこか安心できない雰囲気の屋敷にモリーをひとりで置いていいのかという問題もある。使用人たちほぼ全員が暇を取ることになったという不穏な知らせがあったのだ。

ベッドに入ってそんなことを考えていると、太陽がまぶしい光と熱を放つ朝がやってきた。九時には車が外を飛びかうようになった。マリンフォードでこれほどたくさんの車を見たのは初めてだ。新聞社とよそ者たちがどっとあふれかえる様を見て、ペイジはこの事件が外部の者をかくも引きつける騒ぎになっていたのだと気づいた。それが頭にきた。よそ者には関係ないことじゃないか。いっそ、ブランコや回転木馬でも設置して、ホットドッグを売ったらどうだ。よそ者たちは《雄牛と肉屋亭》に群がっていた。ここの〝ホール〟——かつてホップ摘み労働者が浮かれ騒ぐために建てられた長い小屋——で検死審問がおこなわれることになっていた。道端ではたくさんのカメラのレンズに日光が反射していた。女たちも集まってきていた。ラウントリーじいさんの犬が誰かを追いかけてチェンバーズ少佐宅の私道まで追いつめ、午前中はずっと興奮して吠えたてていて、静かにさせることはできなかった。

こうしたなかで、地域の住民たちは批評などはせず、どちらの味方につくこともなかった。田舎の生活では、みんな多少なりとも他人に頼って生活している。世話になったり、世話したり。このような事件では騒がずに事がどうなるのか見極めて、評決がどうであれ問題が丸く収まるようにする。だが、外の世界からは〝長年留守だった相続人が殺害されたのか、それとも偽者が殺害されたのか?〟と書きたてられるような騒ぎが押し寄せてきていた。暑くなってきた午前十一時に、検死審問が始まった。

天井が低く、細長くて暗い小屋は人でいっぱいだった。ペイジは糊をきかせたカラーをつけてきてよかったと思った。検死官は率直な人物で、ファーンリー家の者から難癖をつけられてもはねつけるとの決意をもって、広い机の書類の山の奥に腰を下ろした。証言台は左手だった。

まず最初に、遺体の身元を確認する証拠が未亡人のレディ・ファーンリーによって提出された。ごく些細な形式上のものであるはずなのだが、この手続きにさえも問題が起こった。モリーが話しはじめたかどうかというところで、フロックコートの胸にクチナシの花をつけたハロルド・ウェルキンが依頼人の代理として立ちあがったのだ。ウェルキンは、専門的な観点からこの身元確認には異議を申し立てざるを得ないと主張した。死者は実際にはサー・ジョン・ファーンリーではないからだ、と。さらには、故人がみずから死を選んだのか、あるいは殺害されたのかを決定するために、これはもっとも重要な点であるから、検死官も注意をしてほしいと丁寧に訴えた。

それから長い議論が続き、冷静でありながらもどこか憤慨したバローズの助けを借りて、検死官は極めて適切にウェルキンをやりこめた。だが、ウェルキンは押されながらも、みなを納得させられる態度で抗弁した。彼の言うことには一理あった。一同を自分のペースにのせた。

誰もがわかる実際の戦争用語を使って説明した。

検死官から故人の心理状態について質問があり、これにはモリーが答えることになった。丁寧にモリーは扱われたが、検死官は事件解決に必死だったから、モリーもひどく興奮してきているように見えた。検死官は次に遺体発見者を証人台にあげるはずだったのだが、かわりにケネット・マリーが呼ばれたので、事がどうなっているのかペイジにも呑みこめてきた。マリーはすべてを語った。マリーは穏やかではあるが力強く語ったため、故人が偽者だったことは指紋で人を特定するようにはっきりと浮かびあがった。バローズはことあるごとに争ったが、検死官を怒らせただけだった。

遺体発見の証言はバローズとペイジがおこなった。ペイジは証言台での自分の声がまるで他人の声のように思えた。それから法医学関連の証言人が呼ばれた。セオフィラス・キング医師が七月二十九日の水曜日の夜に、バートン巡査部長からの電話の呼び出しに応じてファーンリー邸へむかったことを証言した。医師は検死の事前調査をやって、この男が死亡していることを確認した。翌日、遺体は安置所へ移され、検死官の指示のもと検死がおこなわれた結果、死因が突きとめられた。

検死官：さて、キング医師。故人の喉にあった傷について説明願えますか？

医師：浅い傷が三本、喉の左側からやや上向きに走って右のあごの角で終わっている。うち二本は交差していた。

検死官：凶器は左から右へ動かされたということですね？
医師：そうだ。
検死官：自殺しようとする男が、みずからもった凶器でこのような傷をつけられますでしょうか？
医師：右利きであればあり得る。
検死官：故人は右利きでしたか？
医師：わたしの知るかぎりそうだったよ。
検死官：故人がこのような傷を自分にくわえることは不可能だと思われますか？
医師：そんなことはない。
検死官：傷の性質からみて、どのような凶器が使用されたとお考えですか？
医師：長さ四、五インチのノコギリ状の、あるいは不揃いな刃物によるものだろう。組織にひどい裂傷があるからね。ただ、正確に答えることは困難な質問だ。
検死官：ご尽力に大変感謝しておりますよ、先生。いずれ証人からも話を聞きますが、遺体の左側、十フィートほどのところから先生がおっしゃったような刃のナイフが発見されております。そのナイフをご覧になりましたか？
医師：ええ。
検死官：先生のご意見では、問題のナイフは、あなたが先ほど説明されたような故人の喉に残っていた傷をくわえることは可能でしょうか？

医師：わたしの意見を申し上げるならば、可能だ。
検死官：最後の質問です、先生。細心の注意を払ってお答えいただきたい。ナサニエル・バローズ氏が、倒れる直前の故人は家に背をむけて池の縁に立っていたと証言しています。バローズ氏にそのとき故人はひとりであったか、そうでなかったか、どちらかはっきりするよう強く求めましたが、断言することはできないと話しています。仮に――仮にですよ――故人がひとりであったとしたら、このように十フィート離れた場所へ凶器を投げることは可能だったでしょうか？
医師：身体能力からいって、じゅうぶん可能だろう。
検死官：故人が右手に凶器を握っていたとしましょう。この凶器が右ではなく、左に投げられたことは問題ないでしょうか。
医師：瀕死の男が発作的にどんな動きを取るかまでは、推測することはできないね。そうしたことも、身体的には可能だとしか言えない。

このように断定的に話が進んだため、アーネスト・ウィルバートソン・ノールズの話に異論は出なかった。誰もがノールズを、その好き嫌いや性格を知っている。誰もが彼を数十年も見てきたが、腹黒いところはなにもなかった。彼は窓から見たものについて話をした。固められた砂できっちり縁取られた池のまわりに故人はひとりでいたこと。殺人は不可能だったこと。

検死官：目撃したことから、故人は自分の命をみずから奪ったと納得しているのですね？
ノールズ：残念ながら。
検死官：では、右手に握られていたナイフが、右ではなく左へ投げられた点についてどう説明するのですか？
ノールズ：お亡くなりになった紳士の身振りを正しく説明できるかどうか、自信がございません。最初はできると思っていたのですが、何度も考えていると自信がなくなってまいりました。すべてがあっという間の出来事でしたし、仕草にはなんの意味もなかったのかもしれません。
検死官：では、故人がナイフを実際に投げたところは見ていないんですね？
ノールズ：いいえ、見たような気がしております。

「ほほう！」という声が傍聴席からあがった。まるでトニー・ウェラー（ディケンズ『ピクウィック・クラブ』の登場人物）がどなったような声だったが、じつはそれはフェル博士で、暑さにゆだって顔を赤くし、審問のあいだずっと寝息をたてていたのだった。

「静粛に！」検死官が叫んだ。

未亡人の代理人を務めるバローズから反対尋問を受けると、ノールズは故人がナイフを投げたのを見たと誓うことはできないと答えた。視力はよいが、極めて優れているというほどではないという。ノールズらしい誠実な態度は陪審員の共感を得た。ノールズが印象から話をしただけであり、まちがいの可能性もゼロではないと認めると、バローズもそれ以上は追及できなかった。

そして締めくくりとして、故人の行動にかんする証拠についてお決まりの警察の証言が続いた。暑い小屋のなかで、鉛筆が蜘蛛の脚のように何本も動いている。故人は偽者であったことが事実上、決定された。本物の相続人であるパトリック・ゴアに視線が投げかけられる。さっとむけられた視線、値踏みするような視線、ためらうような視線。親しげな視線さえもあり、そうしたなかでもゴアは顔色を変えず落ち着いていた。

「陪審員のみなさん」検死官が言った。「もうひとり、話を聞きたい証人がいます。もっとも、わたしも証言の内容についてはまだ知らないのですが、バローズ氏と証人自身の要請なのです。この証人は重要な証言をするとのことで、陪審員のみなさんの骨の折れる義務の助けになるものと信じております。ミス・マデライン・デインを証言台へ」

ペイジは腰を浮かした。

とまどった人々のざわめきが法廷に満ちた。記者たちはマデラインが正真正銘の美女であることにたちまち関心を示した。彼女が証言台でなにを話すつもりなのか、ペイジにはさっぱりわからなかったが、いたたまれない気持ちにはなった。マデラインのために証言台へ道が開けられ、検死官から聖書を手渡されると、彼女は緊張しているがはっきりとした声で真実を語る誓いを立てた。遠縁の者の喪に服しているかのような、瞳の色と同じ、濃い青の服と帽子というでたちだ。極度の緊張を少し和らげた。陪審員たちの強い緊張や虚栄心もなくなった。彼らが実際にマデラインへ笑いかけているわけではなかったが、それに近いものはあるとペイジは感じた。検死官でさえも彼女の世話を焼き、男たちのなかでマデラインは文句なしの人気者となった。法廷になごやかな空気が流れた。

「もう一度お願いします。法廷では静粛に!」検死官が言った。「さて、お名前をよろしいでしょうか」

「マデライン・エルスペス・デインです」

「お歳は?」

「さ……三十五歳です」

「ご住所はどちらになりますかな、ミス・デイン?」

「フレットンデン近くのモンプレジール荘です」

「さて、デインさん」検死官がはきはきと、だが優しい口調で言った。「故人について証言されたいとのことですが、どういった内容なのでしょう」

「ええ、ぜひ、お話ししたいんです。ただ、どこから話せばいいのかとてもむずかしくて」

「どうやら、わたしがデインさんをお助けしたほうがよろしいようです」バローズが汗をかきながらも、威厳をにじませて立ちあがった。「デインさん、それは――」

「バローズさん」我慢できなくなった検死官がぴしゃりと言った。「あなたはご自分の権利にもわたしの権利にも敬意を払わずに、この審問のじゃまばかりしています。わたしには耐えられませんし、そのつもりもありません。あなたが証人へ質問できるのは、わたしが尋問を終えてからです。わたしが質問しているあいだは黙っていなさい。さもないと、本法廷から出ていってもらいます。さて、デインさん？」

「どうか、喧嘩はなさらないで」

「喧嘩をしてはおりませんよ。本法廷へ敬意を払うよう指示しているだけです。故人がどのように死に至ったか結論づけるために集まった法廷に。たとえ一部の新聞社からなんと言われようが」――ここで検死官は記者たちに視線を送った――「その敬意を保つために全力を尽くします。さて、デインさん、おっしゃりたいこととは？」

「サー・ジョン・ファーンリーについてです」マデラインがせつせつと言った。「それから彼がサー・ジョン・ファーンリーだったか、そうでなかったか。彼がなぜあれほど熱心に相続権主張者とその弁護士を受け入れようとしたのか説明したいのです。なぜ彼があの人たちを屋敷から追いださなかったか、なぜ、進んで指紋の採取をしたがったのか。ええ、そのどれもが、彼の死因を決めるお役に立つと思います」

「デインさん。故人がサー・ジョン・ファーンリーだったかどうかについて、たんに意見を述べたいだけならば、ここはそうした場ではないことを――」

「そうではございません。彼が本物だったかどうか、わたしは知りません。でも、それは本当にぞっとすることなんです。だって、彼は自分でもわかっていなかったんですから」

# 15

ほの暗い部屋のなかがざわついた。まだ誰もマデラインの証言の意味はわかっていなかったが、いまがこの日のクライマックスだとはみな感じはじめていた。検死官は咳払いをして、警戒した操り人形のように頭を傾げた。

「デインさん、ここは公判廷ではありません。審問の場です。あなたへお好きなように証言する許可はしましたが、それは内容がわたしたちの役に立てばの話です。ですから、いまのはどのような意味なのか説明していただけませんか?」

マデラインが深呼吸をした。

「わたしの説明をお聞きになれば、どれだけ重要なことかはおわかりいただけます、ホワイトハウスさん。ジョンがわたしに打ち明けた経緯は、みなさんの前では申し上げられません。でも、あの人も誰かに秘密を打ち明けないとやっていられなかったんでしょう。レディ・ファーンリーには、彼女をあまりにも大切に思っていましたから、話せないでいました。それが問題の一部でもあったんです。あの人は時々恐ろしいほど不安を募らせたので、具合が悪く見えたことが、村のみなさんにもあったかもしれません。わたしはたぶん秘密を打ち明けるには安全な人間だと思われたんでしょう」――マデラインはとまどいながらも笑おうとし、額に皺《しわ》を寄せた――「ですから、そういうことだったのです」

「と言われると？　どういうことだったのですか、ミス・デイン」

「あなたは一昨日の夜の集まりについて、みんなに詳しく証言をさせましたね。相続権を巡る言い争いと指紋を採ったことについて」おそらく無意識にだろうが、マデラインは語気を強めて言った。「わたしは同席していませんでしたが、そこにいた友人からすっかり話を聞きました。その友人の話では、一番印象に残ったのはふたりとも、指紋を採ったときもそのあとも、絶対の自信をもっていたことだそうです。かわいそうなジョンが――失礼、サー・ジョンですね――少しでも笑顔になったり、緊張を解いたりしたように見えたのは、現れた男がタイタニック号でのひどい経験や水夫の木槌で殴られたことを話していたときだけだと」

「なるほど、それで？」

「サー・ジョンから数カ月前に聞いたことをお話しします。タイタニック号の惨劇のあと、まだ少年だった彼はニューヨークのベッドの上で目覚めました。でも、そこがニューヨークだということも、タイタニック号のことも、彼は理解できませんでした。自分がどこにいるかも、どうやって病院に運ばれることになったのかも、自分が誰かさえもわかっていなかったのです。偶然なのか悪意ある誰かにやられたのか、沈没のときに何度か頭を強打して脳震盪を起こし、記憶喪失になったのです。どういうことかおわかりですね？」

「よくわかりますよ、デインさん。続けてください」

「衣類や身につけていた書類から、ジョン・ファーンリーと身元は確認されていると彼は聞かされました。病院のベッドのかたわらには男性が立っていました。お母さんの従兄弟《いとこ》です。ややこしいですが、おわかりになりますね――その人から、よく眠って身体を治せと言われたそうです。

でも、その年頃の男の子がどんなものかおわかりでしょう。とても怖くてたまらなかったんです。自分のことがなにひとつわからないんですもの。しかも、なによりもいけなかったのはその年頃の男の子らしく、自分の頭がおかしいんじゃないかとか、具合が悪いんじゃないかとか、ひょっとしたら刑務所に入れられるんじゃないかなどと恐れてしまい、誰にもそれを言えなかったことです。

彼は聞かされたとおりなのだろうと考えたそうです。自分はジョン・ファーンリーではないと疑う理由はありませんでした。自分について真実が語られていないと疑う理由もありません。叫び声や混乱、外の空気と寒さなどの記憶はうっすらとありました。けれども、覚えているのはそれだけ。ですから、その話は誰にもしなかったそうです。コロラドからやってきたお母さんの従兄弟のレンウィックさんにも、すべてを覚えているようにふるまったとか。レンウィックさんも疑うことはありませんでした。

サー・ジョンは何年もその小さな秘密を抱えてきました。日記を読み返しては、記憶を取りもどそうとしました。ときには、両手で頭を抱えて集中し、何時間でも腰を下ろしていたと話していましたよ。時折、誰かの顔や出来事をぼんやりと思いだすこともあったみたいです、水中を見つめているような感じで。そうしていると、なにかがよくなかった気分になったそうです。はっきりそうと認識できたのは、イメージではなくて言葉でした。それは蝶番《ちょうつがい》、曲がった蝶番という言葉です」

トタン屋根の下で、傍聴人たちは人形のように身動きひとつせず座っていた。ささやき声もしない。襟元のカラーが湿ってきて、心臓が腕時計のように音をたてているのをペイジは自覚した。くすんだ日光が窓越しに射しこんできて、マデラインはその光を目の端に受けて瞬《まばた》きした。

「曲がった蝶番ですか、デインさん？」

「はい。意味はわかりません。本人もわかっていませんでした」

「続けてください」

「コロラドで過ごした最初の数年、彼はなにかいけないことが見つかれば、自分は刑務所にいれられると心配していました。文字は書けませんでした。遭難したときに二本の指がほとんど砕かれてしまい、ペンをきちんともてなかったのです。それに故郷に手紙を書くことを恐れていました。だから、一度も手紙を寄こさなかったんですよ。それに、お医者に診てもらって自分は頭がおかしいのだろうかと訊ねることも、恐れていました。そのとおりだと言われはしないかと怯えていたんです。

もちろん、時が流れるにつれて、不安は薄れていきました。よくある不幸な出来事なのだと自分を納得させたんです。それに世界大戦なども起こりましたものね。それでついに、精神科医の診察を受けてみると、心理テストをいくつも受けた結果、本物のジョン・ファーンリーだからなにも心配することはないと言われたそうです。でも、恐怖がなくなることはなかったみたいです。もうそんなことは忘れてしまったときでも、夢に見たということですから。

かわいそうなダドリーが亡くなって、ジョンが称号と土地を相続すると、その不安がすべて甦《よみがえ》ってきたんです。イギリスに帰ることになったあの人は――どう説明したらいいでしょう？――知りたかったことがわかるかもしれない、そこだけに興味をもったのです。ようやくこれで記憶を取りもどせると思ったんですね。でも、取りもどせませんでした。あの人が幽霊のように歩きまわったことを、みなさんご存じでしょう。自分が幽霊なのかどうかさえわからない、かわいそうな幽霊のように。あの人がどれだけ神経質だったかはみなさんもよくご存じでしょう。あの人は地所の隅々までを愛していました。いいですか、彼は自分がジョン・ファーンリーではないなんて本当に思っていなかったのです。でも、はっきりと知る必要があったんですよ」

マデラインがくちびるを噛みしめた。

彼女の輝く瞳はやや険しくなって、どこを見るともなく傍聴席にむけられた。

「落ち着かせようと話をしたものです。あまり思い詰めないように言いました。そうすれば、たぶんいつか思いだすからと。あの人が思いだしやすいように気を配り、そのうえ本人が自分で思いだしたのだと考えるよう工夫しました。たとえば、夜遅くに蓄音機で《汝、美しき貴婦人よ》を流して、子どもの頃にその曲に合わせて踊ったことを思いださせようとしたり。家の人しか知らないような仕掛けを使ってみたりもしましたね。読書室の窓の横に、壁に造りつけになった扉つきの書棚があるんですが、それはただの書棚ではなくて、外壁にドアが隠されていて庭に出ることができ、正しい掛け金を見つけられたら、いまでもひらくんです。わたし、彼に正しい掛け金を捜させました。それからは彼、夜にぐっすり眠れるようになったと話していましたよ。

でも、やっぱりはっきりさせたかったんですね。たとえ自分がジョン・ファーンリーではないとわかっても、本当のことがわかればそれでいいと言うんです。自分はもう手のつけられない若者ではないのだからと。きっと冷静に対処できる、それに真実を知ることがこの世の中でなによりすばらしいことだと話していました。

ジョンはロンドンへ行き、さらにふたりの医者の診察を受けました。わたし、そのことをちゃんと知っているんです。それだけじゃなく、ハーフムーン・ストリートのアーリマンといって、その頃大人気の、霊感があるとかいうひどく小柄な人にまで相談したのですから、ジョンがどれだけ不安がっていたか、おわかりいただけるでしょう。ジョンったら、運勢を占ってもらうという名目でわたしたちを大勢この人のところへ連れて行って、敢えて結果を笑いとばすふりをしていました。でも、彼はこの占い師にすべてを話していたんです。

それでもジョンはまだこの土地を歩きまわっていました。よくこう言っていました。〝わたしは立派な管理人じゃないか〟と。実際そうでしたでしょう？　それに教会にもよく足を運んでいました。賛美歌がとにかく好きで、たまに《日暮れて四方《よも》は暗く》が歌われると――いえ、それは関係ないことですがともかく――あの人は教会に寄って、壁を見あげてこう言ったものです。自分の思いどおりにできるなら……」

マデラインは黙りこんだ。

呼吸が深いため、胸は大きく上下している。視線は傍聴席の最前列に固定され、肘掛けに置かれた両手の指を広げている。結局のところは蒸し暑い小屋でできるだけの擁護をしている女性に過ぎなかったが、このときのマデラインは根のように深く、心臓のように力強い情熱的なところと神秘的なところが混在しているように見えた。

「ごめんなさい」マデラインは出し抜けに言った。「こんなことはお話ししないほうがよかったようですね。とにかく、審問には関係なさそうだわ。関係のないことで時間を無駄にしたのでしたら、お詫びを――」

「ここでは静粛にお願いします」検死官は騒がしくなっていく傍聴席へさっと顔をむけて言った。「関係のないことで時間を無駄にされたのかどうか、それはなんとも言えません。ほかに陪審員に話すべきことはありますか?」

「あります」マデラインが陪審員のほうをむいて言った。「もうひとつだけ」

「どんなことですか?」

「わたしは相続権主張者と弁護士のことを聞いて、サー・ジョンがなにを考えていたかわかりました。みなさんも、あの人がずっと気にかけていたのはなにか、おわかりになりますよね。あの人の考えを一歩ずつ、口にした言葉もひとつずつたどることができると思います。相続権主張者がタイタニック号の沈没したとき水夫の木槌で殴られた話を聞いて、サー・ジョンがほほえんだ理由や、ひどく安心した理由がもうおわかりですね。なぜかって、脳震盪を起こして二十五年ものあいだ記憶をなくしていたのは、あの人のほうだったんですもの。

でも、早まらないでください！　なにも、相続権主張者の話が本当ではないと言っているんじゃないのです。わたしにはわからないことですし、決めつけるつもりもありません。でも、サー・ジョンは――生きていなかったように、みなさんが自然と故人と呼んでいるその人――とても本当だとは思えない話を聞いても、とにかく安心したにちがいないのです。自分の夢がとうとう実現して、身元が証明されるとわかったんですから。指紋のテストを歓迎した理由も、彼が誰よりもそれに熱心だった理由も、もうおわかりですね。それにテストの結果が知りたくてうずうずしていた理由や、とにかく興奮して緊張していたわけも」

マデラインは肘掛けをぐっと握った。

「お願いです。わたし、自分がとんでもない話をしているのはわかっていますが、どうか、わかっていただきたいんです。本物か偽者かはっきりさせることが、サー・ジョンの人生のひとつのゴールだったと。もしも本物のサー・ジョン・ファーンリーであれば、人生そのもののゴールまでしあわせに過ごせたでしょう。自分が偽者だとしても、本当のことがわかったのならば、それでよかったはずです。サッカー賭博で勝つようなものだったんですよ。みなさん、六ペンスを賭けたときは、何千ポンドも儲かるんじゃないかと考えるでしょう。自信満々で、確実に勝つと思ってる。でも、本当は結果を知らせる電報が来るまではたしかじゃない。電報が来なければ、こう思うでしょう――〝まあ、こんなこともあるさ〟――そして忘れてしまいます。ジョン・ファーンリーがそうだったんです。あの人にとってこれはサッカー賭博だった。彼の愛した何エーカーもの土地がかかったサッカー賭博。尊敬と名誉とこの先の安らかな夜の眠りがかかったサッカー賭博。責め苦の終わりと未来の始まりがかかったサッカー賭博。あの人はこれで自分は勝ったと信じていたはずです。それなのに、みなさんは彼が自殺したと証明しようとしている。そんなこと、一瞬だって考えないでください。分別をもってほしいのです。指紋テストの結果がわかる三十分前に、そんな彼が自分で喉を切るだなんて信じられますか?」

マデラインは両手で目元を覆った。

まさに大騒ぎとなった傍聴席を検死官が静めた。ハロルド・ウェルキンが立ちあがった。ペイジはウェルキンのてかった顔がかすかに青ざめていることに気づいた。ウェルキンは走ってきたかのように息を切らしてしゃべった。

「検死官閣下。裏付けのない個別的訴答としては、いまのはまちがいなく大変おもしろいものでございましたな」彼は棘《とげ》を含んだ口調で言った。「閣下の務めについて繰り返すような、出過ぎたことはいたしません。この十分間にまったく質問がなされなかったことを指摘するほど、出過ぎたこともいたしません。ですが、こちらのご婦人の途方もない証言が完全に終了したのであれば——この証言は、故人がわたしたちの思っていた以上に大胆な詐欺師だったという真実を明らかにしつつありますが——本物のサー・ジョン・ファーンリーの弁護士として、反対尋問をお許し願いたいのです」

「ウェルキンさん」検死官がふたたび顔をさっとウェルキンのほうへむけて言った。「質問してよろしいときはこちらから許可を出しますから、それまでは黙っているように。さて、デインさん――」

「ウェルキンさんに質問させてください」マデラインが言った。「あの人は、先ほどお話ししたエジプト人のアーリマンの家で見かけた覚えがあります。ハーフムーン・ストリートです」

ウェルキンはハンカチを取りだして額を拭いた。

そして反対尋問がなされ、検死官が概要をまとめた。エリオット警部は別室へ行き、こっそりサラバンドを踊った。陪審員はこの事件をすぐさま警察の手にゆだねることにした。ひとりまたはひとり以上の不明の人物による殺人との評決がくだったのだ。

## 16

アンドルー・マッカンドルー・エリオット警部はかなり上等の白ワインのグラスを掲げると、これをじっと見つめた。

「デインさん」彼は迷わず言った。「あなたは生まれながらの政治家です。いや、外交官と言うべきでしょうか。そのほうが聞こえがいいから――まあなんとなくなのですが。あのサッカー賭博のくだりはまさしく天才的でしたよ。六ペンスの賭けと思いこみのたとえで、陪審員にわかりやすく訴えられました。どうやってあんなことを考えついたんですか?」

長く続く暖かな夕焼けのなかで、エリオット、フェル博士、ペイジは、おかしな名前だがたしかに居心地はよいわたしの歓び荘《モンプレジール》でマデラインと夕食を楽しんでいた。テーブルは食事室のフランス窓につけて置かれ、この窓は月桂樹の緑豊かな庭にむけてひらいていた。庭の突き当たりには、リンゴ園が二エーカー広がっている。リンゴ園からは歩道が出ていて、かつてのマーデール大佐の家へ通じている。もう一方へ延びる道は曲がりくねって小川をわたり、《壁掛け地図の森》の丘を登っていく。斜面の森はリンゴ園の左のほうで燃える夕方の空を背にして黒く見えた。森を抜けるこの二本目の小道を進み、丘のてっぺんを越えてまたくだれば、ファーンリー邸の裏の庭園へ出る。

マデラインはひとり暮らしで、昼間だけ料理と〝雑用〟をしてくれる通いの女性のマリアがいた。片づいた小さな家で、父親が遺した戦争の複製画や真鍮《しんちゅう》の騒々しい壁掛け時計があちらこちらに飾ってある。人里離れた一軒家で、一番近い家は不幸なヴィクトリア・デーリーの家だったが、マデラインはそんなことを気にしてはいなかった。

ほの暗いなか、彼女はひらいた窓の隣のテーブルの上座《かみざ》で、磨きあげた木のテーブルと銀器を前に腰を下ろしていた。ディナー・テーブルの燭台の明かりをつけるほどには暗くなっていない。マデラインは白の装いだった。食事室の低い特大のオークの梁、忙しく時を刻む白鑞《ピューター》製の複数の時計、そのどれもがマデラインを引き立てる背景だった。夕食が終わって、フェル博士は巨大な葉巻に火をつけていた。ペイジはマデラインのためにタバコに火をつけた。エリオットの質問を聞いて、マッチの明かりに照らされたマデラインは声をあげて笑った。

「サッカー賭博ですか?」彼女は質問を繰り返し、少し頬を赤らめた。「当然ですけど、わたしが考えたんじゃありません。ナサニエル・バローズのアイデアです。あの人が書いたものを、暗唱大会に出るみたいに完璧に覚えさせられたんですよ。でも、わたしのお話ししたことは、全部本当のことです。これは真実だとひしひしと感じましたもの。あれだけ大勢の前で話をするなんて、わたしも図々しいですね。ずっと、ホワイトハウスさんがわたしをとめるんじゃないかとどきどきしていました。でも、ナサニエルから方法はあれしかないと言われて。証言が終わってから《雄牛と肉屋亭》の二階へあがって、思い切り泣きわめいたら気分がよくなりました。わたしの証言、ひどかったんじゃないですか?」

男たちは彼女から目が離せなかった。

「いいや」フェル博士がしごくまじめに言った。「見事な芝居でしたわ。だが、こりゃこりゃ! バローズから指導を受けていたとは。ハハハハ」

「ええ、ゆうべ夜更けまでここにいて教えてくれたんです」

「バローズが? でも、いつここにいたんだい?」ペイジは驚いて訊ねた。「ぼくがきみを送ってきたのに」

「あの人、あなたが帰ってから来たのよ。わたしがモリーに話したばかりのことを聞きつけて、とても興奮していたわ」

「おい、諸君」フェル博士が地響きのような声で言い、巨大な葉巻を瞑想するようにふかした。

「われらが友、バローズをみくびっちゃいかんな。桁外れに頭のいい男だと、ここにいるペイジに聞かされておったじゃないか。今度の騒ぎは、最初からウェルキンが中心になって取り仕切っているように見えた。だが、心理的には——こそばゆい言葉だが——バローズが終始自分の望む方向へと検死審問を導いておったんだよ。もちろん、あの男は闘っていくだろう。《バローズ&バローズ法律事務所》にとって、ファーンリー家の財産を今後も管理できるかどうかは、当然ながら大きな問題になるだろうからな。あれは闘う男だ。まあ、ファーンリー対ゴアの一件がいつか裁判になることがあれば、大変な騒ぎになるだろうて」

エリオットは別のことを考えていた。

「いいですか、デインさん」エリオットは断固とした口調で言った。「あなたが、こちらを助けてくださったことは否定しません。われわれは勝利しました。たとえそれが外部むけ、新聞むけの勝利だとしても、この結果ならば、事件の捜査が公式に終わることはありませんから。たとえ地区検事が髪の毛をかきむしりながら、陪審員たちはおつむの弱い田舎者の集まりで、きれいな——その——ご婦人の魅力にまいったんだと毒づいても。でも、知りたいことがあるのです。どうして最初からこのわたしのもとへ来て、その情報を知らせてくれなかったんですか。わたしは信頼できないような男じゃありません。それに——あの——全然悪い奴なんかじゃないんですからね。どうして話してくれなかったんですか?」

警部が個人的に傷ついたようなのは奇妙で、どこか喜劇めいているとペイジは思った。

「お話ししたかったんですよ」マデラインが答えた。「本当にそうしたかったんです。でも、まずはモリーに話すのが筋でした。そうしたら、ナサニエル・バローズに、検死審問が済むまでは絶対に警察にはひとこともしゃべってはだめだと、とにかく約束させられたんです。あの人、警察は信用できないと言うんですよ。それに、彼には証明しようとしている推理があって――」マデラインはそこで一度思いとどまってくちびるを噛みしめ、タバコで謝るような仕草をしてみせた。「そんな人もいることはおわかりでしょう」

「でも、ぼくたちは先に進めたんだろうか?」ペイジは訊ねた。「今朝の審問が終わっても結局はまた、本物の相続人はどちらかと考える堂々巡りに入ってないかい? マリーがゴアこそ本物だと誓い、指紋の証拠が予想外のことにならなければ、それで終わりに思えるが。いや、そうだろうと思っていたんだ。検死審問では、一、二度、確信が揺らぐことがあったよ。善人のウェルキンにむけて、ほのめかしやあてこすりをきみがしたときさ」

「いやだわ、ブライアン! わたしはナサニエルから話せと言われたことを話しただけよ。なにが言いたいの?」

「それはつまり、今度の相続権の主張そのものが、ウェルキン自身によって操られたものかもしれないってことさ。ウェルキンは変人たちの弁護士、霊媒たちの擁護者だ。かなりおかしな友人たちを依頼人にしているから、ゴアだって、アーリマンやマダム・ドゥケーヌたちを集めたように連れてきたのかもしれない。ゴアと会ったとき、彼がなんだか見せ物師のような感じがして、ぼくはいろいろ質問したっけ。ウェルキンは殺人が起きた庭で幽霊めいたものを見た話をしていた。殺人のときには被害者までわずか十五フィートの距離、ガラス一枚だけを隔てたところにいた。ウェルキンは——」

「でも、まさか、ブライアン。ウェルキンさんが殺したと疑ってるんじゃないでしょうね？」

「おかしいかい？　フェル博士が言っていたよ——」

「わしが言ったのは」博士が葉巻をにらみながら口を挟んだ。「ウェルキンがあの場で一番興味深い人物だということだったよ」

「それは通常、犯人と言っているのと同じ意味です」ペイジは陰気な声を出した。「マデライン、きみは本当のところどう思っているんだい。本物の相続人はどちらだと思う？　昨日、亡くなったファーンリーは偽者だと知っていたと話していたが。いまもそれが真実だと思っているのか？」

「ええ、そうよ。でも、だからって、誰もあの人のことを気の毒に思わないなんてひどいわ。偽者になりたくなんかなかったのよ？　自分が誰か知りたかっただけ。ウェルキンさんのことは、犯人ってことはないんじゃないかしら。わたしたちのなかであの人だけが屋根裏にいなかったでしょう——夕食のあとのこんないい夜に話題にするのはぞっとするけれど、あの機械が突き落とされたときに」

「あの人形は悪者ですぞ」博士が言った。「すこぶるつきの悪者だ」

「博士はさぞ勇敢なかたにちがいないですわ」マデラインが真剣に言った。「転がり落ちてくる鉄の人形を笑いとばせるなんて——」

「親愛なるお嬢さん、わしは勇敢ではありません。あの人形の巻きおこす風がさっと吹いたから、気分が悪くなってしまい、それでまずは悪態をついて毒づいた。キリストに呪いの言葉を吐いた聖ペテロのようにね。冗談にしたのは、その次の段階です。オッホン。幸いなことに、あの寝室にいたメイドのことを頭に浮かべましてな。わしのようなふてぶてしさをもっておらんメイドのことを。それで、気弱になった自分のことを大いに罵《ののし》って――」博士の拳がテーブルの上でさまよった。拳は薄暗がりでとても大きく見えた。一同は博士の冗談と放心の陰に、拳をいつ机に叩きつけるかわからないという危険が潜んでいるという印象を受けた。急に爆発するかもしれない。けれども、博士は拳を叩きつけはしなかった。暗くなっていく庭を見つめ、穏やかに葉巻をふかしつづけた。

「それで、ぼくたちは前進したんでしょうか？」ペイジは訊ねた。「もう、ぼくたちを信頼して話してくださってもいいのでは？」

これに答えたのはエリオットだった。テーブルの箱からタバコを一本取りだすと、注意しながらマッチを擦って火をつけた。マッチの照らす明かりのなか、エリオットの表情はふたたび引き締まって落ち着いたものになっていたが、ペイジには説明できない何事かを伝えようとしているかのようだった。

「もう移動しなければならないんですよ」エリオット警部は言った。「バートンがフェル博士とわたしをパドック・ウッドまで送ってくれます。ロンドン行きの十時の列車に乗るんです。スコットランド・ヤードのベルチェスター氏と会議をもつことになっていましてね。フェル博士に考えがあるそうなのです」

「それは──次にどんな手を打つかについてのお話でしょうか?」マデラインが意気ごんで訊ねた。

「そうですよ」フェル博士はそう言うと、しばらく、眠そうに葉巻をふかしつづけた。「ずっと考えておったんだが、少しばかり、こっそりとならつぶやいてもよかろう。たとえば、今日の検死審問には二重の目的があったことだ。わしたちは、殺人との評決が出ることと、証人のひとりがボロを出すことを望んでいた。実際、殺人の評決が出た。そしてある人物がヘマをやりおった」

「それは博士が大声で〝ほほう〟と言ったときでしょうか?」

「わしは何度も〝ほほう〟と言ったよ」博士はにこりともせずに答えた。「心のなかでな。条件次第では、警部とわしがふたり揃って〝ほほう〟と言ったのはどうしてか、教えてやってもいいですぞ。そう、条件次第で。同じく秘密厳守ということで、あんたはバローズさんに話したことを、わしたちに言ってくれてもいいんじゃないか。ついさっき、彼には証明しようとしている推理があると言われましたな。どんな推理ですかな? バローズが証明したがっておるのは、いったいなんなのかね?」

マデラインは身体をぴくりとさせて、タバコをもみ消した。薄暗がりのなかで、白い服を着ている彼女は涼しげで清潔に見え、ドレスの深い襟ぐりの上に短い首が覗いていた。このちペイジはいつもこの瞬間の彼女を思いだすことになる。耳の上あたりでカールさせてまとめた金髪、夕闇のなかでいつもより線が柔らかく優雅に見える幅広い顔、ゆっくりと閉じられていく目。外ではそよ風が月桂樹を揺らしている。庭の西では、空の低いところはもろいガラスのような黄色がかったオレンジに染まっているが、広い《壁掛け地図の森》の上には星がひとつ瞬《またた》いている。部屋は答えを待っているかのように、息をひそめて見える。マデラインはテーブルに両手を置き、身体をそらすようにした。

「わかりません」彼女が答えた。「いろんな人がわたしのところに来て、こういったことを話すんです。みんな、わたしが秘密を守ると思っているんですよ。わたしはそういうたぐいの人間に見られます。実際に守れるのですよ。それなのに、いまではすべての秘密がわたしから引きだされているみたい。今日、あんなふうにしゃべったので、なにか不作法なことをしたような気がしているんです」

「それから?」フェル博士が促した。

「それでも、博士にはお知らせすべきだと思います。本当にそう思います。というのもナサニエル・バローズはある人物を殺人犯ではないかと疑っていて、そのことを証明したいと思っているんです」

「彼が疑っておるのは――?」

「疑っているのは、ケネット・マリーです」マデラインが言った。

エリオットのタバコの火が宙でぴたりととまった。エリオットは手のひらでテーブルを叩いた。

「マリー! マリーですか?」

「どうしてなのですか、エリオットさん」マデラインが目を丸くして訊ねた。「驚かれました？」

警部の声は冷静なままだった。「マリーは誰よりも怪しくない人物ですよ。世間の常識という線でも、ここにいる博士が探偵物語の常識と呼ぶ線でも。マリーは誰からも見張られていた人物でした。いまとなっては冗談みたいですが、なにかが起こって被害者が出るならばそれはマリーだと、全員が考えていました。バローズのうぬぼれ屋め！――これは失礼しました、デインさん。荒っぽい言葉を使ってしまって。いやいや、やはりそうだとは考えられない。バローズにはそのように思うだけの理由があるんでしょうか。賢く見せたいという以外に？　だって、マリーには一軒家なみの大きさのアリバイがあるんですよ！」

「わたしもそこはわからないのです」マデラインが額に皺《しわ》を寄せて言った。「ナサニエルは教えてくれませんでしたから。でも、肝心なのはそこですわ。マリーには本当にアリバイがあるんでしょうか？　わたしはナサニエルから聞いたまま、お話ししているだけですけれど、あの人が言うには、証言をつきあわせると、マリーを実際に見張っていたのは、読書室の窓の下に立っていたゴアさんしかいないそうです」

警部とフェル博士はさっと顔を見合わせた。ふたりとも口を挟まなかった。

「どうぞ、続けてください」

「今日の検死審問で、読書室の造りつけの書棚のお話をしましたでしょう？　屋根裏のものと似ているのですが、掛け金が見つかれば庭へ続くドアがついているものです」

「覚えておりますよ」フェル博士がひどく陰気に言った。「ふむ。マリーも書棚の話をしておったよ。監視されていて、いんちきの指紋帳を本物にすり替えるために書棚の陰でやった。だんだん、あんたの言いたいことがわかってきましたぞ」

「そうでしょう。わたしがその話をナサニエルにすると、彼は大変に興味を引かれたようでした。記録に残るよう、確実に証言へ組みこむようにと言われました。わたしの勘違いでなければ、彼は博士たちが誤った男に注意をむけすぎていると話しています。ナサニエルは、すべてかわいそうなジョンをおとしめるためのでっちあげの陰謀だと言うんですよ。この〝パトリック・ゴア〟は口がうまくて注目を集めるから、みなさんは場を仕切っているのはゴアだと考えると話しています。ですが、ナサニエルはマリーさんこそが、本当の――探偵小説で使われるぞっとする表現、なんと言いましたっけ？」

「黒幕ですか」

「それです。ゴアとウェルキンとマリーがギャング団の一味だが、ゴアとウェルキンは操り人形。だからあのふたりには本物の犯罪に手を染めるような勇気などないと」

「先を続けて」フェル博士が興味深そうに言った。

「ナサニエルはとても興奮しながら説明してくれました。マリーさんの行動は最初からずっと、ずいぶんおかしかったと指摘して。あの、もちろん、わたしは知りませんけど。マリーさんにちゃんと会ったことがないんです。むかしとは少し変わられたようには見えますが、それを言ったら人間みんなそうですものね。

ナサニエルったら、マリーさんたちの計画がどんなものだったかって仮説まで立てていました。マリーさんが怪しい弁護士――ウェルキンさんですね――から連絡を受けた。そのウェルキンさんが、依頼人のひとりである占い師をつうじて知ったことを話す。サー・ジョン・ファーンリーが記憶喪失を患っていて、みなさんがご存じのことについて、精神的な問題を抱えているってことです。それで、むかし家庭教師をしていたマリーさんは、でっちあげた身元証明をもたせた偽者を送りこむ計画を考えつく。ウェルキンさんの依頼人のなかから、偽者にふさわしいゴアさんを見つける。マリーさんは半年かけて、本物なら知っていることを詳しく教えこむ。ナサニエルの話では、だからこそゴアさんの話ぶりや身振りが、マリーさんにあれだけ似ているんだそうです。あなたもそのことには気づいてらしたようですね、フェル博士」

博士はテーブルのむかいからマデラインを見つめた。テーブルに肘を突いて頭を抱えたので、ペイジには博士がなにを考えているのか読みとることはできなかった。ひらいた窓から入る外の空気はとても暖かで、香《かぐわ》しい匂いで満ちていた。それなのに、フェル博士は震えている。

「続きを聞かせてください」エリオットがふたたび促した。

「ナサニエルの考える事件のあらましは――恐ろしいものでした」マデラインはまたも目を閉じた。「ありありと頭に浮かぶようです――見たくなんかないのに。かわいそうなジョン。誰にもひどいことはしなかったのに、相続権について争う者をなくすために、自殺に見せかけて殺されてしまうなんて。ほとんどの人が自殺と信じましたよね」

「ええ」エリオットが言った。「大半がそう信じました」

「ウェルキンさんとゴアさんは勇気なんかもちあわせない、クズのような男たちですが、それぞれに役割がありました。屋敷の二カ所を見張っていたんですよ。ウェルキンさんは食事室にいました。ゴアさんが読書室の窓を見張ったのには、ふたつの理由がありました。まず、マリーさんのアリバイを証言するため。それから、マリーさんが読書室を出るところを窓越しに誰にも見られないようにするためです。

あの人たちはかわいそうなジョンをつけ狙いました。まるで——言わなくてもおわかりですね。ジョンには助かるチャンスがなかったのです。彼が庭にいるとわかって、マリーさんは目立たないように外へ出ました。ジョンを捕まえて殺してしまいます。でも、ぎりぎりまで殺しませんでした。大柄な人ですから、ジョンが追いつめられて記憶をなくしていることを告白し、本物の相続人ではないと認めてくれたらという期待があったからです。そうなれば殺さずに済むかもしれません。でも、ジョンは認めなかった。それで殺したのです。ただ、マリーさんは〝指紋を照合〟するのに、不自然なほど長い時間がかかったことの言い訳をしなければなりませんでした。それで指紋帳をすり替えておいたけれど、そのうちの一冊が盗まれ、あとでもどってきたという話を作りあげます。ナサニエルが言うには」——マデラインは息をするのももどかしいという様子で、フェル博士を見て話を締めくくった——「博士はあの人たちの罠に見事にはまったんですって。マリーさんが、博士はそう考えるはずだと計画したとおりに」

エリオット警部は念入りにタバコの火を消した。

「それだけですか？　バローズさんは、マリーがどうやって殺したのか説明しましたか？　ノールズに見られずに、そしてなによりも、バローズ本人に見られずに」

　マデラインは首を横に振った。

「その点はわたしに話そうとしないのです。話したくないのか、まだそこまでわかっていないのか、どちらか知りませんけれど」

「まだそこまでわかっておらんのだよ」フェル博士が虚《うつ》ろな声で言った。「脳の働きが若干のろいようだな。宿題を終えるのが少々遅い。やれやれ、まちがった推理は聞き飽きた。こいつはひどい」

　その日二度目となるが、マデラインは話をしているうちに息遣いを荒くしていた。緊張の限界に達していたところに庭からの風に吹かれたためか、あるいは家全体から滲《にじ》みでるような期待を感じとったためのように思われた。

「博士はどう考えてらっしゃいますか？」マデラインが訊ねた。

　フェル博士は考えこんだ。

「いまの説には欠陥があるな。それも極めてまずい欠陥が」

「それでも構いませんわ」マデラインがまっすぐにフェル博士を見て言った。「わたし、自分でも信じていませんもの。でも、博士が知りたがったことはお話ししましたよ。本当はなにがあったか、わたしやナサニエルにいただけるヒントってなんでしょうか？」

　博士は妙な目つきでマデラインを見つめた。どうしたものかととまどっているようだ。

「わたしたちには、洗いざらい話してくれたかな？」

「わたしが話してもよいことから、思い切らないとお話しできないことまですべて。これ以上話せとは言わないでください。お願いですから」

「それでも」フェル博士が説き伏せた。「また煙《けむ》に巻いておると思われるかもしれんが、もうひとつ質問させてくれんか。あんたは亡くなったファーンリーをとてもよくご存じだった。さて、その質問とは雲をつかむような、またも心理的なものになる。だが、この質問の答えが見つかれば、真相に近づけるんだよ。どうして、ファーンリーは二十五年も不安に思っておったのか？　どうして、自分の記憶がないことでふさぎこみ、押しつぶされそうになっておったのか？　たいていの男はそりゃ、しばらくは悩むことだろう。それでも、そこまでひどい傷を心に残すことはないんじゃないだろうか。犯罪かなにか悪さをした覚えがあって、それで苦しんでおったのかな？」

マデラインはうなずいた。「ええ、そうじゃないでしょうか。本に出てくるみたいな、むかしの清教徒が現代に連れてこられたような正直な人だと、わたしはずっと思っていましたから、そんなことがあってもおかしくありません」

「だが、ファーンリーはなにがあったか思いだすことができんかったのだろう？」

「ええ——ただ、曲がった蝶《ちょう》番《つがい》のイメージだけで」

その言葉を聞いたペイジの心はざわつき、いやな気分になった。何事かを伝えるか、ほのめかしているかのような言葉。曲がった蝶番とはなんなのか？　それを言うならば、まっすぐな蝶番にも意味があるのか?

「それは警察用語でいうところの、頭がいかれてる《スクリュー・ルーズ》というたぐいのものじゃないのかい?」ペイジは訊ねた。

「いいえ、そうじゃないと思うの。言い回しの問題じゃないのよ。時々、ジョンはありもしない蝶番を見ているようだったもの。ドアについている蝶番、白い蝶番をね。見ていると、蝶番は曲がっていって、だらりと垂れさがるか、ヒビが入るかするんですって。ほら、具合が悪くなって寝こむと、壁紙の模様が頭から離れなくなったりするでしょう、あんな感じで曲がった蝶番が頭から離れないとジョンは話していたわ」

「白い蝶番か」フェル博士はエリオットを見た。「こいつはお手上げじゃないかね、きみ」

「そのようですね」

博士は嵐のような鼻息を長々と吹きだした。

「大変結構だ。では、いまの話に少しでも真実が含まれているかどうか、検証しようじゃないか。いくつか、わしから指摘しよう。

ひとつめ。最初からよく話に出てきたが、〝水夫の木槌〟なるもので頭を殴られたのは誰で、殴られなかったのは誰だったか。その事実自体にはかなり関心が注がれてきたが、木槌のほうはほとんどふれられてなかった。誰か、そのような用具を手にしたことのある者はおるか? そんなものは、どこで手に入るか知っているか? 木槌など、最近の機械化された船の乗組員はほとんど使うことはないよ。〝水夫の木槌〟と表現されそうなもので、思い浮かぶのはただひとつだな。

大西洋を横断すると、そのような木槌を見かけることがあるよ。最近の客船には、甲板の下の通路に間隔を空けて並ぶ鋼鉄のドアにひとつずつ、そうしたものがぶらさげてある。このドアというのは、普通のものとはちょっとちがっておって、水密扉なんだ。災害が起こると閉じられて、浸水を防ぐ隔壁になると言おうか、要は小部屋を作るんだよ。そして、それぞれのドアにぶらさがっておる木槌というのは——暗澹《あんたん》たる警告なんだが——乗客たちが騒ぎを起こして殺到したときに、旅客係が武器として使うためのものでな。タイタニック号が水密扉つきの小部屋があることで有名だったのは、みんな覚えておるだろう」

「それで?」ペイジは、博士がそこで話を途切れさせると促した。「それがどうしたのですか?」

「いまのを聞いても、なにもピンとこんのかね?」

「ええ」

「ふたつめ」フェル博士は言った。「あの興味深い自動人形の《金髪の魔女》のことだ。あれを十七世紀にどうやって動かしておったか突きとめれば、この事件の肝心かなめの秘密がわかるだろう」

「でも、そんなのってありませんわ!」マデラインが叫んだ。「わたしの考えていたこととは全然関係ありません。博士はわたしと同じことを考えていると思っていましたのに、それでは——」

エリオット警部が時計を見ると冷静な声で言った。「博士、そろそろ移動しましょう。ファーンリー邸に寄ってから列車に乗るのであれば」

「行かないでください」マデラインが急に言った。「お願いですから。あなたは残ってくれるわね、ブライアン?」

「こうなると思っていたよ」フェル博士はごく静かな声でマデラインに言った。「どうされたんだね」

「不安なんです」マデラインが言った。「だから、こんなにおしゃべりしてしまったみたいです」

マデラインの様子がどこかおかしいことや、その理由に思い至って、ブライアン・ペイジはショックに近いものを受けた。

フェル博士はコーヒーカップの受け皿に葉巻を置いた。しごくゆっくりとマッチを擦り、身を乗りだしてテーブルの蠟燭に火をつけた。四つの黄金色の炎が丸く揺れてから、暖かで風のない空気にすっと立ちのぼった。炎は蠟燭の上で切り離されて、宙を漂っているように見えた。夕闇は庭へ押しもどされた。夕闇との境目になっている狭い隙間に身を隠すようにして、マデラインの瞳が蠟燭の炎にきらめいた。その目は落ち着いているが、見開かれていた。怯えながらも、なにかに期待しているような目だった。

博士はこまった様子だった。「申し訳ないが、帰らんわけにはいかんのだよ、デインさん。明日にはもどる。ロンドンで調べなければならない不明な点がいくつかあってな。だが、ペイジ君はきっと――？」

「わたしをひとりにしないわよね。ブライアン？　子どもみたいなことを言ってこまらせて、悪いとは思うのだけど――」

「なにを言っているんだ。きみをひとりになんかしないよ！」ペイジはいままでになく強く、彼女を守ってやらねばと感じて大声をあげた。「あらぬ噂をたてられてもいい。朝まできみを、この腕の届かないところへは行かせやしない。でも、別に怖がる理由なんかないんだよ」

「今日が何日か忘れたの？」

「何日か？」

「一周忌よ。七月三十一日。ヴィクトリア・デーリーは一年前の今夜に亡くなったの」

「今日はそのほかにも」フェル博士がにんまりしながらふたりを見て、つけ足した。「収穫祭の前夜でもある。エリオットのようなよきスコットランド人が、どんなものか教えてくれるよ。大サバトのひとつの夜で、地中の力が高まるから、なにかあるかもしれんな。ハハハハ。わしは可愛げのあるいたずら者だろう？」

　ペイジは自分があきれて、しゃくにさわり、怒っていることに気づいた。

「あなたって人は」ペイジは言った。「そんなバカなことを人に吹きこんでどうするんですか。マデラインはそれでなくても動揺しているんですよ。人に振りまわされて、人に尽くして、もういう気持ちがへとへとなんです。そこにきてさらに追いつめるようなことを言ったりして、いったいなにを考えているんですか？　この家で危ないことなど、起こるはずがありません。あたりをなにかがぶらついているのを見かけたら、このぼくがそいつのいまいましい首をひねって始末してやります。警察のお許しはそのあとでもらいますよ」

「すまんかったな」フェル博士が言った。少しのあいだ立っていた。背が高いため彼らを見おろすようなかたちになって、疲れてはいるが、優しげで、さらにどこかかこまった目つきで彼らに視線をむけた。それからマントとシャベル帽、杖を椅子から手に取った。

「おやすみなさい」エリオットが言った。「このあたりの道をたしかめさせてください。ここの庭からあの小道を左へ登っていき、森を抜けて坂をくだると、丘のむこうのファーンリー邸にたどり着くのですよね。それで合っていますか？」

「ええ」

「わかりました。では、ごきげんよう。あらためてお礼を言わせてください、デインさん。大変楽しく、得るところの多い夜でした。それから――じゅうぶん気をつけてくださいよ、ペイジさん」

「ええ。警部たちも、森の幽霊にはお気をつけて」ペイジはふたりの背後から呼びかけた。

　ペイジはフランス窓の前に立って、月桂樹の庭を抜けていくふたりを見守った。ひどく暑い夜で、庭から漂う香りはぼうっとなりそうなほど濃厚だ。東では夜空を背に星が明るくなってきていたが、熱で歪《ゆが》んだように、瞬きはぼんやりとしている。ペイジの怒りは大きくなる一方だった。

「婆さんたちが」彼は言った。「噂にするかも――」

振り返ってみると、マデラインのほほえみは消えていた。また落ち着きを取りもどしていたが、頬を赤らめているようだ。

「あんなふうに取り乱してごめんなさい、ブライアン」彼女は穏やかに言った。「なにも危ないことがないのは、わかっているわ」そして立ちあがった。「少し失礼してもいいかしら？　二階へあがってお化粧を直したいの。すぐに終わるわ」

「婆さんたちが、噂にするかもしれないが――」

ひとりになって、ペイジはゆっくりとタバコに火をつけた。自分がいらいらしていることを笑える気分になって、あっという間に気を取り直した。それどころか、マデラインとふたりきりで過ごせる夜は、とにかく心地よいものだった。茶色の蛾がフランス窓から入りこんできて、大きく弧を描くように蠟燭の炎に飛びこんでいこうとする。ペイジはそれを追いはらい、蛾が顔をかすめていくと座り直した。

蠟燭の小さな炎は心が安まるいいものだったが、もう少し明るくしてもいいだろう。それで電気の照明もつけた。壁づけのランプの光は抑えめに、部屋の優美さとチンツのカーテンの模様を浮かびあがらせた。置き時計がチクタクと時を刻む音が、おかしなほどにはっきりと鋭く聞こえた。部屋には時計がふたつあった。ぴたりと音が合ってはおらず、片方の時計が鳴る間をもう片方が埋めて、なんだか急《せ》かされるような感じになっていた。片方の小さな振り子が左右に動くところが、妙に目についた。

ペイジはテーブルへもどり、冷めてしまったコーヒーを注いだ。床の上で自分のたてる足音、受け皿にカップを置く音、陶器のコーヒーポットがカップの縁にあたってカチリという音——これらすべてが時計の音と同じようにはっきりと聞こえた。初めてペイジは、部屋に誰もいないということにはっきりした意味を感じた。さらにこんなことを考える。この部屋は絶対に誰もいない。ぼくはひとりきりだ。だが、本当にそうなのか?

この部屋には誰もいないということが、照明がくっきりとしていることでなおさら強調されていた。ひとつの考えだけは、頭から締めだしておこうとした。今日の午後にある秘密を推理して、自宅の読書室の本でそれを確認していたのだが。なにか陽気なことが必要だ。もちろん、マデラインのために。この家は、手入れはされているかもしれないが、あまりにも他の家から離れすぎている。この家を取りかこむのは、半マイルも続く暗闇の壁だ。

マデラインは化粧直しにかなり時間をかけていた。ひらいたフランス窓から、またもや蛾がジグザグに飛んできて、テーブルの上ではためいた。カーテンと蠟燭の炎が少し揺らぐ。窓は閉めたほうがよさそうだ。まばゆいまでにくっきりとした部屋を横切ってフランス窓に立ち、庭を見ると、ぴたりと動きをとめた。

## 17

庭先、窓からの明かりが届くすぐ先の暗闇に、ファーンリー邸の自動人形が座っていた。

おそらくは八秒ほどのあいだ、ペイジは自動人形と同じように身動きせずに、それを見つめていた。

窓から漏れる明かりはかすかな黄色だった。明かりは芝生を十フィートほど先まで照らし、かつては着色されていた人形の土台にまでかろうじて届いていた。蠟の顔には前よりもさらに広がったヒビが走っていた。あのとき屋根裏から落ちた衝撃で少し横に傾いている。そして内部のぜんまいは半分ほどなくなっていた。間に合わせの修理のつもりか、色褪せたドレスを引っ張りあげて傷を覆うようにしている。古ぼけ、ぶつかり、目も片方だけになった彼女は、月桂樹の陰から敵意に満ちた目でペイジを見ていた。

ペイジは無理に身体を動かすと、のろのろ自動人形へ近づいていった。明かりのある窓から必要以上に遠ざかっている気がしていた。人形はひとりきりだった。いや、ひとりのように見えた。車輪が修理してある。だが、地面は七月に長く続いた日照りのためにひどく乾燥していたから、車輪は芝生にほとんど跡を残していなかった。そこから左方向へさほど遠くないところに砂利敷きの私道があるが、あそこにもなんの跡も残っていないだろう。

ペイジは急いで家へもどった。マデラインが一階へ降りてくる音を聞きつけたからだ。念を入れて、彼はフランス窓を閉めた。続いて、重たいオーク材のテーブルを抱え、窓際から部屋の中央へ運んだ。二本の蠟燭が激しく揺れた。マデラインが戸口に現れたとき、ペイジはテーブルに腰を下ろして、一本の揺れをとめているところだった。

「蛾が入ってきてね」ペイジは言い訳した。

「でも、閉めると暑すぎないかしら？　フランス窓は開けておいたほうが――」

「ぼくがやるよ」彼は中央の窓を少しだけ開けた。

「ブライアン！　なにも変なことはないのよね？」

ふたたびペイジは、時計のチクタクいう音をはっきりと意識した。だが、マデラインという憎からず思っている相手のことがとにかく第一だ。その彼女からは守ってほしいという願いが滲《にじ》みでている。不安はいつもの性格を変えるようだ。マデラインはもう大人しくも、控えめにも見えなかった。彼女独特の雰囲気としか言いようのないものが部屋を満たしていた。

ペイジは答えた。

「まさか。もちろん、なにも変なことはないよ。ただ蛾がうるさいだけさ。それで窓を閉めたんだ」

「ほかの部屋へ行きましょうか？」

人形から離れないほうが、あいつを自由に動きまわらせないほうがいい。

「いや、ここでもう一本吸いたいから」

「それならいいのよ。コーヒーのおかわりはいかが？」

「面倒をかけたくないよ」

「面倒なんかじゃないわ。お湯はこんろにかけてあるの」

マデラインはほほえんだ。まばゆいまでの笑みだが、緊張に張りつめていることはありありと伝わってくる。彼女はキッチンへ行った。ひとりでいるあいだ、ペイジは窓の外を見なかった。マデラインがなかなかキッチンから帰ってこないように思えて、様子を見に行くと、戸口のところでばったり会った。淹《い》れたてのコーヒーのポットを手にしている。彼女は押し殺した声で言った。

「ブライアン、どう考えても変なことがあるのよ。裏口がひらいていたの、閉めたはずなのに。マリアも帰宅するときは、いつも閉めるのよ」

「きっとマリアが閉めわすれたんだよ」

「そうね、たぶんそうよね。ああ、わたしっておバカさんだわ、本当に。なにか楽しいことをしましょう」

彼女は元気を取りもどしたように見えた。先ほどの一件に対して申し訳なさそうでありながらも、挑発するような笑い声をあげ、顔色も明るくなった。部屋の片隅に、マデラインのように奥ゆかしくラジオがあった。彼女がスイッチを入れたが、真空管が温まるまでしばらくかかった。そしてふたりともびっくりするような大きな音が流れた。

マデラインは音量を下げたが、オーケストラの奏でる軽やかなダンス音楽の洪水が、海辺に寄せる波のように部屋を満たした。曲はいつもと変わらなく聞こえたが、歌詞はいつもより品がなかった。マデラインは少しだけ耳を傾け、テーブルにもどって腰を下ろすと、ふたりぶんのコーヒーを注いだ。テーブルの角を挟む位置に座っていたから、マデラインの手にふれられるほど近い。彼女は窓に背をむけていた。そのあいだずっと、ペイジは外にいるなにかにじっと待たれているのを意識していた。あのヒビ割れた顔が窓ガラスから覗いたら、自分はどう感じるものかと想像してみた。

けれども、神経が過敏になるのと同時に、頭のほうも活潑に働くようになっていた。目覚めたような気分だ。初めて分別ある考えかたができるようになったみたいに感じる。さながら呪縛が解けて、鉄の輪っかに押さえられていた脳が現れたようだった。

さて、人形についてわかっている事実とはなんだろう？　あれは命などない、鉄と車輪と蠟の塊だ。キッチンのボイラー程度の危険しかない。すでに調べ尽くされている。人形のただひとつの目的は人を怖がらせること。そしてそれはちゃんと実体のある手がおこなったことだ。

車椅子に乗った悪意むきだしの老女のように、人形がファーンリー邸から自分で小道をやってきたわけがない。怖がらせるためにここへ運ばれたのだ。やはり、ちゃんと実体のある手が、ちゃんと目的をもってやったにちがいない。どうもペイジには、この自動人形が始めから事件の枠に組みこまれていた気がした。そのことに最初から気づくべきだったのではないか。

「そうよ」マデラインがそう言って、彼の思考に割りこんできた。「あの話をしましょう。そのほうがいいわよ、絶対に」

「あの話とは？」

「事件についての話よ」マデラインが両手を握りしめながら言った。「わたし、あなたが思っている以上に、事件について知っているかもしれないの」

マデラインがふたたびペイジの視界に入ってきた。またしても、テーブルに手のひらを伏せて置き、まるで身体を押しあげて起立しようとしているような姿勢を取っていた。怯えた笑みがいまもかすかに、目元や口元に漂っている。だが、物静かになった彼女は、男心をそそるようにも見えた。彼女がこれほど自己主張したことはこれまでなかった。

「きみは知っているかな」ペイジは言った。「ぼくの推理を」

「どうかしら」

ペイジは少し開けている窓から目を離さなかった。マデラインと話をしているというより、外で待ちかまえているもの、その存在が家じゅうを取りかこんでいると感じられるものと話しているように思えた。

「ひとりであれこれ考えているより、話してしまったほうがよさそうだ」ペイジは相変わらず窓に視線を固定させたままで言った。「訊きたいことがあるんだよ。このあたりで、魔女集会の噂を耳にしたことはないかい？」

彼女の声にためらいが走った。

「あるわ。噂を聞いたことがある。どうしてそんなことを訊くの？」

「ヴィクトリア・デーリーのことなんだよ。昨日、フェル博士とエリオット警部から重要な事実を聞かされたんだ。その事実を解釈する情報も手に入れた。けれども、すべての事柄をつなげて考えるだけの理解力がなかったんだ。いまになって、ようやくわかったんだよ。殺されたヴィクトリアの遺体がヌマゼリ、煤、キジムシロ、猛毒のベラドンナ、トリカブトを混ぜたものが塗りたくられた状態で発見されたことは知っているかい？」

「でも、なんのためにそんなことを？　そんな気味の悪いものにどんな関係があるのかしら？」

「大いに関係あるよ。これは有名な軟膏の調合なんだ*原注——きみも聞いたことがあるはずだ——悪魔崇拝の魔女がサバトの前に自分たちに塗るものなんだよ。ただ、本来の材料がひとつ欠けている。それは子どもの肉だよ。だから、現実的には殺人者にもできないことがあったようだね」

「ブライアンったら！」

　ペイジにしてみれば、こうして暗く奇っ怪なあれこれから浮かびあがる図があてはまるのは、悪魔崇拝者よりも殺人者のほうだった。

「でもね、本当のことなんだよ。ぼくもこのテーマについてはいささか知識があるから、どうして最初から思いださなかったのか自分でもふしぎなくらいなんだが。さあ、こうした事実から素直に導きだせる推理について考えてほしい。フェル博士と警部がずっと前にやっていたようなのをね。ヴィクトリアが悪魔崇拝の儀式にふけっていた、あるいはそのふりをしていたとか、そんなことを言っているんじゃないんだ。それは推理するまでもなく、はっきりしている」

「どうしてかしら？」

「順番に考えてみよう。ヴィクトリアは収穫祭の前夜、魔女の大集会がおこなわれる夜に軟膏を使う。殺されたのは十一時四十五分。大集会は深夜零時に始まるから、殺される直前に軟膏を塗ったことは明白だ。殺されたのは一階の寝室。窓は大きく開けはなたれている。これは悪魔崇拝者の伝統的な出口なんだ。少なくとも本人たちはそうやって窓から出ていくべきだと思っていた」

ペイジは正面からマデラインを見てはいないのだが、彼女の額にかすかに皺《しわ》が寄る様子が見えるようだった。

「あなたの言おうとしていることが、どうやらわかったみたいよ、ブライアン。〝本人たちはそうやって窓から出ていくべきだと思っていた〟というのは、つまり――」

「すぐにその話はするよ。ただ、まずは、ヴィクトリアを殺した犯人についてどんな推理ができるか考えてみよう。なによりも重要なのは、あの流れ者がヴィクトリア・デーリーを殺したのか、殺していないのかはともかく、あの家には殺人の時刻かその直後に第三の人物がいたことだよ」

マデラインがさっと立ちあがった。ペイジはまっすぐにマデラインを見てはいなかったが、それでも彼女の大きな青い瞳が自分の顔をじっと見ているのがわかった。

「どうしてそんなことがわかるの、ブライアン？　わたしにはわからない」

「軟膏の性質からだよ。あの薬がどんな作用をもたらすかわかっているかい？」

「それはわかってると思う。でも、話してみて」

「過去六百年にわたって」ペイジは話を続けた。「魔女集会に参加して悪魔を見たという膨大な証言がある。資料を読んでみると、その人たちが本気でそう思っていて、事細かにその模様を覚えていることが非常に印象的なんだ。その人たちの言っていることが、本当のはずはないんだがね。歴史上の事実として、悪魔崇拝が実際に存在し、中世から十七世紀にかけてかなりの勢力を誇ったことは否定できない。教会と同じように、念入りに組織して運営された団体があったんだ。だが、神業《かみわざ》のように空を飛んだり、奇跡が起こったり幽霊が出たり、悪魔とその使い魔や、インキュバスやサッキュバスのような淫魔が現れるとなるとどうだろう？　事実としては受け入れられないよ。とにかく現実的に考えたらね。それなのに、頭がどうかしたわけでもなく、ヒステリーを起こしたわけでもなく、虐待されたわけでもない、じつに多くの人々はそれらを確固たる事実だと言った。さあ、そうしたことが事実だと人に信じさせるものはなんだろう？」

マデラインが静かに言った。「トリカブトとベラドンナね」

ふたりは見つめあった。

「それで説明できると思うんだ」ペイジは相変わらず窓の外へ注意をむけたまま、彼女に話しつづけた。「かなり多くの場合、魔女は自宅すら、あるいは自分の部屋すらも出ていかなかったのだと言われている。ぼくも、それはもっともだと思っている。魔女は森でサバトに出席したと思っていた。魔術によって辱《はずかし》めの祭壇へ運ばれ、そこで悪魔の恋人を見つけると信じていた。そう考えたのは、トリカブトとベラドンナが軟膏のおもなふたつの材料だからだよ。この毒を肌に擦りこむとどんな作用が出るか知っているかい？」

「父が法医学の本をもっていたわ」マデラインが言った。「たぶん――」

「ベラドンナは肌の毛穴や爪の生え際から吸収されて、すぐさま興奮状態を引き起こすんだ。続いてひどい幻覚と錯乱が生じ、最後に意識不明になる。これにくわえて、トリカブトが引き起こす症状がある。精神的な混乱、めまい、身体の不調、不整脈ときて、最後には意識不明になる。悪魔崇拝の享楽にのめりこんだ頭ならば、あとはどんなことでもでっちあげるよ。ヴィクトリア・デーリーの枕元のテーブルにも、そうしたことを扱った本があった。つまり、そういうことだ。これで、彼女が収穫祭の前夜にどうやって〝サバトに出席した〟かわかったと思う」

マデラインが指先でテーブルの端をなぞった。指先をじっと見つめていたが、こくりとうなずいた。

「そうね。でも、そのとおりだったとしても、ブライアン、あの人が亡くなった夜、家に誰かがいたと証明することになるかしら？　ヴィクトリアと彼女を殺した流れ者のほかに、ということだけれど」

「遺体が発見されたときのヴィクトリアの服装を覚えているかい？」

「もちろんよ。ネグリジェとガウンを着てスリッパを履いていたわ」

「そうさ――遺体が発見されたときはね。そこが肝心なんだ。べとべとして、油っぽくて、煤で色のついた軟膏を身体に塗ってから、新品のネグリジェを着て、そのうえ、特別にひらひらしたガウンを羽織るだろうか？　まちがいなく不快に感じられ、洗濯しても取れない染みが残るんじゃないか？　サバトにガウンだって？　サバトのときの服装はとにかく質素なボロなんだよ。動きを妨げないし、軟膏がついても気にならないものさ。衣装というものを身につけるとしての話だけどね。

なにが起こったか、わからないかい？　ヴィクトリアは暗い家で錯乱状態に陥って意識不明になっていた。哀れな流れ者の小悪党が、明かりの消えた家と開けはなたれた窓を見かけて、楽に盗みを働ける家を見つけたと考えた。しかし、そこで見たのは興奮と錯乱で金切り声をあげている女。ベッドだか床だかから起きあがって迫ってこられたら、幽霊かなにかだと思って気が動転したはずさ。流れ者は無我夢中になって、彼女を殺してしまう。

あの軟膏を塗って錯乱している者が、ネグリジェ、ガウン、スリッパを身につけることはできない。そもそもそう思うこともなかったはずなんだ。人殺しが着せたはずもない。なにもできないうちに、犯人は逃げだしたんだから。

暗い家にはほかに誰かがいたんだよ。ヴィクトリア・デーリーは身体に軟膏を塗りたくって、おかしなボロの衣装を着て死体となっている。そのままで発見されたら、ひどいスキャンダルになるだろう。少しでも働く頭があれば、どうなるか推測できたはずさ。それで真相から世間の目をそらすために、この第三者が誰かに遺体が発見されるより早く寝室へ忍びこんだ。覚えているかい？　悲鳴を耳にして、家から逃げだした流れ者を追いかけた男ふたりが、家へもどってきたのは、しばらく経ってからだった。この第三者はヴィクトリアの着ていた魔女の服を脱がせて、慎み深くネグリジェ、ガウン、スリッパを着させたんだ。そういうことだ。それが真相だよ。それが実際に起こったことだ」

ペイジの胸はどきどきしていた。長いこと隠れていた頭のなかのイメージがくっきりと形になって、自分は正しいのだとわかった。マデラインにうなずいてみせた。

「それが真相だとわかってるだろう?」

「ブライアン!　どうしてわたしにそれがわかるの?」

「いやいや、見てきたように真相だとわかるという意味じゃなくて。ぼくと同じように、これが真相だと思っているね、ということさ。エリオット警部はずっとこう考えて捜査していたんだよ」

マデラインはかなり間を置いてから返事をした。

「じつは――」彼女は認めた。「わたしもそう思っていたのよ。少なくとも今夜までは。博士には伝えたけれど、あのかたのヒントは、わたしの考えとちっとも合わないようだった。それに、あの人たちの考えていることにも合わないようね。覚えているでしょう、博士は昨日、このあたりに悪魔礼拝のようなものはないと言っていたわ」

「実際にそんなものはなかった」

「でも、あなた自分で説明したばかりじゃ――」

「ぼくは、ひとりの人物がやったことを説明したんだよ。悪魔礼拝のように大勢が集まるんじゃない、ただひとりのやったことだ。いいかい、フェル博士は昨日こう話していたじゃないか。〝人の気持ちを踏みにじることから殺人にいたるまで、なにもかも、そのひとりの仕業《しわざ》だ〟。それにこうも話していたね。〝率直に言って、悪魔信仰そのものは正直で可愛げがあるくらいだよ。この、とある人物が作りあげた知的な遊戯に比べればな〟。その言葉をまとめ、型にはめてみるんだよ。気持ちを踏みにじることに、知的な遊戯、それからヴィクトリア・デーリーの死、そしてこのあたりの名士たちのあいだで魔術がおこなわれているという曖昧で根拠のない噂――エリオットから聞いたんだ――を足してみるんだ。

ふしぎだよ、この人物がどうしてこんなことをするつもりになったのか。ただの退屈から？　それとも人生に退屈して、ただ単純に、普通の事柄に興味をもてなくなったから？　あるいは、表には出ていなかったが、子どもの頃から秘密めいたなにかを増長させ、楽しむ傾向があったのか？」

「どうして！」マデラインが叫んだ。「そこをわたしも考えようとしていたの。どうしてこんなことをするつもりになったのかしら？」

彼女の背後で、誰かの手が窓ガラスを叩き、引っ搔くような、いやな音をさせた。マデラインが悲鳴をあげた。そのノックだかなんだかで、少しひらいていた窓が閉まりそうになり、枠にあたってガタガタと音をたてた。ペイジは動けなかった。ダンス・オーケストラの軽やかな曲がまだ部屋を満たしている。ペイジはようやく窓に近づき、押し開けた。

原注：この軟膏の薬学的分析についての参考文献。マーガレット・アリス・マリー『西欧における魔女礼拝』（オックスフォード大学出版局刊、一九二一年）補足5の二七九―二八〇ページ、J・W・ウィックウォー『魔術と黒魔術』（ハーバート・ジェンキンズ刊、一九二五年）三六―四〇ページ、モンタギュー・サマーズ『魔術と悪魔信仰の歴史』（キーガン・ポール刊、一九二六年）。

## 18

フェル博士とエリオット警部は列車に乗らなかった。ファーンリー邸に到着すると、ベティ・ハーボトルが目覚めて話ができるようになったと言われたからだ。リンゴ園を抜けて森を通るあいだ、ふたりはたいして会話をしなかった。数少ない会話を聞いていた者がいたとしても、意味不明だったことだろう。だが、そのときの会話は、それからわずか一、二時間後、フェル博士の出会ったなかでもとくに狡猾《こうかつ》な殺人者の正体を予想より早く暴くことになった罠に、重要な役割をもっていた。

森のなかは狭く暗かった。木の葉が茂っていて、星明かりは届かない。エリオットの懐中電灯がむきだしの土の道を照らし、木々を緑の幽霊のように見せた。木陰から、警部の刺々《とげとげ》しいテノールとフェル博士のぜいぜいいうバス、このふたつの声が響いた。

「博士、わたしたちは少しでも解決に近づいているんですかね?」

「そう思うし、そう願ってもいるぞ。ある人物の性格をわしが正確に読み解いているのであれば、むこうのほうから、こちらに必要な証拠はすべて出してくれるはずだよ」

「それは博士の説明がうまくいったらの場合でしょう?」

「うーむ、まあ、そうだ。うまくいけばな。棒きれと石ころ、それにボロ布やら骨くずやらで作った説明だよ。だが、それでじゅうぶんなはずだ」

「あの家には危険はないと思いますか？」エリオットはマデラインの家のほうを振りむいたようだった。

フェル博士が答えるまでに間が空いた。そのあいだもふたりの足がシダをすっとかすめて音をたてる。

「いやはや、こちらが知りたいわい！　まあ、危険はないと思うがな。今回の殺人犯の性格を考えてみなさい。狡猾で、あの自動人形のように頭にはヒビが入っておる。かつて人形がそうだったのと同じく、上《うわ》っ面《つら》は人当たりがよい。だが、あたりに死体をばらまこうとするおとぎ話の怪物とはちがうことを強調しておこう。怪物なんかではなく、節度ある人殺しさ。殺人は過熱するという法則にのっとって、この事件で殺されてもおかしくなかった人の数を考えると、鳥肌がたつ思いだよ。

最初の事件では用意周到に犯行に及んだが、次からはおかしくなって、しまいには手当たり次第に人を殺していくようになった事件ならいくつも知っておる。瓶からオリーヴを取りだすのに似ておるな。最初のやつは丁寧にやるが、あとのオリーヴはテーブルに転がりでるままになる。そういうことには、誰も注意をむけないように見えるな。この人殺しは人間らしいよ。別にわしは、今回の犯人が、人を殺してまわらないから抑制が利いている、ゆえに行儀がよいと言ってるんじゃないぞ。そうだとも、エリオット、そもそも危険にさらされておった人たちがおるじゃないか！　ベティ・ハーボトルは殺されるところだった。わしたちの知るあるご婦人も殺されてもおかしくなかった。そしてとある男の安全については、わしは最初から懸念しておった。だが、ひとりとして、犯人にふれられた者はおらん。これは慢心なのか？　それともほかに原因があるのか？」

無言のうちにふたりは森を抜けて丘をくだった。ファーンリー邸にともった明かりは数えるほどだった。ふたりは殺人現場とは反対側の庭を通って、玄関へとまわった。沈んだ様子のノールズがふたりを出迎えた。

「奥様はお休みになられました。ですが、キング医師から言いつかっております。おふたりにお話があるそうで、よろしければ二階へご足労を願いたいと」

「ベティ・ハーボトルが――？」エリオットはそこで黙りこんだ。

「はい。さようかと存じます」

エリオットが押し殺した口笛を吹いた。ふたりは階段をあがり、ほの暗い照明の廊下へ入った。緑の間と寝室、そしてメイドが横になっている寝室に面した廊下だ。キング医師はふたりを招きいれる前に、少し釘を刺した。

「よろしいかな」キング医師は彼らしい無愛想な言いかたで伝えた。「五分、うまくいけば十分。それ以上はなし。警告しておきますぞ。あんたたちは、患者が大人しいから、事件についてバスに乗ることを話すように簡単にしゃべるなと思われるだろう。だが、騙されちゃいかん。ショックへの反応と、モルヒネの効果のせいだから。それから、彼女は目端が利くし、とにかく頭の回転が早い。普段からベティは好奇心が強いんだから、あまりほのめかしや、くだらないことを最初から言いすぎないように。おわかりいただけたかね？　では、どうぞ」

　メイド頭《がしら》のアプス夫人が入れ違いに、物音をたてずに出ていった。広い部屋で、古風なシャンデリアの丸い玉がどれもぴかぴかに輝いていた。かといってとりたてて感心するような部屋ではない。ファーンリー一家の大きく古い写真が額に入れられて壁を飾り、鏡台には陶器の動物がいくつも飾ってある。黒く四角く、どっしりとしたベッドがあった。そこからベティがぼんやりしてはいるが、興味を浮かべてふたりを見ていた。

　いわゆる〝あか抜けた〟顔で、まっすぐな髪をボブにしている。血色の悪さとわずかに窪んだ瞼《まぶた》だけが、病気の表れだ。ふたりを見てもいやがらず、逆に喜んでいるようだ。ベティを居心地悪くするただひとつのもの、あるいは人は、キング医師だけなのだ。彼女の手はゆっくり掛け布団をなでていた。

　フェル博士がにっこりと笑いかけた。その巨体は部屋全体を心地よいものにしていた。

「こんばんは」博士は言った。

「こんばんは」ベティはつとめて明るい口調で言った。

「わしたちが何者かわかっておるかね、お嬢さん？　わしたちがここにいる理由も？」

「ええ。なにがあったか、わたしの話を聞かれたいんでしょう」

「話はできるかね？」

「大丈夫です」

　彼女は視線をベッドの足元に注いだ。キング医師が時計を外して、鏡台に置いた。

「その――どこからお話ししたらいいのか、むずかしいんです。リンゴを取りに上へあがったら――」ベティは急に気を変えたようだった。身じろぎしている。「いえ、そうじゃなかったんです！」

「そうじゃなかった？」

「わたしはリンゴを取りに上へ行ったのではないのです。身体の具合がよくなったら、姉が迎えに来てくれて、ヘイスティングスで休暇を過ごすことになっているので、お話ししてしまいますね。上へあがったのは、リンゴを手に入れるためじゃなかったんです。わたしが上へよくあがったのは、あの部屋を――開かずの間を覗けないか試してみるためだったんです」

ベティの口調には少しもふてぶてしいところはなかった。あまりにも物憂げで、それどころではなかった。ただ真実だけをしゃべっている彼女は、モルヒネより、催眠剤でも飲んだかのようだった。

フェル博士はぽかんとした顔をした。「だが、どうして開かずの間なんかに興味をもったんだね？」

「あら、みんな知っているんですよ。あそこを使っていた人もいます」

「使うとは？」

「明かりをつけて、座っているんです。屋根に小さな窓があるんですよ、天窓のような。夜になって、この家から少し離れると、あそこのなかに明かりがつくことがあるんです。屋根に反射しているのが見えます。みんな、そのことは知っています。ただ、知らないことになっているだけで。デインさんだってご存じなぐらいです。ある晩、サー・ジョンからのお荷物をお届けに、デインさんのお宅へ行ったんです。それで、《壁掛け地図の森》を抜けて帰ることにしたら、デインさんから、暗くなってからあの森を通るのは怖くないかと訊かれたんです。わたしはこう答えました。あら、そんなことありません。きっと誰もいないはずの開かずの間に明かりが見えるので大丈夫ですと。わたしは冗談で言っただけだったんです。明かりが見えるのはいつも家の南側ですが、《壁掛け地図の森》を通る道は、家の北側にたどり着きますから。デインさんは笑って、わたしの肩に腕をまわし、その明かりを見たことがあるのはわたしだけかと訊いてきたんです。わたしは言いました。いいえ、みんな見たことがありますと。だって、本当なんですもの。それに、わたしたち使用人は、みんなあの蓄音機みたいな機械に興味があったんです。あの人形に――」

そこでベティの目の色がわずかに変わった。

間ができた。

「あの部屋を使っておったのは誰だったんだね？」

「そうですね、みんなだいたい、旦那様だと言っていました。アグネスはある日の午後、屋根裏から降りてくる旦那様を見かけたそうなんですが、顔は汗びっしょり、手には犬の鞭みたいなものをもってらしたとか。わたし、こう言いました。あんな狭い場所でドアを閉めきって座っていたら、あなただってきっと汗をかくんじゃないの、と。でもアグネスが言うには、旦那様は暑くて汗をかいた様子じゃなかったって」

「それはいいから、きみ、昨日なにがあったのか話してくれないか？」

キング医師が鋭く口を挟んだ。「二分経ちましたよ」

ベティは驚いたようだった。

「大丈夫ですから」彼女は答えた。「リンゴを取りに、屋根裏へあがったんです。けれど、あの小さな開かずの間にさしかかると、いつもとちがって南京錠がかかっていないのが見えたんです。外れて、掛け金にぶらさがっていました。ドアは閉まっていましたけど、ドアとドア枠のあいだになにかが挟まって、ちゃんと閉まっていなかったんです」

「それでどうしたんだね？」

「まず、リンゴを取りにいきました。それからもどってきて、ドアを見ながらリンゴを食べはじめたんです。それからまたリンゴ置き場へ行ったんですが、もどるところで、とうとう、なかになにがあるのか見ようと思ったんです。いつもと変わらず気は進まなかったんですけど」

「どうしてだね？」

「なかから音がしていたからです。ひょっとしたら、わたしがそう思っただけかもしれませんが。ガリガリいう、大きな床置き時計のネジを巻くような音でした。でも、大きな音じゃなかったです」

「それは何時頃だったか、覚えておるかね、ベティ？」

「いいえ、ちゃんとは覚えていません。でも一時は過ぎていて、たぶん一時十五分過ぎだったと思います」

「それからきみはどうしたんだね？」

「やめておこうかと考える暇もなくすぐに動いて、ドアを開けました。ドアが閉まらないようにしていたのは手袋でした。ドアに挟んであったんですよ」

「紳士物かね、婦人物かね？」

「紳士物だったと思います。油がついていました。いえ、とにかく、油のような臭いがしました。床のところに挟んであったのです。部屋に入りますと、あの古い機械が見えました。わたしからは、少し横向きになっていたのですが、もう一度見たいとは思いませんでした。あそこでは、はっきりと見えるわけじゃないんですが。でも、わたしが部屋に入るとすぐに、ドアがそっと閉まったんです。そして、誰かがドアの外に鎖をかけて、南京錠がかけられる音もしました。わたしは閉じこめられたんです」

「落ち着いて！」キング医師が鋭く言い、鏡台から時計を取りあげた。

ベティは掛け布団のへり飾りをいじっていた。フェル博士と警部は顔を見合わせた。フェル博士の赤い顔には重々しくいかめしい表情が浮かんでいた。「だが――まだ訊いてもいいかね、ベティ？――そこには誰がいたんだね？　あの小部屋には誰がいたんだ？」

「誰もいませんでした。あの古い機械しかなかったんです。ほかには誰も」

「絶対かね？」

「はい」

「それで、きみはどうした？」

「なにもしませんでした。人を呼んで外に出してもらうのが怖かったんです。クビになるんじゃないかと思って。真っ暗というわけではありませんでした。わたし、そこに立ったまま、なにもしなかったんです。たぶん、十五分くらいのあいだ。それにもうひとりの人もなにもせずにおりました。わたしが言いたいのは、あの機械の人形ということですけど。しばらくして、わたしは機械の人形から離れました。できるだけあとずさったんです。なぜって、人形が腕をわたしにまわそうとしたからです」

その瞬間は葉巻の灰が灰皿に落ちる程度の音でさえも聞こえたはずだと、フェル博士はいまでも確信している。エリオットには自分の鼻孔を通る息の音が聞こえた。エリオットは言った。

「動いたというのかい、ベティ？　機械が動いたと？」

「そうです。腕を動かしたのです。速い動きではありませんでした。身体は動かず、ただわたしにむかって手を下ろすようにしたんです。動くと音がしました。でも、わたしが怖かったのは、そんなことじゃありません。そこにもう十五分もじっと立っていたので、わたしはなんとも思わなくなっていたんです。そこじゃなくて、怖かったのは、あの機械の目です。ちゃんとした場所についていませんでした。スカートのところ、古い人形の膝のところに目があったんです。そして、その目がわたしを見あげたんです。あの目がぎょろりと動くところがいまでも見えるみたい。時間が経ったから、いまではそれもあまり怖くありません。きっと慣れたんだと思います。あのときのことについては、それ以外は覚えていないんです。きっと気絶するかなにかしたんですね。気がつくと、わたしは部屋の外にいました」ベティがまったく表情も口調も変えず、ドアのほうへあごをしゃくって続けた。

「少し眠らせてください」ベティはもの悲しい口調で言った。

キング医師が息を押し殺して毒づいた。

「これで終わりです。さあ、出ていってください。この子は大丈夫。だが、あんたたちには出ていっていただきましょう」

「いいでしょう」エリオットはベティの目が閉じられるのを見て、医師の指示に従った。「そのほうがよさそうです」

博士たちはうしろめたさに黙って出ていき、キング医師がドアを閉めるよう手真似をした。

「あのような」医師がつぶやいた。「よくあるうわごとでもお役に立てばよいがね」

口をきかないまま、フェル博士と警部は暗い緑の間を横切った。そこはどっしりとしたアンティーク家具でしつらえてある書斎だった。窓は星空を長方形にくぎっていた。ふたりは窓辺に立った。

「これで決まりですね？　検死審問での――その――返答を別にしても？」

「ああ。これで決まりだ」

「では、ロンドンへもどってから――」

「いや」長い間のあとにフェル博士は言った。「もうそれは必要なかろう。実験はいまやったほうがいい。鉄は熱いうちに打てと言うからな。あそこを見ろ！」

眼下の庭の輪郭は闇のなかでエッチングの線のようにくっきりと見えた。白っぽい小道に沿って広がる垣根の迷宮、池の周囲の広場、白い染みのような睡蓮。だが、博士たちはこれらを見ているのではなかった。何者かが、この薄明かりのなかでも見分けられるものを運び、読書室の窓の下をそっと通って、家の南の角へむかっている。

フェル博士は息を吐きだした。身体を左右に揺すりながら部屋の中央の照明の下へ行き、ランプをともしてから、マントをはらりと翻《ひるがえ》して振り返った。

「心理的に追いつめた、というところかな」博士はそっけなく皮肉な調子でエリオットに言った。「今夜こそ、その夜だ。時は満ちたよ。いまやらんと、われわれの優位はそっくり失われてしまう。みんなを集めてくれ、頼むぞ！　池の縁にひとり立っていた人間をどうすれば殺害することが可能か、ささやかに説明してやりたいからな。それから、悪魔の奴が名乗りでてみずから説明をすることを祈ろう。うん？」

小さな咳払いでふたりの会話は中断された。ノールズがやってきたのだ。

「失礼いたします」彼はフェル博士に言った。「マリー様がいらして、おふたりに会いたいと申されております。しばらくおふたりを捜しておいでだったそうで」

「このタイミングでマリーがかね？」愛想たっぷりにフェル博士は問いかけた。博士が笑うとマントが揺れた。「どんな用事か言っておったかね？」

ノールズはためらった。「いいえ。その――」ノールズはふたたびためらった。「なにかとても懸念してらっしゃることがあるそうで。マリー様は、バローズ様にも会いたがっておられます。それから、その……」

「はっきり言わんかい！　なにを気にしておるんだね？」

「それでは、博士、お訊ねしてもよろしいでしょうか。ミス・デインは自動人形を受けとられましたでしょうか？」

　エリオット警部が窓辺からさっと振り返った。

「ミス・デインが自動人形を受けとられたか？　自動人形がなんだって？　あれがどうかしたのかね？」

「自動人形と言えば、ひとつしかないではございませんか」ノールズが切り返した。あまり洗練されていないが、流し目をしているようにも見える少し意地悪な表情を浮かべている。「ミス・デインがお昼に電話で、自動人形を今晩届けてもらえないかと申しつけられたのです。わたくしどもは、その、奇妙なご依頼だとは思いました。ですが、ミス・デインはご自宅にこうしたことの専門家でいらっしゃる紳士がやってくるから、じっくり調べてもらいたいのだと言われたのです」

「そうか」フェル博士はつぶやくように言った。「その人にじっくり調べてもらいたいと言ったんだな」

「さようでございます。庭師のマクニールが車輪を修理しまして、わたくしが荷車にのせて届けさせました。届けたマクニールとパーソンズの話では、ミス・デインはご不在で、石炭置き場に入れてきたと申すのです。それから、バローズ様がここへおいでになり、人形がないことを知ってお怒りになりました。やはり、こうしたことの専門家でいらっしゃる紳士をご存じとのことで」

「《金髪の魔女》はむかしのように人気者になったのう」フェル博士が地鳴りのような声で言った。肩で息もしているが、それは喜んでいるのかそうでないのか、わからなかった。「余生を賛美者にかこまれて過ごすとは、すばらしい！　いやまったくもってすばらしい！　人に警告し、人を慰め、人から命じられるために作られた高貴なる完璧な女性か。冷たい瞼はいっときだけ柔らかくなる硬い宝石の目を隠しておるときた――やれやれ！」博士は間を空けた。「マリーも自動人形に興味をもっとるんだろうか？」

「いいえ。わたくしの存じているかぎりでは」

「残念だな。それでは、マリーを読書室へ案内してくれ。あそこならくつろげるだろう。わしたちのどちらかがすぐにむかうから」ノールズが行ってしまうと、博士はエリオットに訊ねた。「このちょっとした動きを、きみはどう見る？」

エリオットはあごをなでた。「わかりません。ですが、わたしたちの推理には合わないようですね。どちらにしても、わたしはできるだけ急いでモンプレジール荘へもどったほうがよさそうです」

「心からきみの考えに同意するね」

「バートンが車でここへ来るはずなんです。車道を行けば三分なんですがね。まだ来ていなければ――」

バートンはまだ到着していなかった。道に迷ったか、夜道のせいか、エリオットには理由はわからなかった。それにファーンリー邸のガレージから車を借りることもできない。ドアにしっかりと鍵がかかっていて頼みづらいからだ。それで、エリオットは森を抜ける小道を通ってモンプレジール荘へもどった。屋敷を去る前に最後に見えたのは、フェル博士が中央階段を、杖を頼りに一歩ずつ降りてくる様子だった。フェル博士の顔には、めったにお目にかかることはない表情が浮かんでいた。

エリオット警部は急ぐ必要などないと自分に言い聞かせた。だが、《壁掛け地図》を抜けて丘をあがると、自分の歩調が速くなったことに気づいた。周囲の様子にもあまりいい気がしなかった。もはや黒魔術のことは真剣に考えておらず、自分たちは一連の凝《こ》ったでっちあげのとばっちりを受けただけであり、屋根裏の黒いヤヌスの仮面ほども怖がることはないのだとわかっていた。せいぜい、不愉快になる程度のでっちあげだ。ただし、最悪の場合、人が命を落とすことになるが。そうなれば、でっちあげでは済まない。

そうは思っていても彼は足を速め、懐中電灯の明かりを左右に振りつづけた。エリオットの身体に流れるスコットランドの血が、心の奥深くにあるものを揺さぶった。いまの自分のやっていることを表現する言葉を少年時代の思い出に探していたのだが、とうとう見つけた。それは〝異教徒のよう〟という言葉だった。

なにか起こるとは予想していなかったし、もう自分が必要とされることはないともわかっていた。

ようやく森を抜けようかというとき、銃声を耳にした。

# 19

ブライアン・ペイジはひらいたフランス窓にたたずみ、庭を見つめていた。先ほどのノックのあとは、普段と同じ態度を取りつくろってはいたが、なにがあってもいいように身構えていた。けれどもなにもなかった——そのように思えた。

自動人形はいなくなっていた。芝生が色褪せたように見える薄暗がりのなか、かろうじて鉄の人形の車輪の跡が残っている。だが、命のない鉄がそこにいようがいまいが、それはどうでもよかった。何者かが、あるいはなにかが、窓をノックしたのだ。ペイジは敷居に一歩近づいた。

「ブライアン」マデラインが静かに言った。「どこへ行くつもり？」

「誰が訪ねてきたのか、それともこれから訪ねようとしているのか、たしかめるだけだよ」

「ブライアン、どこへも行かないで。お願いよ」マデラインが近づいてきた。声には切実さが込もっていた。「これまで、あなたに頼みごとをしたことなんか、なかったわね？　でも、いまはお願いしたいの。外へは行かないで。あなたが行ってしまったら、わたし——自分がなにをするのか、自分でもはっきりとはわからない。ただ、あなたが絶対に気に入らないことをするわ。お願い！　こちらへ来て、窓を閉めてくれないかしら？　あのね、わたしは知っているの」

「知っているだって？」

マデラインは庭のほうに首を振ってみせた。「少し前にあそこにいて、いまはいなくなったもののことよ。キッチンにいるときに、裏口から見たわ。余計な心配をさせたくなかったの。ひょっとしたら、あなたは見ていないかもしれなかったから。でも、あなたは――あなたは見ていたのね」彼女は両手をペイジの上着の襟元へ滑らせた。「外へは行かないで。あとを追いかけないで。相手の思うつぼだわ」

ペイジはマデラインを見おろした。そのすがりつくような瞳や上をむいた短い喉の曲線を見た。そのとき彼は、考えていたことや感じていたこととは裏腹に、まったく超然とした調子で語った。

「これから打ち明けようとしていることを言うのに、これほど異常な状況はない。それにこれほど不適切なときもない。こんなことを言うのは、自分の胸のうちにあるものをさらけだすには、最上級の言葉を使わなければならないからで、なにが言いたいかというと――きみを愛している」

「収穫祭の前夜にも、いいことは起こるのね」マデラインがそう言って、くちびるをあげた。

恐怖を感じていたあの状況下でペイジが、考えていたこと、言いたかったことをちゃんと表現できたかどうか、それは現在に至るまで疑問だ。恐怖の源が明かりの漏れる窓の周囲をうろついていたとしても、ペイジがそれに気がつかなかった可能性はある。しかし、ペイジはそんなことを気にしていなかった。気にしているのはほかのことだった。愛しい顔が、近づいているゆえに遠くに感じ、そして神秘的に見えるという矛盾。マデラインにキスをして起きた奇妙な化学反応で、彼の人生はがらりと変わったが、それでもペイジにはこれが現実のことだとは信じられなかった。有頂天の喜びを絶叫して表現したかった。そして窓辺での数分間ののち、実際にそれをやってのけた。

「ひどいわ、ブライアン。どうしてもっと早く伝えてくれなかったの？」マデラインは泣き笑いの表情で言った。「いいえ、文句なんか言ってはだめね！　わたしの奥ゆかしい性格がめちゃくちゃなことになっているわ。でもやっぱり言わせて、どうしてもっと早く伝えてくれなかったの？」

「きみがぼくに興味をもつだなんて、思ってもみなかったからだよ。きみに笑われたくなかった」

「告白されて、わたしが笑うなんて思ったの？」

「正直に言うと——そうなんだ」

マデラインはペイジの肩に手を置いて、その顔をじっと見あげた。瞳が気にかかる輝きを見せている。

「ブライアン、わたしを愛してくれているのね？」

「この何分間というもの、それをはっきりわかってもらおうとしてきたじゃないか。でも、最初からやり直せと言うのなら、またやるよ」

「わたしみたいな、いき遅れ《スピンスター》を――」

「マデライン。ほかにどんなことを言っても構わないけれど、〝スピンスター〟という言葉だけは使わないでくれ。そんなに醜い言葉もそうそうないよ。なんだか、紡錘《スピンドル》と酢《ビネガー》をかけあわせたものみたいだ。きみをふさわしく表現するのに必要な言葉は――」

ふたたびペイジは、彼女の瞳に気になる輝きを見いだした。

「ブライアン、本当にわたしを愛しているのならば――本当よね？――見せたいものがあるのよ」

庭から、芝生を踏む足音がした。マデラインの口調はおやっと思うほどに奇妙だった。だが、それをじっくり考える暇はなかった。足音を聞いて、ふたりはさっと離れた。月桂樹のなかを人影が近づいてくる。肩幅の狭い痩せた人影で、きびきび動こうとしていたが、足取りはおぼつかなかった。それがナサニエル・バローズだとわかって、ペイジは安心した。

バローズはいつものヒラメのような表情を続けたものか、にんまりしたものか、決めかねているようだった。そのふたつのあいだの表情を浮かべようと苦労しているらしい。その結果、愛嬌はあるが歪《ゆが》んだ表情が生まれていた。大きなべっこう縁の眼鏡のほうはしかつめらしかった。面長の顔は本人がその気になれば、お世辞抜きで魅力的になるのだが、いまはその魅力の一端しか見せていなかった。いつもきっちりかぶっている山高帽は少しだけ傾いていた。

「こらこら！」ふたりがいちゃついていたのを見て、バローズがほほえみながら発した言葉はそれだけだった。「おじゃましたのは」彼は愛想よく言った。「自動人形の件でだよ」

「自動——？」マデラインが瞬《まばた》きをしてバローズを見た。「自動人形？」

「窓際に立ってはいけないよ」バローズがまじめに言った。「客が来たら、慌てることになるだろう。それにきみもだ」彼はペイジを見た。「人形だよ、マデライン。あなたが今日の午後にファーンリー邸から借りた自動人形だ」

ペイジはマデラインのほうに顔をむけた。マデラインはバローズを見つめている。その頬はどんどん赤くなっていく。

「ナサニエル、いったいなにを言ってるの？　わ、た、し、が自動人形を借りたですって？　そんなことしてないわ」

「そんなことを言って、マデライン」手袋をはめた両手を広げたバローズが、ふたたび手を閉じながら返事をした。「検死審問でわたしのためにいい働きをしてくれたことに、まだちゃんと礼を言ってなかったね。でも、それは責めないでほしい！」彼は眼鏡越しにマデラインを横目で見た。「今日の午後に、自動人形を貸してくれと電話したんじゃないかね。マクニールとパーソンズが運んできたんだよ。いまは石炭置き場に入っている」

「あなた、完全に頭がどうかしてしまったのよ」マデラインが甲高い、ふしぎがっている声で言った。

バローズはいつものように落ち着いていた。「いや、人形はここにあるんだよ。それは絶対確実だ。家の表から声をかけても返事がなかった。それでこちらへまわってきたけれど、やはり返事はもらえなかった。車は表の道にとめてある。自動人形をのせるつもりで、ここまで車で来たんだよ。どうして、あなたがあの人形をほしがったのか、わたしには想像できないが、借りていっても構わないだろうか？　まだ、あれがこの事件にどうかかわっているのか、はっきりとはわからない。でも、知り合いの専門家に調べてもらえば、なにかわかるかもしれないので」

石炭置き場はキッチンの少し左の壁に造りつけてある。ペイジはそのドアを開けた。自動人形がそこにいた。輪郭がかすかに見える。

「ほらね？」バローズが言った。

「ブライアン」マデラインがむきになって言った。「わたしがそんなことをしていないと信じてくれる？　これを届けてなんて頼んでもいないし、だいたい考えたこともない。そんなことはなにもしていないの。どうしてわたしが、そんなことをしなくちゃならないっていうのかしら？」

「もちろん、きみがそんなことをしていないのは、わかっているよ」ペイジは言った。「完全に頭がどうかしてしまった奴がいるんだ」

「とにかく家に入ろうじゃないか？」バローズが提案した。「この件できみたちふたりと少し話をしたい。人形を動かしやすいよう車のライトをつけてくるから、ちょっと待ってくれたまえ」

残されたふたりは家へ入り、そこで見つめあった。ラジオの音楽はとまっていた。かわりに、なんの話題だったかもうペイジは覚えていないが、誰かがしゃべっていた。マデラインがラジオのスイッチを切った。動揺して見えた。

「これは現実じゃないのよ」彼女は言った。「まぼろしなの。わたしたちは夢を見ているのよ。少なくとも――一部だけは現実だったらと願っているけれど」彼女はペイジにほほえみかけた。「いったい、なにが起こっているのだと思う?」

それから数秒のうちに起こったことについては、ペイジはいまだに混乱している。思いだせるのは、マデラインの手を握ってこう言おうとしたことだ――なにが起こっていても別に気にしない、窓辺での数分間がまぼろしでさえなければ。そのとき、ふたりとも、庭か、その先のリンゴ園の方角から爆発音を聞いた。低く弾けるような音で、ふたりが飛びあがるほどの大きさだった。しかし、ふたりに関係あることには思えず、自分たちからは遠く隔たったことのように感じられた。だが、金属の音がふたりの耳元でひゅっとうなり、置き時計のひとつがとまった。

耳がそれを感じると同時に、ペイジは窓ガラスに小さな丸い穴を認めた。目の細かな蜘蛛の巣のようにヒビが広がった穴。それを見て、時計がとまったのは銃弾がめりこんだからだとはっきりわかった。

もうひとつの時計がチクタクと時を刻む。

「窓から離れて」ペイジは言った。「まさか、こんなことが起きるなんて。信じられない。何者かが庭からぼくたちを狙って発砲しているよ。ナサニエルはいったいどこにいる?」

ペイジは照明に近づいて明かりを消した。蠟燭の炎を吹き消したところで、汗をかいて、帽子を頭にぐっと押しつけたバローズが、頭を低くかがめて、窓から安全な室内へと入ってきた。

「誰かがそこに——」バローズがうわずった声で言いはじめた。

「ああ。ぼくたちも気づいたよ」

ペイジはマデラインを部屋の奥へ移動させた。時計に命中した銃弾の位置からすると、左へあと二インチずれていたら、マデラインの頭を貫いていただろうとペイジは思った。耳の上で丸くまとめた髪のあたりだ。

もう弾は飛んでこなかった。マデラインの怯えた息遣いがし、部屋の反対側からはバローズの間遠な鋭い息遣いが聞こえた。バローズは一番端の窓のところに立っていた。身構える彼の磨きあげた靴だけが見える。

「何事があったのか、わたしがどう考えているか知りたいかね？」バローズが訊ねた。

「なんだって？」

「何事があったのか、わたしがどう考えているか教えてほしいかね？」

「さっさと言ってくれ！」

「待って」マデラインが囁《ささや》いた。「誰かがいる——耳を澄まして！」

バローズがぎょっとして、亀のように窓から頭を突きだした。ペイジは庭のほうから呼ぶ声を耳にすると、それに応えた。エリオット警部だった。ペイジは駆けよって警部を出迎えた。警部はあっという間にリンゴ園から芝生に入って走ってきた。ペイジの話を聞く警部の顔は暗いためによく見えないが、物腰はいかにも警官らしい重々しいものだった。

「わたしも銃声は聞きました」警部が言った。「ですが、もう明かりはつけてよいでしょう。二度と問題は起きないはずです」

「警部、まさかなにもしないつもりかね？」バローズが甲高い声で強く抗議した。「それとも、ロンドンではこの手のことに慣れているんですか？　はっきり言いますが、わたしたちは慣れておりませんでね」バローズは手袋をはめた手の甲で額の汗を拭いた。「庭やリンゴ園の捜索はしないんですか？　どこから発砲したのか調べないんですか？」

「先ほども言いましたように」エリオットが辛抱強く繰り返した。「二度と問題は起きないはずです」

「だが、誰がやったんだね？　そして、その目的は？」

「目的はですね」エリオットが答えた。「この茶番を永遠に終わらせることですよ。わたしたちは計画を少し修正しました。念のためにですが、よろしければ、みなさんにファーンリー邸へもどっていただきたいのです。申し訳ありませんが、このお願いは命令に近いと思っていただきたい」

「いや、誰も反対しませんよ」ペイジが陽気に言った。「ひと晩にしては、じゅうぶんなスリルを味わったように思いますがね」

警部はほほえんだが、それは相手を安心させるようなものではなかった。

「それはちがうと思います」警部はそう言った。「今夜のとっておきのスリルはまだ味わっていらっしゃらない。ペイジさん、これから体験できるとお約束しましょう。どなたか車をおもちではありませんか？」

この不吉な警部のほのめかしをそれぞれが噛みしめながら、バローズの運転で一同はファーンリー邸へむかった。警部になにを訊いても無駄だった。バローズが自動人形も一緒に移動させるべきだと主張したが、警部は、時間がないし、必要もないと答えただけだった。

不安な表情のノールズがファーンリー邸で彼らを出迎えた。緊張の中心は読書室にあった。二日前の夜にはここで、天井のシャンデリアに並ぶ電球が窓に反射していたのだ。あのときマリーが座っていた椅子にはフェル博士が座り、マリーはそのむかいに腰かけていた。フェル博士は杖に手を置き、下くちびるは何重にもなったあごの上に突きだしていた。読書室のドアを開けるとすぐに、一同はなにかを感じとった。フェル博士が話を終えたばかりだったからで、マリーはおぼつかない手で目元を覆っていた。

「おお」博士が作り物のような愛想笑いを浮かべた。「こんばんは、こんばんは！　デインさん、バローズさん、ペイジさん、よくいらっしゃった。言語道断なやりかたでわしたちは屋敷を収用しとるんじゃないかと不安になるが、やらねばならんことがあるのです。ささやかな会議にみなさんを集めることが、絶対に必要なんだ。ウェルキンさんとゴアさんにも使いを出したよ。ノールズ、レディ・ファーンリーも呼んでもらえんかね。いや、きみが行くんじゃない。メイドを使いにやってくれ。きみにはここに残ってほしい。そうすれば待ち時間に、とある件について話ができる」

博士の口調には、ナサニエル・バローズが腰を下ろすのをためらってしまうものがあった。

バローズはさっと片手をあげた。マリーのほうは見なかった。

「そんなに焦らないでください」バローズは意見した。「みんなが揃うのを待ちましょう！この話し合いには、その、議論の余地のある事柄が含まれているのでは？」

「そうだな」

やはりバローズはためらっていた。マリーのほうは見なかった。ペイジはふたりを観察していて、わけもなくマリーに哀れみを感じた。この元家庭教師は疲れきってひどく年老いたように見えた。

「おっと！　それなのに、なにを話し合うと言われるんですか、博士？」

「ある人物の性格についてだよ」フェル博士が言った。「誰のことか、あたりはついておるだろう」

「ええ」ペイジは同意したが、ほとんど意識せず大声を出していた。「ヴィクトリア・デーリーを魔術のお楽しみへ誘惑した人物でしょう」

この名前がもつ効果は絶大だとペイジは気づいた。〝ヴィクトリア・デーリー〟という名前を言うだけで魔よけになるかのように、誰もがあとずさる。そこからあとは、好ましくない展開が待っているように感じられるからだ。やや驚いたようだったフェル博士は興味ありげに振り返り、瞬きしながらペイジを見た。

「ほう！」博士が息を切らして認めた。「では、きみはそれを推理できたんだな」

「話に筋道をつけようとしたんです。その人物が犯人ですか？」

「そうだよ」フェル博士が杖で床を突いた。「きみもその見解に至っておるならばありがたい。きみの考えを聞こうじゃないか。さあ、話してくれたまえ。誰かがこの部屋を出るまでに、もっと悪いことが話されるはずだ」

マデラインにはすでに話したことを、少し丁寧に、彼にしてはめずらしいほど生き生きとペイジは繰り返した。フェル博士の鋭い小さな目はペイジの顔から離れることはなく、エリオット警部もひとことたりと聞き逃すことがなかった。軟膏を塗りたくられた身体、窓のひらいた暗い家、あわてふためいた流れ者、ひそんでいた第三の人物。これらのイメージがスクリーンに映しだされるように、読書室で再現されているようだった。

最後にマデラインが口をひらいた。「これは本当なんですか？　博士と警部もそう考えてらっしゃるんですか？」

フェル博士はただうなずいただけだった。

「では、ブライアンに訊ねようとしたことをお訊ねします。ブライアンの言う魔女集会が存在しないで、すべての出来事が夢であったのならば、この〝第三の人物〟というのはなにをやっていたのか、それともやろうとしていたんでしょうか？　魔術があったという証拠はどうなるんでしょうか？」

「ああ、あの証拠か」フェル博士が言った。

間を置いて、博士は話を続けた。

「説明してみよう。あんたたちのなかに、身も心もこうした魔術、そして魔術が象徴するものに対する密かな愛に傾倒して何年も過ごした者がおる。魔術を信じておるんじゃないのにだ！　それはあらかじめ指摘しておかねばならない点だから、強調しておくよ。暗闇の力や四つ辻の支配者たちについて、こやつ以上に皮肉になれる者はおらん。だが、けっして人に知られてはならんという理由から、魔術への執着はなおさら強くなり、ますます必要になっていった。この人物は、あんたもわかるだろうが、人前ではまったくちがった性格を見せるのだ。この人物は、他人の前では、魔術に対してあんたやわしがもっていてもおかしくない程度の関心があることさえ、認めようとせんだろう。だから、この秘密の関心――つまり誰かと分かち合いたいという欲望――とりわけ、ほかの者に試してみたいという欲望はどんどん強くなっていって、秘密という束縛を破らねばならないほどになったんだよ。

さて、この人物はどんな立場にあったのか？　この人物になにができたか？　ケント州に何世紀も前に存在していたような、あたらしい魔女集会を見つけられるのか？　そんなふうに考えるのは、なんともまばゆい魅力を放つことだったにちがいない。だが、この人物はそんな考えが風のようにあてにならないとわかっておった。この人物は根っからの現実家なんだよ。

悪魔を崇拝する組織の最小の単位は、たしかコヴンという。十三人からなり、団員が十二人に仮面をつけた司祭役がひとり。そうした集まりでヤヌスの仮面をつけた司祭になることは、この人物にとってすばらしい夢のように心に訴えたことだろう。しかし、ただの夢でしかなかった。実現するうえでの困難が大きすぎただけじゃない。興味を他者と分かちあいたいのに、関係者はごくかぎられた人数に留めねばならんかったのだ。興味の対象は秘密だったから、狭い内輪の範囲で、個人的におこなわねばならん。

はっきり言っておくが、これは悪魔の力と結びついたもんではないのだ。そんな力が存在するとしての話だがの。そんな大それた野望はもっていなかった、あるいは、こんなふうに言えばもっと適切かもしれんな、そのような誇大妄想はなかったと。念入りに計画されたものじゃなかったんだよ。頭の切れる人物が動かしておったことじゃなかった。わしたちの知っておるような、まじめに発展した信仰集団じゃなかった。ただのお遊びで、そうしたものが好きでたまらんというだけの、いわば趣味のようなもんだった。まったく、たいした害があったとは思えんのだよ、この人物が幻覚を生みだすために毒物を使わずにいたらな。もしも、バカなことをやろうと決めた連中が法律にいっさい違反せず、慣習を破ることさえなかったならば、警察の出る幕ではないよ。だが、ターンブリッジ・ウェルズ郊外の女の件があると、話がちがってくる。ちょうど一年半前に起こったことで、背後関係はまだわかっとらんが、肌にベラドンナを塗って死亡したんだから、そりゃもちろん、警察の出る幕になるさ！　そもそも、エリオットがここへ出張してきたのはなんでだと思う？　エリオットがヴィクトリア・デーリーの話にこれほど関心を示す理由はわかるかね？　さあ、どうだ？

何者かがどんなことをしておったのか、わかりはじめてきたか？

この人物は数人の、都合がよく、こうしたことの好きそうな友人を選んで秘密を打ち明けた。数は多くはない。ふたりから四人ぐらいか。それが誰なのか、わしたちにわかることはなかろう。この人物は選んだ者たちと盛んに話をした。多くの本の貸し借りがあった。友人たちの頭がとんでもない言い伝えでいっぱいになり夢中になれば、そのときが訪れたことになった。このあたりに悪魔信仰の集会が実在して、興味のある者は参加できると知らせるときがな」

フェル博士が杖の石突きで床を叩くと、鋭い音がした。博士はいらだって、怒りっぽくなっていた。

「もちろん、そのような集会は存在しなかった。もちろん、初心者が集会の夜に家をあとにしたり、部屋から出て動きまわることなどなかった。もちろん、すべてはおもな材料がトリカブトとベラドンナである軟膏の仕業《しわざ》だった。

それにもちろん、原則として、そそのかしたこの人物が友人に近づくことも、集会とやらがひらかれたはずの夜に、実際にどんな集会にも参加することもなかった。それはあまりに危険が大きかっただろう。軟膏の毒の効果が大きすぎたら一大事だからな。こやつの楽しみは、この教えを広めること、言い伝えにある冒険談を分かち合うこと、薬の影響のせいで、自分がサバトで悪魔を見たと思って、人が堕落していくのを見ることにあったんだからな。ようするに、安全な限定された集団の内部だけでたくみに関心を広める喜びと、冷酷な悪意を満足させる愉悦——両者を合わせたものだ」

フェル博士は口を閉じた。沈黙に続いてケネット・マリーが考えこみながらしゃべった。

「連想したよ」マリーは言った。「中傷の手紙を書く心理状態を」

「そういうことだ」フェル博士はそう言ってうなずいた。「形が変わり、より害の大きくなったはけ口だな」

「けれども、ターンブリッジ・ウェルズの近くの女性が毒で死んだかどうか証明できないとなると――その事件のことをわたしは聞いたことがなかったが――どうするんだね。この人物は具体的に法律に反する行為はしなかったのかね？　だってヴィクトリア・デーリーは毒で死亡したんじゃないんだよ」

「それはどうかわかりませんよ」エリオット警部が意見を述べた。「毒は体内に取りこまれなければ毒にならないと考えていらっしゃるようですね。ちがうんですよ。ですがいま、その点についてとやかく言う必要はないです。フェル博士はあなたに秘密をしゃべっているだけですから」

「秘密？」

「その人物の秘密だよ」フェル博士は言った。「この秘密を守るために、二日前の夜に庭の池でひとりの男が殺されたんだ」

ふたたび沈黙が訪れた。今回は誰もが少しぎょっとしているような、不気味な質のものだった。

ナサニエル・バローズはカラーの内側に指を一本入れた。

「これはおもしろい」バローズは言った。「大変おもしろい。ですが同時に、誤った主張を聞かされるためにここへ呼ばれた気がしていますね。わたしは事務弁護士であって、異教信仰を学ぶ者ではないんですよ。その異教信仰が、わたしに関心のある唯一の事柄と関連があるとは思えない。博士の説明された物語は、ファーンリーの財産の正当な相続人の問題とはちっとも関係がないように――」

「いやいや、それがあるんだ。実際それこそが、すべての根幹だった。すぐに諸君にそのことを理解させたいと思っておるよ。だが、きみは」博士は理屈っぽくペイジに言った。「こう訊ねたな。この人物がそのようなことをやる気になった理由はなんだと。まったくの退屈からだろうか？　先祖から受け継いだ異常な性格が、時を経ても失われることはなく、年々増していったんだろうか？　わしは、両方少しずつあるんじゃないかと思うね。この場合、垣根に生えたベラドンナのように、すべてのものが一緒に成長しておる。蔦のようにからまって、解きほどけないんだよ。

そうした本能をもっていて、いつもそれを押し殺さねばならない人物とは何者か。わしたちの目の前に揃った証拠から、誰にそうした特異性を認められるだろう？　魔術と殺人、両方のおもちゃに直接近づけた、ただひとりの人物は誰だろう？　愛のないみじめな結婚によって、まちがいなく退屈に苦しんでおって、それと同時に、元気さをもてあまして苦しんでおったのは誰だろう」

耳元で鐘が鳴るような啓示を受けて、バローズがぱっと立ちあがった。

同時に、読書室のひらいたドアの外で、ノールズと何者かが囁いている声が聞こえた。

ノールズが口をひらいたとき、その顔は蒼白だった。

「おじゃまして申し訳ございませんが、奥様がお部屋にいらっしゃらないと言うのです。しばらく前にかばんに荷物を詰めておいでだったそうです。それからガレージの車を出して――」

フェル博士がうなずいた。

「思ったとおりだ。だから、わしたちはロンドンへ急ぐ必要はなかったんだよ。逃亡したことがなによりの証拠。これでレディ・ファーンリーに対して殺人容疑の逮捕状を取ることも、むずかしくなくなったな」

## 20

「おいおい！」フェル博士が杖で床をコツコツやってから、慈悲深く諭しているような雰囲気で一同を見まわした。おもしろがる一方で、憤慨してもいる。「まさか、驚いたなどと言わんでくれよ。いまのがショックだったなどと言わんでくれ。あんた、デインさん！　あの女とはむかしから知り合いじゃなかったかね？　彼女からどれだけ憎まれておるか、知らなかったと言うんじゃなかろうな？」

マデラインは手の甲で額を拭いた。それから手を伸ばして、ペイジの腕を取った。

「知りませんでした」マデラインが言った。「本当のことを言うと、うすうす感づいてはいました。でも、はっきりそんなこと言えるはずもありません。わたしが噂好きの意地悪女だなんて、思ってらっしゃいませんか」

ペイジは、いささか考えを修正する必要があった。どうやら、ほかの者もそうらしい。最初考えていたことにこの情報を組みこもうとしていると、あたらしい考えのほうがペイジの頭をしっかりと捉えて離れなくなった。その考えとはこうだった――この事件はまだ解決していない。

こう思う原因がフェル博士の瞼《まぶた》がかすかにひくつく表情にあるのか、杖に置いた手をもてあそんでいることにあるのか、それとも山のような身体がかすかに震えていることなのか、わからなかった。だが、まだ解決していないという印象があったし、なによりフェル博士がまだ部屋にいること自体が、すべての謎の解明は終わっていないと言っているようなものだった。どこかに伏兵がいて、どこかから、頭を打ち抜こうとする銃に狙われている。

「先を続けよう」マリーが静かに言った。「きみの言うことはまちがいないと思う。話を続けてくれ」

「そうですね」バローズが虚《うつ》ろにそう言って、腰を下ろした。

博士の大声は、静まり返った読書室のなかで眠たげに響いた。

「物的証拠から」博士は話を続けた。「その点は最初からほとんど疑う余地もなかったんだ。すべての混乱のもとは、霊的なものであろうがなかろうが、つねにこの屋敷、蔵書置き場になっておる屋根裏の開かずの間にあった。何者かがそれに取りつかれていた。何者かが部屋を探り、本をもちだしたり入れ替えたり、つまらないものをいじったりしておった。つねに行動力あふれる何者かが、あそこを隠れ家のようにしておったのさ。

さて、誰か外部の者がこうしたことをやったと考えるのは――近所の何者かが屋根裏に忍びこんだことになる――あまりにも夢のような話で、真剣に考えてみる価値もない。心理的にも、現実的にも、忍びこむことなど不可能だったはずだ。誰も他人の家の屋根裏を自分専用のクラブがわりにはせんだろう。しかも、穿鑿好きな使用人たちの目を盗んで。使用人やらほかの誰かに見られずに、夜のこの屋敷へ出入りすることはできんよ。家の主人が目を光らせておるのに、あたらしい南京錠を気軽にいじることなどできん。だが、こんな意見が出るかもしれんな。たとえば、デインさんが」――ここでフェル博士の丸ぽちゃの顔に晴れやかな笑顔が浮かんだ――「デインさんはかつてあの小部屋の鍵を、もっておったじゃないかと。だが、その鍵はもう使えんのだよ。

では次の疑問だ。サー・ジョン・ファーンリーを悩ませておったのはなにか？

みんな、そこを考えてくれんか。

堅物で、安眠できず、すでに自分自身の悩みでぼうぜんとなっておる男。なんで彼は自分の家になんの慰めも見いだせなかったんだろうか？　大事な相続権をなくすかもしれないその夜に、なんであの男はせわしなく歩きまわって、ヴィクトリア・デーリーの話をするだけだったのだろう？　この近所で〝民間伝承〟について質問している探偵がいると聞いて、動揺したのはなぜだ？　デインさんに伝えた謎のほのめかしの意味は？　気持ちが高ぶると、教会の壁を見あげて、自分が思いどおりにできるなら――と言った男。

思いどおりにできるなら、なにをする？　教会を誹謗《ひぼう》する者に対して声をあげる？　犬の鞭を手にして屋根裏に行ったが、降りてくるときには真っ青になって汗まみれだった。そこにいた人物に鞭を使えなかったのはなんでなんだ？

この事件の要《かなめ》は心理的なものだが、これからすぐに話す物的証拠も意義深いという点ではひけを取らない。こちらを追っていくのが一番みたいだな」

フェル博士は口をつぐんだ。テーブルを少し悲しげにじっと見つめている。それからパイプを取りだした。

「このモリー・ビショップという女性の過去を見ていこう。不屈の意志をもつ女性で優秀な女優でもあった。パトリック・ゴアが二日前の晩に、彼女について正しいことを言っておる。きみたちの知るファーンリーを愛したことなどないと言って、驚かせたそうじゃないか。モリーが何年も前に知っていた少年のゴアを投影した像に恋をし、それに飛びついて結婚したとも言ってな。実際、そのとおりだったんだよ。結婚した相手は同じ少年のゴアではなく、それどころか、じつは同じ人間でもなかったとモリーが気づいたとき、どれほど怒ったか、わしたちが知ることはないだろう。

それでは、強迫概念というか風変わりな嗜好というか、たった七歳の子どもの頭にさえ植えつけられるもの、それはどのようなものだろう。

むずかしく考えることはない。その年頃に、人間の芯となる嗜好が外部からの印象によって植えつけられる。それを根絶やしにすることはできん。自分では忘れてしまったと思ってもな。たとえば、わしはあの世へ行くその日になっても、でぶっちょのオランダ人のじいさんが柄《え》の長いクレーパイプを吸いながらチェスをやっておる絵が好きなはずだよ。幼い頃に父の書斎の壁にかかっておった絵だ。同じ理由で、人というものは、鴨やら幽霊話やら車の構造が好きだったりするんだよ。

さて、少年の頃のジョン・ファーンリーを崇拝しておった唯一の人物は誰だったかな？　彼の味方をした唯一の人物、ジョン・ファーンリーがジプシーのキャンプに連れて行ったのは、誰だったろう。重要だから、ジプシーのキャンプのことは念を押しておくよ。それから、誰を森へ一緒に連れて行った？　悪魔信仰の実践ということで彼が暗唱した呪文、彼女はどのような呪文を聞いただろうな？　まだ彼女にはそれが理解できない頃、それどころか日曜学校の授業の内容さえも理解できない頃のことだ。

それに、離ればなれになっておった歳月をどう捉える？　彼女の頭のなかで、この嗜好がどうやって大きくなり、成長していったのか、わしたちにはわからん。ただ、これだけは、はっきりしておる。彼女はファーンリー家の人々とかなりの時間を過ごしておったということだ。父親のサー・ダドリーにも息子のサー・ダドリーにも影響力をもっておったから、ここにいるノールズを執事に推薦できたんだよ。そうじゃないかね、ノールズ？」

博士はあたりを見まわした。

呼びかけられた瞬間、ノールズは動かなかった。彼は七十四歳だ。あらゆる感情が透けて見えるようだった顔がいまは、なにも垣間見ることができない。口をパクパクさせてから、うなずくことで返事をした。だが、いっさいしゃべらなかった。ただ恐怖の表情を浮かべているだけだ。

「じゅうぶんあり得ることだが」フェル博士が先を続けた。「彼女は相当前に、開かずの間の書庫から本を借りておった可能性がある。ひとりで悪魔崇拝の集会を始めたのがいつだったのか、エリオットはその形跡をたどることはできんかった。だが、それは結婚の数年前のことではあった。この地方で彼女の恋人だった男の多さには、みんな驚くことだろう。だが、その連中も悪魔信仰の件についてはなにも言えんだろうし、言うつもりもなかろう。結局、わしたちの関心があるのはその点だけなんだがな。この女がなによりも大事にしているのもその点で、だから悲劇が起こったんだ。ではなにが起こったか？

長く、そしてロマンチックな不在を経て、〝ジョン・ファーンリー〟だという男が、先祖代代の家とされる場所へもどってきた。すぐさま、モリー・ビショップは激変した。なにしろ彼女の理想が帰ってきたんだ。悪魔信仰の手ほどきをしてくれた相手でもあるから、なにがあっても、この男と結婚しようと決めた。そして一年ばかり前——正確には一年と二カ月前、ふたりは結婚した。

悲しいかな、これほどまずい組み合わせがあっただろうか？

冗談抜きで訊ねよう。モリーは自分の結婚相手がどんな人間だと思っておったか、そして結婚してしまった相手が、本当はどんな人間だったか。ジョン・ファーンリーが妻の秘密を知って、沈黙のうちに軽蔑し、形だけ礼儀正しく冷たく接したことは想像できる。あの女が夫をどう思っておったかも——心配性の妻らしい仮面をつけていながら、本当の自分を見抜かれていると自覚しておったことも想像できる。あの夫婦は、いつだって、相手の秘密に気づいていないふりをしておった。というのも、ジョンが妻の秘密を知ったように、妻のほうでもたいして時間はかからず、夫は本物のジョン・ファーンリーではないと気づいたはずだからだ。こうして、黙って相手を憎みながら、お互いの秘密を分かち合ったわけだ。

では、なぜジョンは妻と離婚しなかったのか？　清教徒的な魂の持ち主であるジョンなんだから、真っ先に地獄の穴へ突き落としたいたぐいの女であるうえに、勇気さえあれば鞭で打ってやりたいくらいの女でもあった。それどころか、あの女は犯罪者だった。そこのところは誤解ないようにな、諸君。ヘロインやコカインよりも危険な薬の供給者であり、ジョンもそのことを知っておったんだよ。あの女はヴィクトリア・デーリーが殺害された事件で、事後共犯となった。ジョンはそれも知っておった。諸君も、彼がどれだけ激怒したか、どう思っておったかもわかっただろう。それでは、どうして離婚しなかったのか？

彼は思いどおりにできる立場になかったためだ。あの夫婦は互いの秘密を握りあっておったんだからな。彼は自分がサー・ジョン・ファーンリーじゃないとは知らんかった。だが、ひょっとすると、と思うと不安に襲われた。自分が偽者だと妻が証明できるとは知らんかったが、妻を刺激したら、そんなことをしかねないと思って怖れた。妻が疑っているかどうかすら知らず、それも恐怖の対象だった。デインさんが言っておったように、彼は優しくて明るい性格の持ち主などではなかった。たしかに、故意に偽者になったわけではなく、記憶がまったくないなかで、手探りしているような状態だった。自分は本物のファーンリーにちがいないと思う瞬間もいくつもあった。だが、人間なら心の奥底で自然とわかることだろうが、運命に追いつめられ、むかいあうことになるまで、それをあまり刺激しすぎないようにした。というのも、彼自身も犯罪者かもしれないからだ」

ナサニエル・バローズが飛びあがった。

「もう我慢できない」彼は感情をむきだしにして言った。「こんな仕打ちに耐えるのは断固拒否します。警部、この男をとめてください！　まだ定まっていない問題に偏見を生じさせる権利はありません。法律の代弁者として言いますが、わたしの依頼人についてそのようなことを発言する権利は――」

「座ってください」エリオットが静かに言った。

「だが――」

「座ってくださいと申しましたが」

マデラインがフェル博士に話しかけた。

「今夜、早い時間に話していましたね」彼女は博士に念を押した。「ジョンの〝犯罪かなにか悪さをした覚え〟について。本人はどんなことかわかっていませんでしたが。あの人はそのせいで、ますます清教徒みたいに潔癖さを求めるようになりました。そのことがこの事件の全体に影響している気がします。でも、これは心からそう思うのですが、それがなにかと関係あるかどうか、わたしにはわからないんです。説明してもらえないでしょうか？」

フェル博士はからになったパイプをくわえて、ふかしている。

「説明しよう」博士は答えた。「曲がった蝶番《ちょうつがい》だよ。その蝶番が留めてあった白いドア。それがこの事件の鍵なのだ。じきにその話はする。

というわけで、この夫婦は、袖に短剣を忍ばすように互いの秘密を握って、しかめ面《つら》をして過ごしつつも、世間の前ではなにもないように演じていた――いや、お互いの前でさえも。そしてヴィクトリア・デーリーが亡くなる。秘密の魔女集会の犠牲者だ。ふたりが結婚してわずか二カ月後のことだな。その頃には、ファーンリーが妻をどう思っておったか、目に浮かぶようだよ。〝自分の思いどおりにできるなら〟――そのことにファーンリーは執着し、何度もそう言うようになった。ファーンリーが本当のことを話す立場にならないかぎり、モリーは安全だった。事実、一年以上も、あの女は安全だったんだ。

だが、青天の霹靂《へきれき》だったことに、屋敷の相続権を主張する者が現れた。こうして、ＡＢＣの並びのようにまちがいようがないほど明確で、避けられない不測の事態が勃発したのだ。それはこのようなものだ。

夫は本物の相続人ではないと、モリーは知っておった。

相手が本物の相続人だと証明される可能性がありそうだ。

相手が本物の相続人だと証明されれば、夫は追いだされる。

追いだされたら、夫にはもはや妻の秘密をしゃべらないでおく理由がなくなる。きっとしゃべるだろう。

ゆえに、夫に生きていてもらってはこまる。

そのくらい単純ではっきりしたことなんだよ、みなさん」

ケネット・マリーが座ったまま身じろぎして、目元を覆っていた手をどけた。
「少しよろしいかな、博士。これは長い時間をかけて計画されたものだったのかね?」
「まさか!」博士は真剣に言った。「ちがう、ちがう! わしが強調したいのはまさにその点だよ。これは二日前の夜、せっぱ詰まったところでとっさに見事に計画され、実行されたことだったのさ。自動人形が下の階へ突き落とされたときと同じように、すばやく決断されたものだった。

いいかね。この女は、相続権主張者のことを初めて耳にしたときは――本人が認めているよりずっと早くから知っていたんじゃないかと思うが――別に恐れる理由もないと信じておった。まだな。夫は裁判で闘うだろうし、また闘わせねばならない。皮肉なことに、自分も夫のために闘わねばならない。憎い夫が追いだされる様子を見物したいと願うどころか、これまで以上にしっかりと夫を捉まえておかねばならなくなった。夫が裁判に勝つ可能性は極めて濃厚だ。法律というのはそうしたもので、有名な家柄の相続人として名乗りでた者に法廷は非常に警戒するからな。いずれにしても、裁判には時間がかかるから、余裕をもって考えることができる。

あの女も知らず、相手側が二日前までひた隠しにしていたことは、指紋の存在だった。これは動かしがたい証拠だよ。手堅い証拠になる指紋なんかがあれば、すべての問題は三十分で解決だ。夫の気持ちを知っているこの女は、指紋で事がはっきりすれば、夫は冷静かつ誠実に、すぐに自分は偽者だと認めるとわかっておった。自分はジョン・ファーンリーではないと自分で納得すればすぐにな。

この手榴弾が爆発したとき、この女は差し迫った危険に気づいた。あの夜のファーンリーの機嫌を覚えておるか？　きみたちが説明してくれたことが正確ならば、ファーンリーの話すことから行動まですべてに、どうなってもいいという固い決心があった。〝そうか、テストか。これで自分が本物だとわかれば、それはそれでいい。もし偽者であっても、すべてをなくしても埋め合わせになるような慰めがある。やっと自分が結婚した女の秘密をおおっぴらにしてやれる〟――こういったところだったんじゃないかな。わしはファーンリーの機嫌を正しく解釈できておるか？」

「ええ」ペイジは認めた。

「だから、この女は捨て鉢な手段を取った。すぐさま行動せんといかんかった。余裕はいっさいなし！　指紋の照合が終わる前に行動する必要があった。昨日と同じ、とっさの行動さ――屋根裏で、わしの口から言葉が出てくる前に人形を突き落としたあのときとな。あの女は大胆に行動して、自分の夫を殺したんだ」

真っ青な顔をして額に汗を浮かべたバローズは、注目を集めようと、いたずらにテーブルをドンドン叩いていたのだが、ここで彼の態度に希望がきらめいた。

「博士のおしゃべりをやめさせる方法はないようですね」バローズが言った。「警察がやめさせないのならば、抗議するのがわたしにできる精一杯です。ですが、これまでペラペラとしゃべられた推理が成り立たないところにさしかかってはいませんか。あなたの説には証拠がないなどと言っているのじゃありません。ただ、サー・ジョンがどのように殺害されたのか説明されるまでは――よろしいですか、ひとりきりで、近くには誰もいなかったのです――それが説明されるまでは――」彼は言葉を詰まらせた。しどろもどろになって、大きく身振りをした。

「その点は、博士、説明などできないでしょう」

「それができるんだよ」フェル博士が言った。「初めての本物の手がかりと言えるものは、今日の検死審問で見つかった」そして思い返しながら続ける。「証言が記録されとるというのは、結構なことだな。最初からわしたちの鼻先にぶらさがっていた証拠のかけらを拾えば済む。なんと、奇跡がわしたちの膝に落っこちてきたんだ。死刑に値する証拠の言葉が手に入ったから、それを照らしあわせ、ちょっと整理して、その結果を検事に渡す。そして」――博士は身振りを示した――「絞首台の足踏み板のかんぬきを抜くというわけだ」

「検死審問で証拠が手に入っただって？」マリーが博士を見つめながら繰り返した。「誰の証言から？」

「ノールズからだよ」フェル博士が言った。

めそめそ泣いているような音がノールズの口からあがった。一歩前に出て、顔に手をあてたが、なにも言わなかった。

フェル博士が静かに彼を見つめた。

「ああ、わかっておるよ」博士が図太い声で言った。「辛いことだろう。だが、きみなんだよ。皮肉なものだな。だが、きみの証言なんだよ。きみはあの女を愛している。幼い頃から大切にかわいがってきた子だった。それなのにあの検死審問で、悪意などまったくなしに真実だけを伝えようとした証言によって、きみ自身の手で絞首台の落とし戸のかんぬきを抜くように、その子を吊すことになったんだよ」

博士の視線は執事に注がれたままだった。

「ここで言っておくが」博士は慰めるように続けた。「なかには、きみが嘘をついておると思っていた者もあった。だがわしは、きみが嘘などつかんとわかっておったよ。きみは、サー・ジョン・ファーンリーは自殺したと言った。潜在意識で覚えておったあることを、ファーンリーがナイフを投げすてたのを見たような気がした——そう強引に結論づけた。きみが嘘をついておらんかったのはわかっておる。なぜならば、前の日に、エリオットとわしに話をしたときも、まったく同じ問題を語ったからだ。きみは躊躇して、はっきりしない記憶を探っていた。エリオットがその点を追及すると、きみはとまどってショックを受けておった。〝それはナイフの大きさによりますでしょう〟と言ったな。それから〝あの庭にはコウモリがおりますし。ときには、テニスボールが迫ってきても見えないことが——〟とも。その言葉の選択自体が重要なんだよ。言い換えようか。犯行のあった時間帯に、実際きみは空を飛ぶなにかを見たのだ。そうだろう？　潜在意識できみがとまどっておったのは、そのなにかを見たのが犯行のあとではなく、直前だったからだよ」

博士は両手を大きく広げた。

「コウモリが凶器とは、こりゃまた意外ですな」バローズが刺々《とげとげ》しい声であてこすった。「いや、テニスボールが凶器なのですか。ならばなおのこと意外だ」

「テニスボールにそっくりのものだよ」フェル博士は大まじめに賛成した。「だが、もちろん、かなり小さいがね。極めて小さなものだ。

その話はまたあとでしよう。被害者の傷の形状について考えてみようじゃないか。あの傷についてはすでに、仰天したり、感じ入ってしまったりする意見をたくさん耳にした。ここにいるマリー君は、牙か鉤爪《かぎづめ》の跡のようだと言った。垣根で見つかった血痕の付着した折りたたみナイフでは、そんな傷はつかないとも言っておる。パトリック・ゴアでさえも、きみたちから聞いた話が正しければ、とても似たようなことを言っておった。なんと言ったんだ？〝ミシシッピ以西で最高の動物遣いだったバーニー・プールが豹に殺されたとき以来、こんなのは見たことがない〟だったかな。

鉤爪というテーマはこの事件に始終顔を出す。検死審問でも、キング医師が医学的見地から、興味深く、慎重な言い回しで、はっとするほど示唆に富んだ証言をしておる。ここに、彼の証言を少しメモしておいたものがあるから読みあげよう。オッホン。

〝浅い傷が三本〟と医師は話しておる」ここでフェル博士は一同の顔を食い入るように見た。「〝浅い傷が三本、喉の左側からやや上向きに走って右のあごの角で終わっている。うち二本は交差していた〟。そしてこれがさらに理解に苦しむ証言だよ。〝組織にひどい裂傷があるからね〟

組織の裂傷。これはどう考えても妙だろう、諸君。凶器が、いまエリオット警部が見せておるような、たとえ刃がこぼれておるとしても切れ味は非常に鋭いナイフだったと考えると。喉の裂傷が示しておるのは――
まあ、それはあとでいい。鉤爪の跡というテーマにもどって、こいつを検証してみよう。鉤爪による傷の特徴とはなにか、それがサー・ジョン・ファーンリーの死においてどのようにあてはまるか？　鉤爪による傷の特徴はこうだ。
一、浅い。
二、鋭い先端でつけられるため、切るというよりも、引き裂くか、引っ掻くか、引きちぎるものである。
三、バラバラに傷がつけられるのではなく、すべて同時につく。
この特徴のどれもが、ファーンリーの喉に残った傷の描写に一致することはわかるな。検死審問での、キング医師による妙な証言に注目してもらおうか。彼は嘘しか言ってないわけではない。だが、あきらかに必死になって、突拍子もないことをしゃべっておる。ファーンリーの死を自殺にするためにな！　なぜか？　考えてみるといい。あの医師もまた、ノールズと同じく、モリー・ファーンリーを幼い頃から大切にかわいがってきたんだ。親友の娘で、自分を〝ネッドおじさま〟と呼んでくるほどで、その性格もよくわかっておっただろう。だが、ノールズとちがって、あの女をかばっておる。ロープの先で首が折れるようにはせんかった」

ノールズが哀願するように両手を伸ばした。額には汗の粒が浮かんでいるが、やはりなにも言わなかった。

フェル博士が話を続ける。

「マリー君が少し前に、この事件の根本の問題にふれたよ。なにかが宙に飛んだことに言及して、本当にナイフが凶器であるならば、どうして池に捨てなかったのかと、適切な質問をしたときだ。さて、わしたちがいまわかっておるのはどんなことだね？　夕闇のなかで、なにかがファーンリーへ飛んでいったこと、それはテニスボールより小さなものだったこと。それに鉤爪か、鉤爪のような跡を残す先端があるもの――」

ナサニエル・バローズがそっと忍び笑いをしてみせた。

「空飛ぶ鉤爪というお話ですか」そう冷やかした。「本当に、その空飛ぶ鉤爪とやらがどんなものか、説明できるのですか？」

「もっといいことをしてやるよ」フェル博士は言った。「見せてやろう。きみも昨日見ているんだがな」

博士はたっぷりした脇ポケットから大きな赤いハンカチに包んだものを取りだした。針のように尖った先端がハンカチに引っかからないよう包みをひらいて、中身を露《あら》わにした。それがなにか気づき、ペイジはショックでとまどった。フェル博士が開かずの間からもちだした木箱に入っていたものだった。正確には、小さいが重い鉛の玉で、等間隔に四つの大きなフックが取りつけられている。抵抗する深海魚を捕まえるときに使われるようなものだ。

「この妙な道具の用途がなにか、ふしぎに思ったろう？」博士はにこやかに訊ねた。「こんなものを使うような者がおるのかと首を傾げるんじゃないか？　だが、ジプシーにとっては、それも中部ヨーロッパのジプシーにとっては、大変威力のある危険な使い道があるんだよ。警部、グロースを取ってくれんかね？」

エリオットがブリーフケースを開けて、灰色のカバーのついた大型の薄い本を取りだした。

「これが」フェル博士が本をいじりながら話を続けた。「これまでに編集されたなかで、最高の犯罪学の教科書だよ＊原注。参考文献をたしかめたくて、ゆうべロンドンから取りよせたんだ。この鉛玉についての詳しい説明は二四九ページから二五〇ページにある。

これはジプシーが飛び道具として使う武器だ。手口が謎めいて、ほとんど超自然現象のような窃盗事件の一部にはこれが使われておるんだよ。一端にごく軽量だがとても強力な釣り糸を結ぶんだ。玉を投げると、どんなふうに投げても、どちらむきに落ちても、フックが軽々とものを引っ掻ける。船の錨のようにな。鉛玉にはうまく飛ぶのに必要なそれなりの重さがあり、釣り糸を引っ張れば、戦利品と一緒にもどってくる。この玉の使用法について、グロースはこう書いておるよ。

> ものを投げることにかけては、ジプシー、とくにその子どもたちは驚くほど長《た》けている。世界じゅうの子どもたちが石ころを投げて遊ぶ。目的は、できるだけ遠くへ飛ばすことだが、ジプシーの子どもたちはそうではない。クルミ大の石をたくさん集めると、十歩から二十歩ほど離れた、大きめの石や、小さな板、古い布など、適当なまとを見つけるのだ。それから、集めておいた石を投げる……何時間でも投げつづけ、この練習によって、手のひらより大きなものならば、けっして外さない技術をじきに習得する。この段階に達すると、次は投げフックを与

えられ……

木の枝にかけた小さな布きれにフックを投げて、この布を引き寄せることができればジプシーの子どもの修行は終了となる。


枝にかけた布きれだぞ！　この驚くべき技術を使えば、鉄柵のある窓からでも、塀にかこまれた庭からでも、シーツや服を奪える。だが、こいつを投げて使う武器として使うとなると、どれだけ恐ろしい効果を発揮するか、想像できるだろう。これだったら、人の喉を引きちぎり、それから手元にもどる――」

マリーはうめき声のようなものをあげた。バローズは黙りこんでいた。

「まあ、このくらいにしておくか。さて、モリー・ファーンリーがものを投げる能力においては、人並みはずれてめざましかったことは、わかっておる。ジプシーたちに習った技だよ。デインさんがその話をしておった。それにモリーが決断力に優れておったこと、急に思い立っての行動もできただろうことも、わかっておる。

さて、犯行時刻、モリー・ファーンリーはどこにおったかな？　言うまでもないな。池を見おろす自分の寝室のバルコニーにおった。いいかな、池のすぐ上だよ。それに、あの寝室は食事室の上にある。真下の食事室にいたウェルキンが池まで二十フィート足らずのところにおったのと同じく、モリーもその程度しか離れておらんかった。ただ上におるだけでな。高すぎるか？　ちっともそんなことはない。ノールズがあの女を絞首台に上げる、貴重なヒントをくれたな。この家の増築した棟は〝ドールハウスのように少し低くなっていた〟のだよ。バルコニーは庭までわずか、八、九フィートの高さしかなかっただろう。

あの女は夕闇のなかで、庭にいる夫を見おろしておる。ものを引き揚げるにはじゅうぶんな高さがある。背後の部屋は暗かった――本人がそう認めておったようにな。メイドは隣の部屋。必殺の一撃を繰りだすきっかけは、なんだったのか？　夫が上をむくように、自分から小声で呼びかけたのか？　それとも、夫は星を見あげていて、すでに長い首が上をむいておったからだろうか？」

瞳に浮かべた恐怖の色を濃くしていきながら、マデラインが繰り返した。

「星を見あげていた？」

「あんたの星だよ、デインさん」フェル博士が暗い口調で言った。「この事件で、わしはたくさんの人と話をしたが、それはあんたの星だったと思う」

ふたたび、ペイジの脳裏に記憶が甦《よみがえ》った。自分だって、殺人のあった夜に池の横の庭を歩きながら、〝マデラインの星〟のことを考えていたじゃないか。彼女が詩的な名前を与えた、東の空にひとつだけ輝く星。あの池からなら、首を伸ばせば、あたらしい棟の大きな煙突の上にかろうじて見えたことだろう……

「そう、あの女はあんたを憎んでおった。夫が関心をもっておったからさ。夫が顔をあげてあんたの星を見つめ、一方で妻のほうには目もくれなかったことが、カッとなって殺しを実行に移したきっかけかもしれん。片手に釣り糸を、もう片方の手に鉛玉をもち、腕を振りあげて投げたのさ。

諸君。ファーンリーがなにかにやられたときに、奇妙な行動を取ったことを思いだしてほしい。それを説明しようとした人はみな、いささか苦労しておった。池に倒れる前の彼は、足を引きずっていたとか、息が詰まっていたとか、身体をびくりと動かしていたとかな。覚えておるかね？　どういうことだったか、わかっておったかね？　いまとなってはわかりきっておることだ。釣り針にかかった魚の動きだったわけだな。釣り針は深く刺さりはしなかった。あの女はわざとそうしたんだ。みなも知っているように、三本のひっかき傷があった。左から右へ、下から上へと傷のついた方向からあきらかなことがある。ファーンリーは引っ張られてバランスを崩したんだよ。そして池へ倒れた。思いだしたかね？　頭はわずかに、あたらしい棟のほうへむいていたのを。夫が池に落ちると、あの女は凶器を手元に引きもどしたんだ」

どんより曇った表情で、フェル博士は鉛玉を掲げた。

「この小さな、きれいなものでそんなことができるのか？

もちろん、引き揚げたときには、この玉には血痕もなにも残っておらんかった。池に落ちてすっかり流されたんだな。池の水面がかなり波打っていて――ファーンリーがもがいたのだから当然だが――周囲数フィートほどの砂に水がかかっておったことを覚えておるだろう。だが、玉はひとつだけ痕跡を残したんだ。植え込みを揺らして音をたてたんだよ。

さあ、考えてくれ。植え込みの妙な音を聞くことのできた唯一の人物は誰だったかな？　そう、ウェルキンだ。下の食事室におったんだからな。音が聞こえるほどに近くにいたのは、あの男だけだ。この植え込みの音というのが、じつに興味深い点でな。たとえば人間なら、そんな音をたてることはできなかったはずなんだよ。厚く仕切るイチイの垣根をそっと通り抜ける実験をしてみれば、わしの言いたいことが実感できるだろうよ。バートン巡査部長も、おあつらえむきに被害者の指紋が残っているナイフがそこに〝わざと置いて〟あるのを発見したとき、そう気づいておる。

くだくだしくは説明せんよ。だが、これが大筋においてあの女が、わしの経験のなかでもとくにたちの悪い殺人を思いつき、実行したあらましさ。すべて一瞬の憎悪がなしとげた犯罪だった。いつもやってきたように、男を釣りあげて、獲物を捕まえた。もちろん、逃げられはせん。出会った最初の警官に取り押さえられるさ。絞首刑になるだろう。それはありがたいことに、ノールズがうまく説明しようとして、夕闇のなかを飛ぶテニスボールのことに言及してくれたおかげだよ」

ノールズはかすかに手を振る素振りを見せた。まるで、バスを呼びとめようとしているような仕草だ。顔はまるで油紙のようで、卒倒するのではないかとペイジは心配になった。だが、ノールズはまだしゃべることができないでいる。

バローズが目を輝かせた。なにか思いついたようだ。

「なんと独創的なんだ」バローズが言った。「よくできた話ですね。ですが、それは嘘っぱちだ。法廷で、そんな説はやっつけてやりますよ。すべて嘘、それは博士もご存じのはずだ。なぜって、ノールズとはちがう証言をした人たちがいるんですからね。たとえばウェルキン！

あれは弁護士だ、彼の言ったことを、くつがえすことはできませんよ！　ウェルキンは庭で何者かを見ているんですからね！　しかとそう言っています！　その点については、どう説明するんですか？」

ペイジは、フェル博士もまた顔色が悪くなっていることに気づいて不安になった。博士はひどくゆっくりと立ちあがった。一同を見おろすようにして、ドアを手振りで示した。

「ウェルキンさんがいらしたよ」フェル博士が答えた。「きみのすぐうしろに立っておる。本人に訊きたまえ。いまでも、庭で見たものについて確信があるかどうか」

全員が振り返った。いつからウェルキンが戸口に立っていたのか、それはわからない。めかしこみ、いつも以上に髪をきれいにといているが、子どもっぽいぽっちゃり顔に動揺の色があった。下くちびるを突きだしている。

「その――」彼は咳払いをした。

「ほら、はっきり話しなさい！」フェル博士が雷のような声で言った。「わしの話は聞いておったろう。さあ、教えてくれ。あのとき、なにかに見られていたというのはたしかなのかね？　なにかが庭にいて、それに見られていたというのは確実か？」

「そのことはずっと考えていましたよ」ウェルキンが言った。

「それで？」

「わたしは――その――みなさんに」彼はそこでひと息入れた。「昨日のことを振り返ってほしいのです。みなさんは屋根裏へあがり、そこで興味深いものを調べたのですよね。残念なことに、わたしはみなさんたちと一緒に行きませんでした。フェル博士から注意をむけるように言われて、今日になって初めてあそこにあったものを見ましたよ。その——屋根裏の木箱に入っていたという黒いヤヌスの仮面のことです」ふたたび、彼は咳払いをした。

「陰謀だ」バローズがそう言って、車がひっきりなしに走る道路を渡ろうとしてためらっている男のように、すばやく左右を見た。「こんな話が通るはずがない。すべて意図的な共謀ですよ。結託して——」

「わたしに最後まで話をさせてもらえませんかね」ウェルキンがつっけんどんに言い返した。「わたしは、〝ガラス戸から〟と言いました。ガラス戸越しになにかから見られているようにも思いました。地面に近いガラス戸からでした。見たとたんに、そうだったとわかったんです。それがなんだったか、いまになってわかったんですよ。ヤヌスの仮面でした。不幸なレディ・ファーンリーが——何者かが実際、庭にいたとわたしに証言させるために——別の釣り糸にあの仮面をつけてぶらさげたのだと、気づいたのですよ。うまくいかずに、窓から下がりすぎていましたが。それで……」

そこで、ついにノールズが声をあげた。

テーブルまでやってくると、両手をついた。泣いていた。少しのあいだ涙のために、しゃべろうとしてもかなわなかった。言葉がようやく出てきたが、その言葉はまるで家具が口をきいたかのように、周囲の者たちの度肝を抜いた。

「それは真っ赤な嘘でございます」ノールズは言った。

年老いた男は、混乱して、痛々しい様子で、テーブルを何度も叩きはじめた。

「バローズ様がおっしゃったとおりでございます。どれもこれもが、嘘の塊ではないですか。あなたがたは、みんなグルなんだ」取り乱してきた声が、わなわなと震える。彼はめちゃくちゃにテーブルを叩いた。「あんたたちは、みんな奥様の敵だ。そうだとも。誰ひとりとして、奥様に弁明の機会を与えようとしない。浮気したからってなんです？　男たちに本を読んでやったり、ひとりやふたりといちゃついたからといって、それがなにほどのことなんです？　子どもの頃の遊びとどんなちがいがありますか？　みんな子どもなんですよ。奥様は害を与えるつもりはなかった。絶対にそんなつもりはなかった。だから、奥様を縛り首にすることなんかできませんよ。なにがあっても、できません。わたくしの愛らしいご婦人に、ひどいことをさせてなるものですか」

涙を流しつづけるノールズは絶叫するまでになっていた。ノールズが一同に指を振る。

「たいした考えだとか、たいした推理だとか、ちゃんちゃらおかしいですよ。モリー様は、ジョニー坊ちゃまのふりをしてやってきた、あの人でなしで役立たずの物乞いを殺してなどいません。あれは、ジョニー坊ちゃまでもファーンリー家の人間でもありません！　あんな寄生虫がどうしたというんです？　あれは報いを受けただけですよ、もう一度誰かに殺されればいいぐらいだ。豚小屋から奴はやってきたんだ。でも、あいつのことは、どうだっていいのです。あなたがたに、わたくしの愛らしいご婦人を傷つけさせるつもりはありませんからね。あいつを殺してなんかおりません、絶対に。わたくしはそれを証明できます」

静まり返ったなかで、フェル博士の杖が床を突く音と、ぜいぜいという息遣いが聞こえたかと思うと、博士がノールズのもとへ歩いて、その肩に手を置いた。

「彼女がやっておらんことは、わかっておるよ」博士は優しく言った。

ノールズは虚を突かれて博士を見つめた。

「つまり」バローズが叫んだ。「そこに座って、ずっとわたしたちにおとぎ話を聞かせていたということなんですか、なんのためにそんな――」

「きみ、わしがやりたくてこんなことをやったと思うのか?」フェル博士が訊ねた。「わしの言動のどれかひとつでも、好きこのんでやったと思うのか? あの女について話した、内輪の魔女集会やファーンリーとの関係はすべて、真実だよ。あの女が殺人をそそのかして、指示した。たったひとつ、ちがっていたのは、みずから手を下して夫を殺してはおらんことさ。自動人形を突き落としてもおらんし、庭にいた謎の人物でもない。ただ」――ノールズの肩に置いた手に力が入った――「法律のことはわかっておるだろう。どのように働き、どのくらいの力があるか。わしはもう法律を動かしはじめた。レディ・ファーンリーは策士、策に溺れるじゃ済まなくなるぞ。きみが真相を話せば別だが。犯人は誰か知っておるかね?」

「もちろん、知っておりますよ」ノールズが嚙みつくように言った。「ええ、知っておりますとも!」

「犯人は誰だ?」

「簡単ですよ」ノールズが言った。「あの人でなしで役立たずの物乞いは自業自得で死んだのです。犯人は――」

原注：治安判事、警官、弁護士のための実務的な教科書『犯罪捜査』。原著はプラハ大学犯罪学教授ハンス・グロース博士の『犯罪学大系』。文学修士および法廷弁護士ジョン・アダム、法廷弁護士J・コリヤー・アダム訳、ロンドン警視庁犯罪捜査部副警視総監ノーマン・ケンダル編（スイート＆マクスウェル社刊、ロンドン、一九三四年）

# 第四部

## 八月八日（土曜日）

**外れた蝶番《ちょうつがい》**

フランボウは変装の名人だったが、たったひとつだけ、ごまかしきれない部分があった。それは彼の並はずれた身長だった。ヴァランタンは、そのはしこい目で、上背のあるリンゴ売りの女や、背の高い擲弾兵《てきだんへい》、そこそこのっぽの公爵夫人を認めただけでも、その場で相手を逮捕しただろう。だが、汽車に乗っているあいだ、フランボウが変装した可能性のある者はいなかった。猫がキリンに変装する可能性はないのと同じように。

――G・K・チェスタトン「青い十字架」

## 21

パトリック・ゴア（本名、ジョン・ファーンリー）からギディオン・フェル博士への手紙
外航船より、ある日付が入ったもの

親愛なる博士

ええ、おれが犯人です。おれひとりであの偽者を殺し、すべての目くらましを仕込みました。あなたを悩ませたようですね。

この手紙を書いているのには、いくつもの理由があります。まず、いまでも博士に好感をもち、尊敬もしていること（自分でもバカだなと思いますけどね）。二番目に、あなたのお手並みがそれは見事だったこと。おれを部屋から部屋へ、ドアからドアへ、そしてついには家を出て逃げだすよう追いつめた手腕に、自分があなたの推理どおりに行動したかどうか知りたくなるほど感激したのです。おれを出し抜いたのは博士だけだという賛辞を贈らせてください。と

は言っても、先生相手に本領を発揮できたことはないんですけどね。そして三番目の理由は、完璧な変装法を見つけたと信じているのですが、もはやおれには役に立つこともなくなりましたので、自慢しようと思うからです。

この手紙に返事がいただけるものと期待していますよ。あなたがこいつを受けとる頃には、おれは愛しいモリーと一緒に、イギリスと犯人の身柄引き渡しの協定を結んでいない国にいるでしょう。少し暑いところかもしれませんが、モリーもおれも、暑い国は大好きです。新居に落ち着いたら、住所をお知らせしますよ。

ひとつ、お願いしなければなりません。おれたちの逃亡後に巻きおこっているはずの、とんでもない騒動のなかで、おれはまちがいなく、新聞や裁判官たち、それから偏見に満ちた一般人から、悪魔だの、怪物だの、狼人間だのさんざん言われていることでしょう。でもおれはそんなものなんかじゃないと、あなたはちゃんとわかってらっしゃるはずです。別に人殺しが好きなのではありません。あの豚が死んでまったく後悔を感じられないとしても、それはおれが偽善者ではないからだと思いたいですね。モリーとおれのような人間も世のなかにはいるんですよ。自分たちの研究や空想で世界をもっとおもしろみのある場所にしたいと思えば、ロンドン郊外の住人を刺激してしまったり、よりよいものにつながるヒントを与えてしまう人間です。ですから、悪魔とその魔女の花嫁について哀れを誘うような噂をしている人がいたら、どうかその人に、自分はふたりと一緒にお茶を飲んだことがあるが、角《つの》や悪魔の烙印などなかったと言ってやってくれませんか。

まあ、それはともかく、博士におれの秘密を伝えねばなりません。これは、あなたがあれだけ熱心に捜査されていた事件の秘密でもあります。とても単純な秘密です。一行で済みます。

おれには脚がありません。

おれには脚がないのです。両脚とも、一九一二年四月に切断されました。タイタニック号でのちょっとした出来事であの豚野郎に襲われたときのことです。これについてはあとで詳しく書きます。あれ以来装着している見事な義足をもってしても、この事実をうまく隠すことはできないようです。博士もおれの歩きかたには目を留めていましたね。はっきりと脚を引きずっているわけではないのですが、いつも不自然だし、すばやく行動しようとすると秘密がばれるんじゃないかと思うくらいぎこちなくなることもあります。はっきり言えば、敏捷に行動することはできません。これについても、あとで詳しく書きます。

変装という目的のためには、義足がどれだけ便利か、考えたことはありますか？　変装する道具にはかつら、つけひげ、ドーランなどがあります。それに、粘土で顔の形を変えたり、詰め綿で身体の形を変えたりすることもできる。ごくわずかな変化で、ごくわずかな目の錯覚を作りだせる。でも、驚くべきことですがね、なによりも単純なところで人の目を欺《あざむ》くことができないのです。誰でも真っ先にそこを引き合いに出す点だ。〝あの男は、こんなことや、あんなことはいじれるかもしれないが、ひとつだけ変装できないところがある。身長だ〟——でも、僭越ながら、おれは身長を自由自在に変えられる。そして極めて長い歳月、おれはそれを変えてきたのです。

おれはもともと背の高い男ではありません。正確に言えば、遺伝を考えると、背の高い男にはなれなかっただろうと思っています。タイタニック号で小さな友人の介入がなかったとしても、きっと五フィート五インチ程度だったでしょうね。土台部分を除去されて（婉曲に表現しています）実際の身長は三フィート足らずになりました。疑われるならば、壁を使って、ご自分の身長を測り、脚と呼ばれる謎めいた添え物を取るとどのぐらいの差が出るか、考えてみることをお勧めしますよ。

何セットもの義足を作らせ――サーカスでまずやったことがこれでした――ハーネスをつけて時間をかけて痛みをともなう歩行訓練をし、自分の望む身長になれました。人の目を欺くのがどれだけちょろいかわかると、おもしろいものですよ。たとえば、小柄でやせっぽちの友人が、身長六フィートになって目の前に現れたと想像してください。本人だと納得するのを頭のほうが拒みますよ。ですから、そのほかに枝葉をほんの少し変えてやれば、まったく気づかれなくなるでしょう。

おれは何通りもの身長になってきました。六フィート一インチだったこともあるし、有名な占い師〝アーリマン〟の役をしたときは、それよりずっと低かった。変装が完璧でしたから、パトリック・ゴアとしてのちに姿を現したとき、ハロルド・ウェルキンですら騙せたほどです。

まずは、タイタニック号での話から始めたほうがよさそうですね。先日、相続権を主張するため帰国したときに、読書室で口をぽかんと開けて耳を傾けている人たちに話したことは真実です。ひとつ、少しだけ歪《ゆが》めた点があるほか、重要な点をひとつ省きましたが。

お話ししたように、おれたちは身元を取りかえました。あの心優しき小僧は本当におれを殺そうとしたんですよ。ただ、実際のところ、あいつは首を絞めようとしたんですがね。あの頃は奴のほうが力があったからです。大きな悲劇の渦中で、このようなささやかな悲喜劇をおれたちは演じたんですよ。その背景がどうなっていたか、想像はつくことでしょう。白く塗られた大きな鋼鉄の水密扉でした。船をいくつもの小部屋に仕切るものでしたが、押し寄せてくる水の勢いで、その重い金属のドアがぶんぶんと振れるのです。船が傾くにつれて、蝶番《ちょうつがい》のところからねじ曲がり、外れていくあの光景は、見たこともないほど恐ろしいものでしたよ。秩序という秩序がぶち壊され、ガテ（古代、ペリシテの要塞があった町）の門が落ちるかのようでした。

わが友の目的は別に複雑じゃありませんでした。おれが意識を失うまで喉仏を絞めると、水が流れこんでいる小部屋におれを閉じこめて、自分は逃げようとした、ただそれだけです。おれは抵抗しましたよ、手にふれたものをなんでも使ってね。この場合は木槌で、ドアのところにぶらさげてありました。何度あいつを殴ったか覚えていませんが、あの蛇遣いの踊り子の息子はまったく平気なようでしたよ。おれはあいつの手を振りきることができましたが、おれにとって不幸だったことに、ドアの外側へ這いだしたんです。そこに蛇遣いの踊り子の息子がドアに飛びかかってきた。そのとき船が沈みはじめて、蝶番がついに外れましてね。こんなことは書く必要もないでしょうが、おれは逃げだすことができましたが、脚はだめだったわけです。

英雄的な行為があったんですよ、博士。本物の英雄的行為は、音楽の調べにのって後年語られるようなことはありません。おぼろに話されるのがせいぜいです。誰がおれを助けてくれたのか。乗客だったのか、乗組員だったのか、それはわかりません。子犬のように拾いあげられ、ボートへ運ばれたことは覚えています。あの小僧のほうは、血まみれになって、目も虚《うつ》ろになっていたから、あのまま船で死んだものと思っていました。おれの命が助かったのは塩水のおかげじゃなかったかと思いますが、楽しい時間とは言えませんでしたね。それから一週間のことは、なにも覚えていないんですよ。

先日のファーンリー邸での集まりで、もう故人となったサーカスの持ち主、ボリス・エルドリッチのもとに〝パトリック・ゴア〟として身を寄せたことはお話ししましたね。ボリスに自分の心理状態も少しは説明しました。すべては説明しなかったわけは、おわかりですよね。ボリスはすぐさま、おれがサーカスで使えることに気づきました。ありていに言えば、おれはフリークで、故郷で研究していたから占いの技術を身につけていたんです。苦しく恥ずかしい時期でした。とくに、手を使って歩くのを学ぶのはきつかった。そのあたりはさっと流しましょう。哀れみや同情を買おうとしていると思われたくはありませんからね。そんなこと、考えただけで怒りがこみあげてくる。劇に出ている男のような気分です。できれば、あなたに好かれたい。尊敬されるためならば、あなたを殺してもいい。でも、あなたが哀れだと思うとしたら？　何様のつもりかと思うのです！

ふと思ったのですが、おれは悲劇役者のように気取ったところがあったかもしれませんね。もうどんな場面だったかも、忘れかけていますが。物事はもっと楽しく受けとめて、修正しようのないことでも、おもしろがらなければならないってことでしょうか。おれの職業はご存じですね。占い師であり、いんちき霊媒師で神秘学研究家、それに手品師でした。先日、ファーンリー邸でうかつにもほのめかしてしまいましたが。おれはたくさんの異なる人間になり、〝全知全能〟の存在としていくつもの異なる偽名を使ってきましたから、ばれはしないかと恐れはしませんでしたがね。

陽気な気分で博士に保証しますが、脚がないことは実際、おれの仕事においては天の恵みでしたよ。脚があったらこの仕事は無理でした。ですが、義足はいつも妨げにはなりますね。まともに使いこなせることはないんじゃないかと不安になることもある。早い時期に、手を使って移動することは学びました。これが、思い切って申しますと、信じられないスピードと身のこなしで動けるようになりました。しかも、いんちき霊媒師としての仕事にどれだけ役立ったか、降霊会の参加者にどれだけ印象的な効果を生みだせたか、説明する必要はないと思います。わからないなら、まあしばらく考えてみてください。博士ならおわかりになるはずです。

そうしたトリックを使うときはいつも、切断面に革のパッドを取りつけて、下半身をぴったり覆うズボン下を穿《は》いて、義足と普通のズボンを身につけたものです。革パッドがあれば、義足を外しても、どんな床だってなんの跡も残さずに移動できました。変身のスピードがなにより大事だったことも少なくありませんでしたから、義足の留め具のつけ外しを、きっかり三十五秒でできるようにしましたよ。

つまり、もちろんこれが、おれが自動人形を動かしたあっけないほど単純な秘密なのです。これを表現するのにぴったりの言葉があります。歴史は繰り返す。むかしもこんな方法だったかもしれないなどと、漠然と言ってるんじゃありません。現実に、むかしも使われた方法だったんですよ。博士、気づいてらっしゃいますか、これがケンペレンやメルツェルの自動人形がチェスをやった方法だったと。＊原注 おれのような人間が、人形を固定してある箱に入ってちょっと手伝ってやるだけで、ヨーロッパとアメリカの人々を、五十年あまり、からくりについて悩ませてきたんです。このペテンは、ナポレオン・ボナパルトやフィニアス・バーナム（十九世紀のアメリカの興行師）といった、さまざまな者たちを欺いてきたんですから、ご自分も騙されたからといってがっかりすることはありませんよ。でも、実際、あなたは騙されていなかったんですね。屋根裏であなたがほのめかされたことで、おれははっきりばれているとわかったのです。

これが十七世紀に《金髪の魔女》が動いた秘密だったことはまちがいないはずです。おれの尊敬すべき先祖のトマス・ファーンリーが大金をつんで購入して真相を知って、自動人形の評判があそこまで落ちたことは納得できますよね？　トマスは内緒の秘密を教えられ、それを知った多くの者と同じく、カンカンになりました。自分は奇跡を手に入れたと思っていたのに、ペテンのトリックに大金を払ったことを知ったんですから。しかも、特殊な操作をする者をつねに屋敷に置かなければ、友人たち相手にいんちきを披露することもできない。

もともと、自動人形はこんなふうに動かされていました。内部の空間は、ご覧になったように、おれのような人間にとってじゅうぶんな広さなのです。箱や〝ソファ〟に入って扉を閉めてしまえば、箱の上にある小さなパネルがひらくようになり、人形のからくりをいじれるようになるのです。そこには――簡単な錘《おもり》で動くようになっています――人形の手や身体につながる棒が十数本ある。人形の膝の位置には、隠し覗き穴があり、これは内側から開けられ、操作する者が外を見ることができるようになっています。こうやってメルツェルの人形はチェスをやったんです。それより百年ほど前に、《金髪の魔女》がシターンを弾いたのも同じからくりでした。

けれども、《金髪の魔女》の手品としての最大の特徴は、外からはわからないよう、人形遣いが箱の内部に入る仕掛けでした。ここが、《金髪の魔女》の製作者がケンペレンより優れていたところだと思いますね。演技の最初に手品師は箱を開けて、なかには誰もいないことを確認させる。では、人形遣いはどうやって忍びこんだのでしょう?

博士には語る必要はありませんよね。殺人の翌日、屋根裏であなたは手品師の着ていた衣装について話されて——それとなくおれにむけたものでしたね——真相がわかっているのだと思い知らせた。おれは自分の運が燃え尽きたことを悟りましたよ。

むかしから手品師の衣装と言えば、誰でも知っているとおり、象形文字を一面に描いてあるたっぷりとした大きなローブです。最初の発案者はもともと、少し不器用なインドの大道商人のやりかたを真似しただけなんですよね。つまり、ローブをなにかを隠すために使ったのです。大道商人の場合は、客に見られないようにバスケットに入りこむ子どもでした。《金髪の魔女》の手品師の場合は、照明を落としたなか、たっぷりしたローブ姿でうろつくあいだに、自動人形へ忍びこむ人形遣い。おれは何年というもの、サーカスの出し物でこのトリックを使って成功してきました。

そろそろ、おれの身の上話にもどりましょうか。

ロンドンでおれがなによりも成功を収めた役柄は〝アーリマン〟でした。ゾロアスター教の悪魔の名をエジプト人につけたのは見逃してください。ウェルキンも哀れなものです、おれの汚れ仕事に少しでも加担していたなどと疑ってはいけませんよ。今日のこの日まで、自分がなにくれとなく世話をしてきたあごひげの男が、このおれだったとは知らないんですからね。名誉毀損の裁判では雄々しく弁護をしてくれました。あの男はおれに霊感があると信じてくれたんです。それで、行方不明だった相続人としてふたたび世に現れるときは、あの男を弁護士にするのが人として当然のおこないだと思いましてね。

ところで博士、あの名誉毀損裁判はいまでもおれの想像力をくすぐるんですよ。法廷で霊感を少しばかり発揮できたのにと、うずうずする思いでいましてね。あのときの判事は、うちの父と学校で一緒だったんです。それで、おれは準備をしていました。証言台で憑依状態になり、裁判長閣下の目の前で、本人についてのあれこれを、ずばりあててやろうとね。父は一八九〇年代のロンドン社交界では有名な存在で、顔が広かったんです。降霊会の参加者の心を見抜くアーリマンの恐るべき霊視力を使わなくても、ただ思いだした情報を使えばよかったんですよ。しかし、おれは見せ物で劇的な効果をあげるのは、いつも不得意だったのですが。

身の上話はまず、アーリマンとしての生活から始めましょう。

おれは〝ジョン・ファーンリー〟が生きていることも、ましてや、あいつがいまでは准男爵のサー・ジョン・ファーンリーとなっていることなど知りませんでした。ある日、当の本人がハーフムーン・ストリートのおれの診察室にやってきて、悩みを打ち明けるまでは。あの男をあざ笑うことはなかったとだけ、申し上げておきます。モンテ・クリスト伯だって、あんな絶好の復讐の機会が巡ってくるとは想像しなかったでしょうね。でも、おれはこう考えました。いいですか、熱に浮かされた奴の心をいたわってやりつつも、不安に駆られる昼や夜をしばらく過ごすように計らったのです。

しかしながら、重要さという点では、奴に出会ったことより、モリーに出会ったことがずっと大きかった。

この話題については、おれの想いはあまりにも情熱的で冷静に綴《つづ》ることなどできやしませんよ。おれたちふたりは同じ種類の人間だと思いませんか？　ひとたび相手を発見すれば、モリーとおれは世界の果てからでも飛んできて一緒になるのだと、わかりませんか？　一瞬にしてすべてが決まった、欠けるところのない、盲目の恋でした。あっという間に燃えあがったのです。《レッドドッグ》というアメリカ人のカードゲーム流に言えば、〝ハイ、ロー、ジャック、これで決まり〟という具合でした。もう笑うしかありませんでした。さもなければ、おれは支離滅裂なことを詩に、呪いの言葉を愛情表現にしたことでしょう。モリーは切断された脚のことを知って、バカにしなかったし、避けることもなかった。彼女の前では、『ノートルダムのせむし男』や『殴られる彼奴』（サーカスの殴られ役を描いた一九二四年映画）を繰り返さなくて済む。言っておきますが、天国に優しさを追わず、地獄に刺激を求める恋を見下してはいけませんよ。冥府の神プルートはオリュンポスの神と同じように誠実な恋人で、土地を肥沃《ひよく》にしました。それにひきかえ、ジュピターは浅ましい奴ですよ、白鳥や黄金の雨に姿を変えて女に言い寄るだけだったのですからね。この話題はこのへんにしておきましょうか、おつき合いくださって感謝しますよ。

もちろんモリーとおれですべてを計画したんです（ファーンリー邸でやった言い争いはやりすぎだったと思いませんか？　モリーの露骨な侮辱と、おれの凝《こ》った棘《とげ》のある言葉、どちらも繰りだすのが少々早すぎましたよね？）。

皮肉なのは、おれこそが本物の相続人であるのに、ふたりでやったことしか、取るべき道はなかったことです。屋敷へやってきたあの豚はあなたの言う、内輪の魔女集会のことを探りだした。これを利用して、まさに鋭い鉤爪《かぎづめ》で脅すようにモリーをゆすり、自分の居場所にしがみついた。あいつが追いだされるようなことがあれば、モリーも追いだされるようにしたんです。もしも、おれが財産を取りもどし——絶対にそうするつもりでした——モリーも正式な妻として取りもどして、互いに惹かれあっていることを包み隠さず生きていけるようにするには——これもまた、絶対にそうするつもりでした——奴を殺して、自殺に見せかけるしかなかったんですよ。

おわかりになったでしょう。モリーは人殺しなどできません。このおれのほうは、集中さえすれば、どんなことだってできます。あの男には借りなどありません。あいつが生まれ変わって善人ぶった人生を送るようになったのを見ると、人が清教徒になる理由、そして地上から消えていく理由がわかりました。

犯行はあの夜のどこかで実行することになっていましたが、それ以上、細かなことまでは計画できませんでした。あの夜より早くに実行してはならなかった。おれはファーンリー邸へ早まって姿を現すことなんかできなかったからです。奴が、不利な証拠が突きつけられる前に、自殺したと言っても説得力がないですからね。指紋の照合中に庭へ出てきてくれたのは、おれには願ってもない機会になりました。

さて、友よ、賛辞を送らせてください。あなたは不可能犯罪に出会った。ノールズに告白させようと、どうでもいい棒きれ、石ころ、ボロ布、骨くずを使い、不可能なことについて完全に筋のとおった納得のいく説明をされました。芸術的なそのやりかたは、じつにすばらしかった。あの説明がなければ、あなたのご意見に耳を傾けていた者たちは騙されたように感じ、憤慨したことでしょう。

とは言いましても、本当は——あなたもよくおわかりのように——不可能犯罪などというものはなかったのですよ。

おれは単純に池のそばにいる奴に近づき、引きずり倒し、折りたたみナイフで殺しただけです。ナイフとは、あとで垣根から発見されたあれですよ。ただそれだけのことなんです。

幸か不幸か、ノールズが緑の間の窓から、すべてを目撃していました。それでも、おれが大きな失敗をしでかし、すべてを水の泡にしなかったら、計画は二重に安全だったはずなんです。ノールズはあれは自殺だと誓っただけじゃなく、進んでおれにアリバイを提供してくれましたが、そのことにはちょっとばかり驚きましたね。あなたもお気づきのように、ノールズも故人となったあいつを常日頃から嫌い、怪しんでもいたのです。奴がファーンリー家の者だと心から信じたことは、一度もなかったのですよ。だいいち、本物のジョン・ファーンリーが財産を盗んだ偽者を殺したなどと認めるくらいならば、ノールズは絞首刑になるほうを選んだでしょう。

おれは奴を当然、義足をつけない状態で殺しました。当たり前のことです。革のパッドだけのほうが、すばやく、楽に移動できるんですから。義足をつけていては、誰にも姿を見られないように身をかがめて腰までの高さしかない垣根に隠れることができません。あの垣根がぴったりの目くらましになってくれましたよ。万が一のときには、何本もの逃走路にもなってくれますしね。それに、誰かに見られたときのために、コートの下に、屋根裏にあったあの邪悪なヤヌスの仮面を隠していたんです。

おれは奴に近づきました。家の北側、あたらしい棟の方角からです。おれは人をすくませるような恰好にちがいありません。あの偽者は驚いて固まったので、あいつが動くことも話すこともできないうちに、引きずり倒しました。博士、この数十年で鍛えた腕と肩の力は、ちょっとやそっとのものではありません。

その後、この部分について――奴を襲ったときについてです――ナサニエル・バローズが証言した内容には少し不安になりました。バローズは三十数フィート離れた庭に通じるドアのところに立っていました。本人が認めていますが、彼は薄暗がりでは目がよく見えない。そんな彼が自分でもどう表現していいかわからない、見慣れぬものを目撃したんです。おれが見えたはずはない。垣根が遮ってくれていましたからね。それでも、被害者の行動を見てバローズは不安になった。証言を読み返してみれば、おれの言いたいことは、おわかりになるでしょう。バローズはこう締めくくっているんですよ。〝サー・ジョンの身体の動きを正確に表現することもできません。なにかに脚をつかまれたような感じでした〟。

そのとおりだったのです。

それでも、この危険は、ウェルキンが犯行の数秒後に食事室から見たと思《おぼ》しきものに比べたら、些細なことです。ウェルキンが見たものがなにか、あなたはまちがいなくわかってらっしゃいますね。フランス窓の低い位置のガラス越しに見えたもの、それはおれでした。逃げる姿を見られるなど、まったくバカなことをしましたが、それというのもあのときは（じきに説明します）計画が台なしになって慌てていましたから。それでも、幸いなことに、仮面をかぶってはいました。

姿を一瞬見られたことより、翌日になってこの一件が話題になったとき、言葉のあや――印象ですね――をどう解釈されるかのほうが危険でした。家庭教師だったマリーはいつでも言葉を商売にしている人ですが、言ってはいけないことを言いました。ウェルキンがこの一件を表現すると、マリーはウェルキンが（ぎこちなく、自信もなく）伝えようとしていることをつかんだんですよ。そしてマリーはおれにこう言いました。〝家に帰ってきて、きみは庭で脚のない這いまわるなにかに歓迎され――〟。

あれは痛烈な打撃でしたね。誰にも疑わせてはならないこと、ほのめかしてはならないことでした。自分の顔がこわばるのがわかりましたし、水差しから中身が漏れるように、血の気がなくなっていったことも自覚していました。あなたがおれのほうを見ていたこともわかっています。哀れなマリーに食ってかかって、罵声を浴びせましたが、その理由は誰にも見当がつかなかったはずです――あなた以外には。

どちらにしても、その頃には、もう計画は失敗したと思っていたんですけどね。先ほど書きましたが、そもそも始めからとんでもないヘマをしていたんです。くわだてた犯行を台なしにしたんですよ。

おれはまちがったナイフを使ったのです。

使おうと思っていたのは、このために購入しておいた、よくある折りたたみナイフでした（翌日ポケットから取りだして、あなたに見せましたよね。日頃から愛用しているナイフのようなふりをして）。犯行のあとで奴の手に握らせて池にそのまま残し、自殺に見せかける予定でした。

でも、実際に握っていたのは、子どもの頃からもっていた折りたたみナイフで、気づいたときにはもう手を引いて中止するには遅かった。手にしているところを、アメリカで何千もの人人に見られている、刃にマデライン・デインの名が彫ってあるナイフですよ。あなたがどれだけがんばっても、偽物のナイフだとは証明できなかったナイフ。でも、おれのものだということは、すぐに探りだされてしまうにちがいありません。

ますますいけないことに、事件のあったまさにあの夜、読書室でそのナイフのことを複数の人に話してしまっていました。タイタニック号での出来事を語っているときです。本物のパトリック・ゴアとの出会い、出会ったとたんに喧嘩したこと、折りたたみナイフを手にして奴にむかっていきたかったができなかったこと。もっとはっきりとおれの性格や凶器についてしゃべっていたら、ごまかしはきかないところでした。あまりにも凝った嘘をつこうとして、隠すつもりだったこと以外はすっかり本当のことをしゃべってしまったんですよ。そんなことをするのはやめておいたほうがいいと、警告申し上げます。

そういうわけで、おれは池のそばで、手袋をはめた手に邪悪な凶器をもっていることになりました。奴の指紋をナイフに押しつけたところで、何人かがおれのほうへ走ってきたので、すぐさま決断するしかありませんでした。ナイフを捨てていくわけにはいきませんから、ハンカチでくるんでからポケットに入れました。

家の北側へ義足をつけに行ったとき、ウェルキンに見られました。それで、南側をまわって庭に来たと言ったほうがいいと思ったんですよ。ナイフを身につけておくつもりなどありませんでしたから、ひそかに回収できる機会がくるまで、隠すしかない。論理的に考えて、見つからないはずの隠し場所に置いたと言わせてください。バートン巡査部長は百万にひとつの偶然がなければ、庭じゅうの高さ三フィートの垣根を組織的に捜索しないと発見できなかったはずだと話していましたね。

運命の三女神《バルカイ》は、意地悪くおれをからかったんでしょうか？　それはわからないことですが、あれで最初の計画をすっかり変更して、他殺だと信じていると表明するしかなくなったのは事実です。でも、ノールズが高貴な自己犠牲の本能を発揮し、すぐさまおれにアリバイを提供してくれました。あの夜、屋敷から去る前にそれとなく知らせてくれていたので、翌日、あなたと対峙する心の準備はできていたんですよ。

あとのことは簡単ですね。モリーは指紋帳を盗んだほうが有利だと主張しました。これは他殺にちがいないと、個人としての意見をはっきりと言うしかなかったので。というのもおわかりでしょうが、このおれは、自身の身元の証拠となる指紋帳を盗むはずがないからです。どちらにしても、返すつもりだったのですが、あれが偽物だとわかって、いよいよ急いで返す必要がありました。

最初から最後までモリーは見事な役者だったと思いませんか？　死体が発見された直後の、庭でのちょっとしたひと芝居は（モリーは〝彼が言ったとおりだった！〟と言いましたよ）細かなところまで稽古していたものでした。どういうことかと言えば、みんなの前でおれが、モリーは夫を愛してはないし、子どもの頃のおれの影に恋をしたんだ（これも稽古しておいたセリフです）と言ったのが正しかったことを伝えるためです。未亡人をそれほど長くひとりで悲しませておくわけにはいきませんでしたからね。モリーがいつまでも悲しみに打ちひしがれて、おれへの敵意を永遠にもちつづけるのだと、世間に印象づけておくのはまずい。先を見越した計画だったんですよ。いつか敵対心が消える頃に、ふたりが一緒になれるように計画しておきました。なのに、それがめちゃくちゃになってしまったんです！

それというのも、翌日に最後の不運に見舞われたからです。おれが屋根裏で自動人形をいじっているところを、ベティ・ハーボトルに見つかったんですよ。これもまた、わが過失《メア・クルパ》なりと愚痴るしかありませんね。本当は、指紋帳を取りだすために屋根裏へあがったんです。でも、《金髪の魔女》を見たら、ふいに、いまの自分ならば彼女を動かせるのだと気づいてしまったんですよ。子どもの頃に、秘密は知っていました。でも、そのときはもう箱に入れるほど小さくはなかった。ですから、世間にありがちな夫がありがちな屋根裏で、ありがちに時計を趣味としていじるように、人形をいじるぐらいしか、できなかったんです。

モリーはおれが時間を忘れて夢中になっているらしいと気づき、屋根裏にあがってきました。それがちょうど、ベティ・ハーボトルがあの小部屋を調べているときだったんです。まさにそのとき、おれは自動人形のなかにいたんですよ。

おれが例の男を始末したように、あの若いメイドも始末すると、モリーは思ったにちがいありません。ベティが部屋に入ったのを見て、ドアを閉めて南京錠をかけました。でも、おれはあの子を傷つけたくなかった。もちろん、こちらの姿は見られていません。でも、自動人形のうしろの隅に立てかけてあった義足を見られやしないかとヒヤヒヤしましたよ。なにが起こったかは、おわかりですよね。幸運なことに、彼女を傷つけなくて済みました。何度か動いてみせるだけでじゅうぶんでした。もっとも、自動人形の覗き穴から見ているおれの目に気づいたのは、まちがいなかったですが。その後、モリーとおれに大きな危険は生じませんでした。もしも、その時間の所在についてあなたに問いつめられても、いやいや出し渋ったあげく、お互いにアリバイを証言しあうつもりでいましたからね。それでも、メイドのエプロンを忘れたのは失敗でした。パントマイムをやってみせたときに、《金髪の魔女》の鉤爪が引っかかって、部屋にそのままにしてしまったんですね。

　こうしてまた、おれはバカなまねをしてしまいました。それに、あなたの存在もあった。殺人の翌日にはもう、単純に言えば、こまったことになっているとわかりました。ナイフが発見されたからです。おれは何十年も前に偽者から奪われたナイフだと軽くいなしましたし、マリーもあのナイフが本物の凶器かどうか疑わしいと言って、無意識のうちにおれを助けてくれましたが、あなたの推理をたどっていたおれは、脚のないことを見破られたとわかりましたよ。

　なにしろあなたは、エジプト人のアーリマンの話題をもちだしたんですからね。続いて、エリオット警部が庭で飛び跳ねていたものについてウェルキンに質問をしました。さらにあなたは、魔術の話題を再度もちだして立てつづけに質問し、うまいことモリーを巻きこみました。おれは返事をするかわりにこちらから質問しました。するとあなたは、意味ありげにヒントを伝えてきましたね。それから、ヴィクトリア・デーリーに始まり、故パトリック・ゴアが殺害された夜に取っていた行動を経由して、ベティ・ハーボトルが屋根裏の小部屋に行ったことまで、すべてにはつながりがあると強調されました。

　自動人形を見たときのお言葉は、あなたらしくありませんでしたね。犯人はあの場で自動人形になにかをしていたが、それは犯人の化けの皮が剝がれるようなことであった。またベティ・ハーボトルは犯人をまったく見ていない――その意味で、犯人が口封じをする必要はなかったのだと、ほのめかしましたね。おれはそのとき、あなたに挑みました。自動人形がどう動くのか披露してみせましたよね。でもあなたはそれにほとんど注意を払わず、最初に人形を展示した見せ物師がむかしながらの手品師の衣装を着ていたことを口にしただけでした。そして、モリーの内輪の魔女集会に言葉少なにふれて話を締めくくりましたね。そのときですよ、おれが自動人形を階下にむけて突き落としたのは。これはぜひとも信じていただきたいのですが、友よ、あなたを傷つけようなどとは、まったく思っていなかったんです。ただどうしても、修理できないくらい自動人形を壊したかったんですよ。動かしかたのわかった人物がいたら、別のことを見抜くでしょうからね。

翌日の検死審問以降、さらにふたつのことがわかりました。まずノールズがあきらかに嘘をついていること。あなたもそれはおわかりでしたね。そして、マデライン・デインはおれたちが見過ごせないほど、モリーのおこないについてかなり詳しく知っていたことです。

残念ながら、モリーはマデラインが好きではありません。モリーの計画は、マデラインを脅して黙らせ、必要とあれば、始末するというものでした。だからモリーは、あまりよくできた計画ではありませんでしたが、マデラインのふりをして偽の電話をかけ、モンプレジール荘へ自動人形を運ぶよう依頼したのです。マデラインがどうしようもなくあの人形を怖がっていることを知っていて、彼女をこらしめるため、ふたたび人形を動かすようおれに約束させたんですよ。結局やりませんでしたけどね。ほかにやることができましたから。

モリーとおれにとって幸運なことに、あなたと警部がマデラインやペイジと夕食をとっていたとき、おれはモンプレジール荘の庭にいたんですよ。会話を盗み聞きして、あなたがすべてご存じだとわかって、もう終わりだと悟りました。問題はあなたが証明できるかどうか、そこだけでした。そのため、あなたと警部が家をあとにすると、人形を動かすより、あなたたちを尾《つ》けたほうが、ずっと得るものがありそうだと思ったんです。

なんの害もない人形を窓辺に移動させるだけでよしとして、おれはあなたたちを追いました。おふたりの会話を正しく解釈してみると、博士の行動について恐れていたことが正しかったと知りました。いまでは、あなたがなにを考えて行動していたか、すべてわかっていますが、そのときは、うすうす感づいたぐらいのものでしかありませんでした。あなたの狙っている人物が理解できたのです。ノールズ、でしたね。また、おれを絞首刑にできる証人が誰かもご存じでした。それもノールズでした。あの男は、ただ普通に圧力をかけられて誰が犯人か認めるぐらいであれば、拷問を受けたほうがましだと思っていることも、わかっていました。ただ、あいつには、他人からふれられるどころか、息をかけられるだけでも見過ごせない人がひとりいました。モリーです。あいつの口をひらかせる道はひとつしかなかった。モリーの首に縛り首の縄をつけ、ノールズがその光景に耐えられなくなるまでぎゅっと絞めることです。あなたはそれをやろうとしていた。おれも、あなたと同じくらい証拠を読み解く頭はありますからね。実感をともなって、もうモリーとおれは終わりだと悟ったんですよ。

残された手はただひとつ、逃亡することです。もしおれが、あなたがこれから噂で耳にされるような、人でなしで信用できない人間であれば、迷いもなく、タマネギの皮をむくように平然とした顔でノールズを殺すことに決めたでしょう。ですが、誰にノールズが殺せますか？誰にマデライン・デインが殺せますか？誰にベティ・ハーボトルが殺せますか？面識のある血の通った人間で、自分たちが安泰でいるために始末していい人形じゃないんですから。縁日のぬいぐるみの猫のように扱うわけにはいきません。正直言うと、おれは疲れて少し気分が悪くなっていましたよ。迷路に入りこんで二度と出られなくなったように感じていました。

あなたと警部を尾行しながらファーンリー邸へやってくると、モリーに会い、残された道は逃げだすことだけだと伝えました。いいですか、自分たちにはたっぷり時間の余裕があると思っていたんですよ。あなたと警部はあの夜、ロンドンへ行かれる予定でしたからね。まだ何時間も犯行がばれないで済むと思っていました。モリーも逃亡するしかないと賛成しました。どうやらあなたは、緑の間の窓から、スーツケースを手にして逃げだすモリーをご覧になったようですね。あなたにしては賢明ではなかったと思いますが、故意に逃がして、慌てさせたうえでおれたちがわが身を滅ぼすようにされたんですね。そんな方法が賢明であるのは、博士、その気になればいつでも獲物を捕まえられる確信があるときだけですよ。

この手紙の締めくくりとして、最後にひとつお伝えすることがあります。モリーに手こずったことです。モリーは最後にマデラインへひとこと言ってやらないと、逃げる気にはなれないようでした。車で逃げるときに、モンプレジール荘の〝意地悪女〟に仕返しするというバカげた考えで頭をいっぱいにしていましたよ（こんなことを言えるのも、愛しいモリーはおれに愛されていることを知っているからです）。

モリーをとめることはできませんでした。ほんの数分で到着すると、むかしのマーデール大佐の家の裏の小道に車を残しました。すぐにマデラインの家に到着し、立ちどまって聞き耳をたてました。食事室の半開きの窓から、とてもはっきりと話が聞こえたんですよ。ヴィクトリア・デーリーの死とか、その死に責任のある支配者の魔女はどのような性格だと考えられるかとか、そうした話でした。ペイジさんが話していたことです。自動人形はまだそこにありましたので、おれはそいつを石炭置き場へ押してもどしました。モリーが、窓からマデラインめがけてぶつけたがったためです。そんな行動は子どもじみていますからね。おれの愛しい人とマデラインとの喧嘩は、死んだパトリック・ゴアとおれとのあいだで起きたような生まれながらの気質によるものでした。食事室での話ほど、モリーを怒らせたものはありませんでしたよ。

そのときまで知らなかったんですが、モリーはファーンリー邸から銃をもちだしていたんです。おれがこれに気づいたのは、モリーがハンドバッグから銃を取りだして、そいつで窓をノックしたときでした。その場でおれは悟りましたよ、博士。ふたつの理由から、即断して行動しなければならないと。あのときは女同士のいがみあいなどやってほしくないこと、それから、車(バローズのものです)が家の表にとまったばかりだったことです。おれはモリーに片腕をまわし、逃げるように急《せ》きたてました。幸運なことに、家のなかでラジオの音楽が流れていたので、見つからずに済みました。しかしまさに家を離れようとしたとき、モリーは窓辺で展開された熱々のラブシーンを見て、警戒するおれの視線を逃れて食事室へむけて発砲したのでした。彼女は銃の腕がよかったので、誰かに命中させようなどというつもりはなかった。哀れなマデラインのモラルについて物申したかっただけだとあなたに伝えるように、モリーが言っています。喜んで、何度でもやってやるそうです。

締めくくりにさしかかって、このようなつまらなくて、滑稽でさえあることを強調しているのには、ちゃんとしたわけがあります。そしてそれは、この手紙を書いたわけでもあります。つまりおれたちが、神々の呪いを受けた大いなる悲劇の主人公のような気分で逃げたなどとは、思ってほしくないということです。邪悪なおこないやおれたちの逃亡に大自然がかたずを呑んだなどとも、思ってほしくないのです。というのは、おれが思うに、博士——ノールズに告白させるため、あなたはわざと、モリーの性格を本来の姿よりもずっと強情で、意地汚い衝動をもっていると脚色しなければならなかったからです。

モリーはずる賢くありません。それとは正反対の人間です。内輪の魔女集会は参加者の苦悶を観察することに喜びを覚える女の、冷たい知的な試みではありませんでした。それはあなたもよくご存じだ。モリーは好きだからやっていただけです。これからも好きでいるとおれは信じています。彼女がヴィクトリア・デーリーを殺したように言うとは、筋違いもいいところです。それにターンブリッジ・ウェルズの近くに住んでいた女についても、はっきりしないことが多くて証拠になりませんから、告発はできませんよ。モリーの性格に〝低俗なもの〟が多くあるのは認めますが、おれにもそんなところはあります。でも、そうじゃない人がいますかね？　ケント州を離れ、イングランドを去ることは、先にそれとなくほのめかしたように、ひとつの道徳劇の幕切れではありません。普通の家族連れが大慌てで海辺への旅行に出るのとよく似ていました。父親は切符をどこへやったか思いだせないし、母親は浴室の明かりをつけたままにしてきたと思いつづけているといった具合の旅ですよ。イングランドの庭園と呼ばれるケント州よりもっと広々とした庭園からアダム夫妻が旅だったときも、同じように慌ただしく混乱していたでしょうね。誰だって完璧じゃない——このことについては、不思議の国の王様も裁判でアリスに否定されることなく、こう言えるでしょう。これが最古のルールだと。

敬具

ジョン・ファーンリー（旧パトリック・ゴア）

原注：ゴア氏は真実を語っている。最初にこの解説が登場したのは、古い版の『ブリタニカ国際大百科事典』（一八八三年刊行、第九版）だった。執筆者のJ・A・クラークはこう綴っている（第十五巻、二二〇ページ）。「最初のチェス・プレイヤーはポーランド愛国者のウォロースキーで、戦役によって両脚を失った人物だった。人前では義足をつけており、ケンペレンと共に旅をしている子どもなどはいないことから、機械のなかに人が入っているのではないかという疑いは消散した。この自動人形はヨーロッパじゅうの首都や宮廷に一度ならず旅をして、一時期はナポレオン一世も所有したことがあった。一八一九年にケンペレンが死去してからはメルツェルが披露したが、一八五四年のフィラデルフィアでの火災によって、ついに消滅した」

# 解説

福井健太

ジョン・ディクスン・カーが一九三八年に発表した*The Crooked Hinge*は、ギディオン・フェル博士を主役とするシリーズの第九長篇にあたる。同作は日本でも人気を博し、多くの邦訳が刊行されてきた。まずはそのリストを掲げてみよう。

1『曲つた蝶番《ちょうつがい》』雄鶏社〈Ondori MYSTERIES〉（妹尾韶夫訳／一九五一）※ハードカバー版とソフトカバー版あり
2『曲った蝶番』早川書房〈ハヤカワ・ポケット・ミステリ〉（妹尾アキ夫訳／一九五五）
3『動く人形のなぞ』講談社〈少年少女世界探偵小説全集〉（江戸川乱歩訳／一九五七）※ジュヴナイル
4『曲った蝶番』東京創元社〈ディクスン・カー作品集〉（中村能三訳／一九五九）
5『曲った蝶番』東京創元社〈世界名作推理小説大系〉（中村能三訳／一九六〇）※『皇帝の

かぎ煙草入れ』（井上一夫訳）を併録
6『曲った蝶番』東京創元社〈創元推理文庫〉（中村能三訳／一九六六）
7『踊る人形の謎』偕成社〈世界科学・探偵小説全集〉（野田開作訳／一九六六）※ジュヴナイル
8『曲がった蝶番』東京創元社〈創元推理文庫〉（三角和代訳／二〇一二）※本書

本作にまつわるエピソードとしては、エドマンド・クリスピンの話が有名だろう。『消えた玩具屋』『お楽しみの埋葬』などで知られるクリスピンは、学生時代に友人から借りた本作をきっかけとしてミステリに没頭し、マイクル・イネスやグラディス・ミッチェルの諸作を愛読した後、約二週間で書き上げた『金蠅』でデビューしている。本作がなければ小説家クリスピンは——ジャーヴァス・フェン教授も彼の活躍する作品群も——誕生しなかったかもしれない。

ダグラス・G・グリーンの評伝『ジョン・ディクスン・カー〈奇蹟を解く男〉』によると、カーは本作を「もっとも悪くない」自著の一つと見なしていた。一九八一年にエドワード・D・ホックがアンソロジー『密室大集合』を編纂した際、本作は〝密室もの長篇〟人気投票において、カー『三つの棺』、ヘイク・タルボット『魔の淵』、ガストン・ルルー『黄色い部屋の謎』に次ぐ第四位に選ばれた。つまり本書はオールタイムベスト級の一冊なのである。

本作が生まれた背景として、当時の著者（ディクスン・カー／カーター・ディクスン）の充実ぶりにも留意したい。一九三八年に本作と『ユダの窓』『五つの箱の死』を発表したカーは、前年に『火刑法廷』『四つの兇器』『死者はよみがえる』『孔雀の羽根』『第三の銃弾』、翌年に『緑のカプセルの謎』『テニスコートの謎』『読者よ欺かるるなかれ』『エレヴェーター殺人事件』（ジョン・ロードとの合作）を手掛けている。かのエラリー・クイーンは一九三二年に『Xの悲劇』『Yの悲劇』『ギリシア棺の謎』『エジプト十字架の謎』、翌年に『Zの悲劇』『レーン最後の事件』『アメリカ銃の謎』『シャム双子の謎』を上梓したが、それに比肩しうる奇跡の時代だったことは明らかだろう。

前置きが済んだところで、本作の粗筋をざっと紹介しよう。タイタニック号の沈没事故に遭遇し、四半世紀ぶりに地所に戻った〝ジョン・ファーンリー卿〟は偽者であり、自分こそが本物だと主張する男――パトリック・ゴア（仮名）がケント州マリンフォード村に現れた。ファーンリーの友人であるブライアン・ペイジは、事務弁護士のナサニエル・バローズに「どちらが本物かわたしに教えてくれ」と依頼される。「サーカスで大々的な成功を収めました」と来歴を語ったゴアは、ファーンリーの子供時代の家庭教師ケネット・マリーの〝指紋帳〟によるテストを要求し、二人の指紋を採ったマリーは確認のために読書室に閉じ籠もった。

庭のベンチで煙草を吸っていたペイジは、怪しげな物音を耳にした直後、顔面蒼白のバローズに「ついに起こったな」「まずまちがいなく死んでいるだろう」と告げられる。ペイジが「誰もマリーに手を出せたはずはない！」と主張すると、バローズは「誰がマリーだと言った？　ファーンリーだよ」と応じる。庭の池には喉を切り裂かれたファーンリーが浮かんでいた。偽者だとばれることを恐れて自殺した――ペイジたちはそう考えるが、マリーは「指紋の比較は済んでいない」と言う。しかしこれは迷走の始まりに過ぎなかった。ゴアの弁護士ハロルド・ウェルキンが「マリー氏が席を外したあいだに何者かが読書室へ入りこみ、わたしたちのただひとつの証拠だった指紋帳を盗んだ」ことに気付いたのである。

――と、ここまでが第一部。プロットは既に広がりを見せているが、これはまだ序の口に過ぎない。本作には〝物語作家〟カーのスキルが凝縮されている。真相に触れないように配慮しつつ、それらを具体的に指摘していこう。

第一部に付された「大成しようという者がまず心に留めておくべきルールは、観客へ事前に、いまからなにをするかけっして伝えないことである」という『現代の手品』の引用は、まさに本作で使われた技法を示している。カーは状況設定と「あなたは殺されるかもしれない」「マリーに危害が及ばないよう見張りますかね」などの台詞《せりふ》を通じて、登場人物と読者にマリーが殺されると思わせた。さらには不可能犯罪を仄《ほの》めかすことで、自分の作風さえもミスディレクションに活かしている。フェル博士は第二部で「すべての法則が破られておるんだ。それというのも、まちがった男が被害者に選ばれてるからだよ。殺害されたのがマリーでありさえすればな！」と発言するが、これは読者の予想を外してやったという勝利宣言にほかならない。

すぐに入手できる情報の確認を後回しにして（話を長々と脱線させて）読者を焦らし、その間に新たなフックを仕込むのもカーの得意技だ。こうして推進力を得たプロットを素地として、インパクトのある台詞や小道具、意表を突く展開などを加えることで、訴求力の強い物語が紡《つむ》がれていく。本作の『アピンの赤い書』や自動人形《金髪の魔女》――あるいは〝曲がった蝶番〟のイメージなどはその好例だろう。

本作の巧妙さは他にも挙げられる。持ち味の怪奇色と不可能犯罪を途中から絡めていくユニークな構成。意外性の演出に長けたカーの全著作中でも屈指の衝撃的な真相と、それを暗示する大胆な伏線の数々。勧善懲悪に囚《とら》われない印象的な幕切れ——いずれも鮮やかな名人芸としか言いようがない。

カーは多彩な技法を操るストーリーテラーであり、その真価が存分に発揮された本作には——推理の興味だけに依存しない——圧倒的な読ませる力が宿っている。とりわけ昔の本格ミステリに地味（あるいは単調）な印象を持つ人には、とにかく騙されたと思って本書を一読して欲しい。その印象は必ずや激変するはずだ。

最後に〈ギディオン・フェル博士〉シリーズのリストを付しておく。鳥飼否宇の『蝋人形館の殺人』解説には〈アンリ・バンコラン〉シリーズ、戸川安宣の『黒死荘の殺人』解説には〈ヘンリ・メリヴェール卿〉シリーズの一覧が載っているので、併せて参考にしていただければ幸いである。

【長篇】

1　*Hag's Nook*　1933　『魔女の隠れ家』（創元推理文庫）／『妖女の隠れ家』（ハヤカワ・ミステリ文庫）

2　*The Mad Hatter Mystery*　1933　『帽子収集狂事件』（創元推理文庫）

3 *The Eight of Swords* 1934『剣の八』(ハヤカワ・ミステリ文庫)
4 *The Blind Barber* [*The Case of the Blind Barber*] 1934『盲目の理髪師』(創元推理文庫)
5 *Death-Watch* 1935『死時計』(創元推理文庫)
6 *The Three Coffins* [*The Hollow Man*] 1935『三つの棺』(ハヤカワ・ミステリ文庫)
7 *The Arabian Nights Murder* 1936『アラビアンナイトの殺人』(創元推理文庫)
8 *To Wake the Dead* 1937『死者はよみがえる』(創元推理文庫)/『死人を起す』(ハヤカワ・ポケット・ミステリ)
9 *The Crooked Hinge* 1938『曲がった蝶番』(創元推理文庫) ※本書
10 *The Problem of the Green Capsule* [*The Black Spectacles*] 1939『緑のカプセルの謎』(創元推理文庫)
11 *The Problem of the Wire Cage* 1939『テニスコートの謎』(創元推理文庫)
12 *The Man Who Could Not Shudder* 1940『震えない男』(ハヤカワ・ポケット・ミステリ)/『幽霊屋敷』(創元推理文庫)
13 *The Case of the Constant Suicides* 1941『連続殺人事件』(創元推理文庫)
14 *Death Turns the Tables* [*The Seat of the Scornful*] 1941『猫と鼠の殺人』(創元推理文庫)/『嘲るものの座』(ハヤカワ・ポケット・ミステリ)
15 *Till Death Do Us Part* 1944『死が二人をわかつまで』(ハヤカワ・ミステリ文庫)

16 *He Who Whispers* 1946『囁く影』（ハヤカワ・ミステリ文庫）
17 *The Sleeping Sphinx* 1947『眠れるスフィンクス』（ハヤカワ・ミステリ文庫）
18 *Below Suspicion* 1949『疑惑の影』（ハヤカワ・ミステリ文庫）
19 *The Dead Man's Knock* 1958『死者のノック』（ハヤカワ・ミステリ文庫）
20 *In Spite of Thunder* 1960『雷鳴の中でも』（ハヤカワ・ミステリ文庫）
21 *The House at Satan's Elbow* 1965『悪魔のひじの家』（新樹社）
22 *Panic in Box C* 1966『仮面劇場の殺人』（創元推理文庫）
23 *Dark of the Moon* 1967『月明かりの闇――フェル博士最後の事件』（ハヤカワ・ミステリ文庫）

【短篇】

1 The Wrong Problem 1936「とりちがえた問題」※『カー短編全集3／パリから来た紳士』所収
2 Who Killed Matthew Corbin? 1939「だれがマシュー・コービンを殺したか？」※『幻を追う男』所収／ラジオドラマ
3 The Locked Room [The Locked Door] 1940「ある密室」※『カー短編全集2／妖魔の森の家』所収
4 A Guest in the House [The Incautious Burglar] 1940「軽率だった夜盗」※『カー短

編全集2／妖魔の森の家』所収

5 The Black Minute 1940 「暗黒の一瞬」 ※『カー短編全集6／ヴァンパイアの塔』所収／ラジオドラマ

6 The Proverbial Murder [The Proverbial Murderer] 1943 「ことわざ殺人事件」 ※『カー短編全集3／パリから来た紳士』所収

7 The Hangman Won't Wait 1943 「絞首人は待ってくれない」 ※『カー短編全集4／幽霊射手』所収／ラジオドラマ

8 The Dead Sleep Lightly 1943 「死者の眠りは浅い」 ※『カー短編全集6／ヴァンパイアの塔』所収／ラジオドラマ

9 The Devil in the Summer-House 1947 「あずまやの悪魔」 ※『幻を追う男』所収／ラジオドラマ

10 Invisible Hands [Death by Invisible Hands/King Arthur's Chair] 1957 「見えぬ手の殺人」 ※『カー短編全集3／パリから来た紳士』所収

訳者紹介　1965年福岡県生まれ。西南学院大学文学部外国語学科卒。英米文学翻訳家。カー「帽子収集狂事件」、カーリイ「百番目の男」「ブラッド・ブラザー」、テオリン「黄昏に眠る秋」「冬の灯台が語るとき」など訳書多数。


曲がった蝶番《ちょうつがい》

2012年12月21日　初版
2025年 1 月10日　3版

著　者　ジョン・
　　　　ディクスン・カー
訳　者　三《み》　角《すみ》　和《かず》　代《よ》

発行所　(株)　東京創元社
代表者　渋谷健太郎

162-0814 東京都新宿区新小川町 1-5
電　話　03・3268・8231-営業部
　　　　03・3268・8201-代　表
URL　https://www.tsogen.co.jp
組　版　萩　原　印　刷
印刷・製本　大　日　本　印　刷

乱丁・落丁本は、ご面倒ですが小社までご送付ください。送料小社負担にてお取替えいたします。





ISBN978-4-488-11834-1　C0197